岩下紀之 監修
日比野浩信
小椋愛子 編著
田崎未知

連歌断簡資料集

和泉書院

岩下紀之先生のご退職に際し、ご学恩に感謝申し上げます

著者一同

はじめに

本書は日比野浩信蔵の連歌切（ここでは連歌書の断片一般をそう呼んでおく）一〇七点の影印を、解読・解題を付して提供するものであって、このような規模での紹介は大きな意味を持つものと考える。恩師伊地知鐵男先生からは長く御教示を得る幸せに預かったが、連歌切についてのお話は承った記憶が無い。先生の時代には、室町時代の写本は古書の世界ではそれほど稀ではなく、価格も研究者の覚悟によっては購入が可能であったようである。その時代には連歌切に関心を持つ必然性は無かったであろう。

私が連歌切に関心を持ったのは、大きな手鑑の出版が続いた平成四、五年ころのことで、解説を見ると大聖武や高野切には熱心な研究が披瀝されているのに、連歌切にはあまり丁寧な解説がなされていないように思ったのである。研究者は平安の古筆について興味を持つが、室町時代のものとなるとあまり目を向けない。しかし、手鑑の作製者は聖武天皇、貫之と宗祇、宗長を並べることになんら違和感を感じていないように見える。そこで手鑑中の連歌切を調べたり、自分でもいくつかの連歌切を入手したりしてみた。この場合、研究者は自分の興味にひかれて選択することになるので、結果として偏向した収集になってしまう。

そのころ小林強氏が「出典判明連歌関係古筆切一覧稿」を公にされ、古筆そのものの研究者の実力を示された。広い視野と見識の深さは連歌のような狭い世界に閉じこもった研究者を驚嘆させるものであった。日比野君は主に和歌の研究者であり、古筆切を大いなる研究分野としている。自ら旺盛に古筆切を手元に備えておられるのであるが、おのずから、連歌切も集まってくるらしいのである。意図的な収集でないので、逆に、その成果には連歌研究者のような偏向がない。そこにはその当時流通している連歌書の実態が反映してくることになるのが興味深い。

さて連歌研究における連歌切の意義はどこにあるか。室町時代の連歌愛好は今日の目で見るとおどろくべきものがあり、天皇、将軍、高僧から、しもじもの町人まで、連日連夜連歌興行にふけっていたようである。句を書き留めた懐紙はほとんどが湮滅し、ごくわずかが伝来しているに過ぎない。本書にある出典不明の懐紙など、そういう時代から届いた人々の肉声であり、将来なんらかのかたちで成立の事情が明らかになるやもしれない。また、菟玖波集や竹林抄など古写本に恵まれない重要書の校訂に、連歌切の有用性はかぎりないものがある。

日比野浩信、小椋愛子、田﨑未知三名はそれぞれ業績のある研究者であるが、私の定年退職を機として本書を計画実現して下さった。ご好意に対して感謝の意を表したい。本書を資料として利用してくださるようお願いするとともに、解読・解題についても、ご指導ご批判を賜りたいと思う。

なお本書について、私は何点かの下読み、初句索引の作成、校正の手伝いをしたのみなので、監修と称せられるのはいかがなものかと思うが、三名の意向が堅いため甘んじて承伏した次第である。

令和三年正月十日

岩下紀之

連歌関連断簡資料集　目次

凡例

一、連歌関係の断簡を掲出し、翻刻と略解題を付した。

一、表題の筆者名は全て伝称筆者名で掲げ、その真否については、必要に応じて解題中に触れた。但し、他項目解説中に触れるような場合は、「伝～筆切」のように記すことはある。

一、掲出は概ね連歌撰集、句集、百韻・千句など、式目・寄合・連歌論書などの順序とした。注釈の類は、いずれの注釈かが明確な場合はその作品の後に、未詳の注釈の場合は、各分類の後半などにまとめて掲出した。

一、未詳の断簡については、句集・百韻などの区別は厳密には困難であり、主として形式上の推察に従ったものであることをご了解いただきたい。

一、小林強氏「出典判明連歌関係古筆切一覧稿」（大東文化大学人文科学研究所「人文科学11」平成十八年三月）を常々参看し、解題中で「一覧」として利用させていただいた。

一、他にも多くの文献を参考にしたが、一々の書名を掲出することはせず、必要に応じて解題中で触れる程度とした。

一、翻刻・解題の担当者については、各解題の末尾に（　）を付して、その姓を記した。

一、翻刻は原則として通行の字体に改めたが、一部そのまま残した所もある。ミセケチや挿入符などの記号は省略し、必要に応じて解題に示した。

一、虫損・破損などはその概ねの文字数を□とし、解読困難な文字は■で示した。

一、末尾に作品名索引・筆者名索引・初句索引を付した。

1 素眼　菟玖波集切

菟玖波集巻第十九
雑躰連哥
誹諧
大内のすゝめの門もあるものを
導誉法師
引にをとるはけふのあを馬
二品法親王北野社千句に鳥の
二そ羽をかさねたる
関白前左大臣
鶯のあはせのころはこまかなれ
梅花を折てつかはすとて
後小野宮右大臣
流俗の色と□みえすむめのはな

菟玖波集の伝本は、そのほとんどが江戸期の書写本である。しかし、古筆切に眼を転じると、室町期の書写断簡も複数確認できる。掲出断簡は、素眼を筆者と極める、菟玖波集は巻十九の巻頭の断簡で、縦二五・〇センチ×横一六・二センチ。もとは一面十三行の四半形の冊子本。書写年代は南北朝から室町初期頃。ツレの断簡が石川県立美術館蔵手鑑にみえる。他にも陽明文庫蔵大手鑑、徳川美術館蔵玉海や、巻子本に改装された横山氏旧蔵本と宮内庁書陵部蔵本の零本二巻が同筆かと思われるが、一面当たりの行数が、八行か十行という違いがあり、ツレと認め得るか否かには問題が残る。素眼の真筆か否かについても後考が俟たれるが、成立に近い頃の書写本の断簡として大変貴重である。版本の古筆名葉集には素眼そのものが立項されていないが、写本で伝わる古筆切目安には、朱墨による補記として「四半　連歌ノ切　手鑑」との記述があるが、次項のように別種の伝素眼筆菟玖波集切も確認されており、いずれを指すものであるかは明確には判断できない。

（日比野）

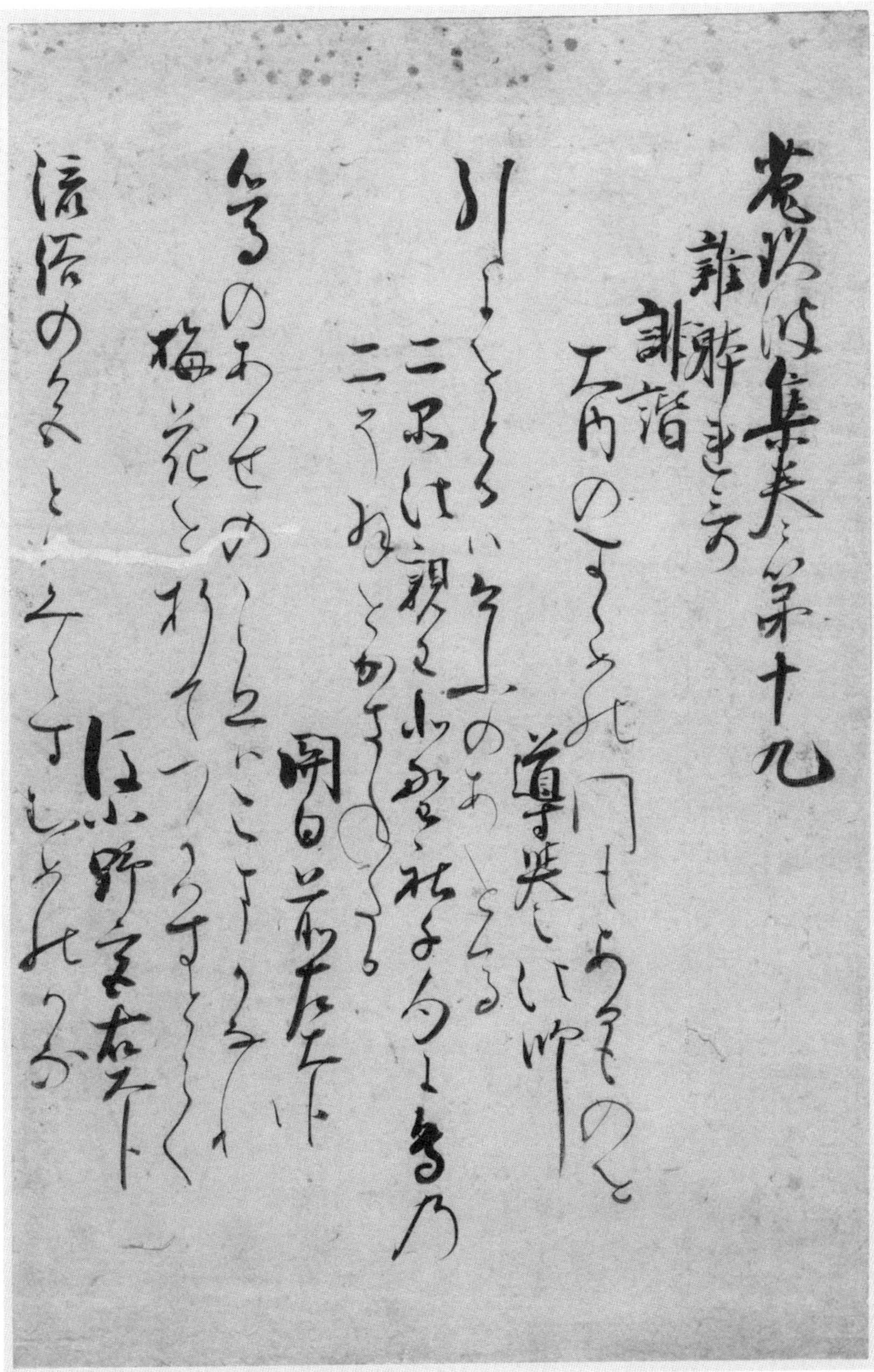

2　素眼　菟玖波集切

本の身の涙はかりは猶そひて　源忠長

なにをむさほる心なるらん　頓阿法師

前項（1）掲出切同様、筆者を素眼と極める菟玖波集切ではあるが、大きさも筆跡も異なる別種の断簡。菟玖波集の巻十六・雑五の部分。縦二〇・八センチ×横六・六センチで、もとは四半形の冊子本。書写年代は室町初期とみてよかろう。ツレと思しき同じく巻十六の断簡が徳川美術館蔵霜のふり葉にみえている。また、霜のふり葉所収切は素紙であるが、掲出断簡には銀で装飾を施した痕跡のようなものが残る。素紙と装飾料紙が混用されていたものか、装飾が後に施されてものかは俄に判断できない。素眼はこの菟玖波集に二十四句が撰ばれる連歌師でもあり、前項、別種の伝素眼筆切を含め、集成・整理と筆跡の真否、書誌的整理とツレの認定など、向後の課題は多い。

（日比野）

2　素眼　菟玖波集切

3 木幡雅遠　菟玖波集切

うつり行世のならひこそ知れけれ
しはしかほと〻すむは山陰
源氏頼
いつくにも心とめしとすつる身に
月をしらぬやみ山なるらん
救済法師
捨身に我影はかり友なひて
心たけくも世をいとふ哉
順覚法師
みとり子のしたふをたにもふり捨て
か〻れとてこそ身をはすてつれ

菟玖波集は巻十六・雑五の断簡で縦二五・四センチ×横一八・八センチ。もとは四半形の冊子本で、一面十一行。雅遠の真筆か否かの確証はないが、書写年代は室町後期頃であろうか。菟玖波集は古写本に恵まれておらず、室町期にまで遡り得る伝本の断簡として、貴重であるといえよう。なお、木幡雅遠は、古筆切目安に「四半切　集上ニ題下ニ名乗アリ」との記述があるが、当該断簡を指すものではない。

（日比野）

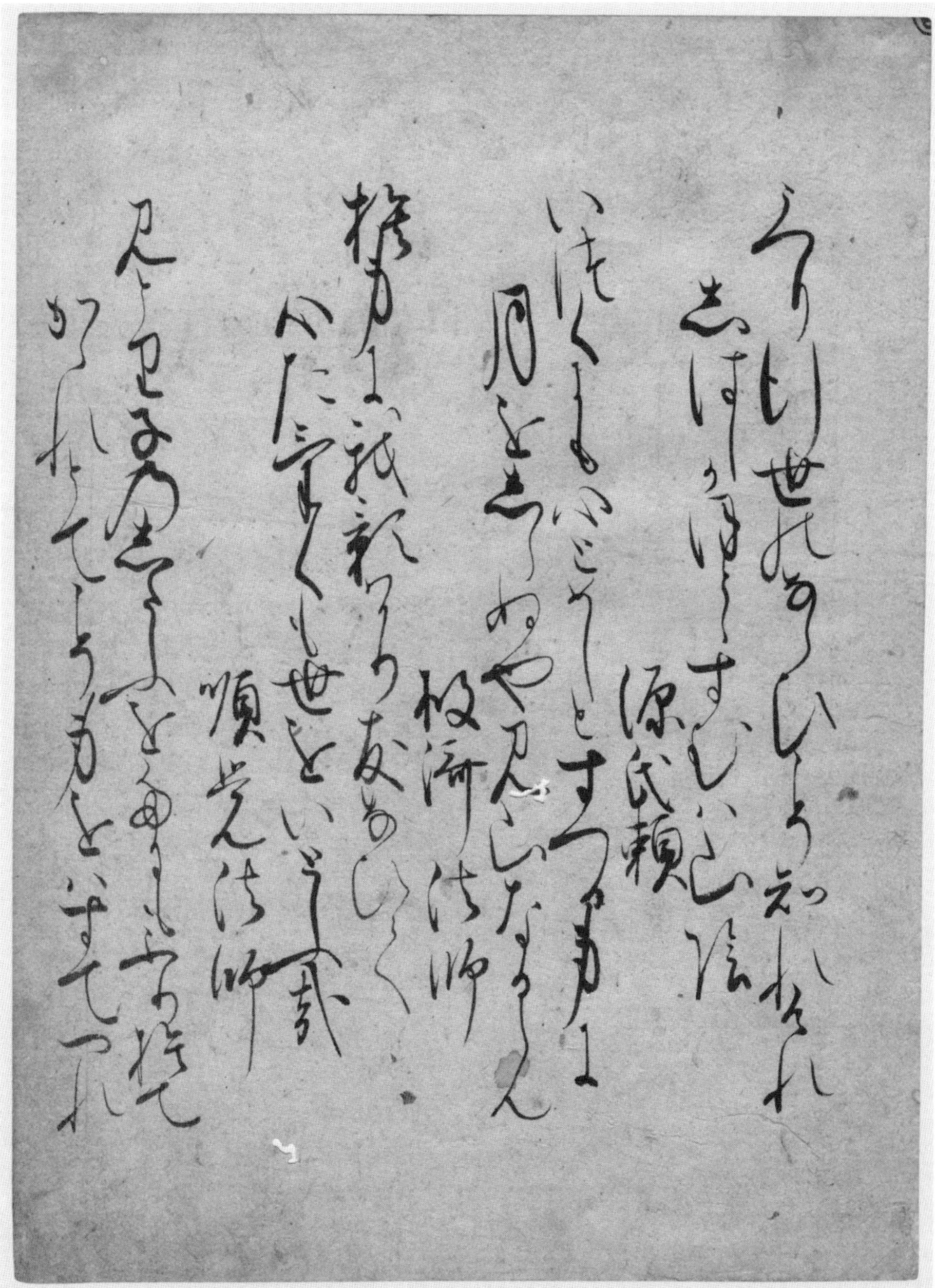

3　木幡雅遠　菟玖波集切

4 宗梅　新撰菟玖波集切

多々良政弘朝臣

有増はたのまさりつる柴の戸に
　わかさひしさよ誰にゆつらん

法橋兼載

なからへてすむへくもなき柴の戸に
　こけになしても袖そ露けき

前大僧正尊応

住そめてことし秋しるみねの庵
　うれしきはそむくに近き浮世にて

太政大臣

山をとなりにむすふ柴の戸
　をのれこゑして鶯そなく

久曽神昇氏『私撰集残簡集成』（平成十一年　汲古書院）に「異体歌」として掲出されるが、新撰菟玖波集巻十四・恋中の断簡。志香須賀文庫旧蔵。縦一七・〇センチ×横一六・七センチで、もとは一面十二行の六半形の冊子本。「一覧」にある金刀比羅宮蔵手鑑古今筆陣所収切や、村上列氏蔵手鑑まさごの鶴所収切は、ツレであろうか。宗祇右筆の宗梅の筆跡は慶安手鑑に見られるが、同筆と断ずるには至っていない。新撰菟玖波集は本文に問題は少なく、当該断簡も他本と比べて異同はない。古写本・断簡が少なからず存しており、広く享受されたことはいうまでもない。なお、古筆類葉集の宗梅の項に「六半　連歌付句」とあるが、この切を指すか否かはこの記述だけからは判断できない。

（日比野）

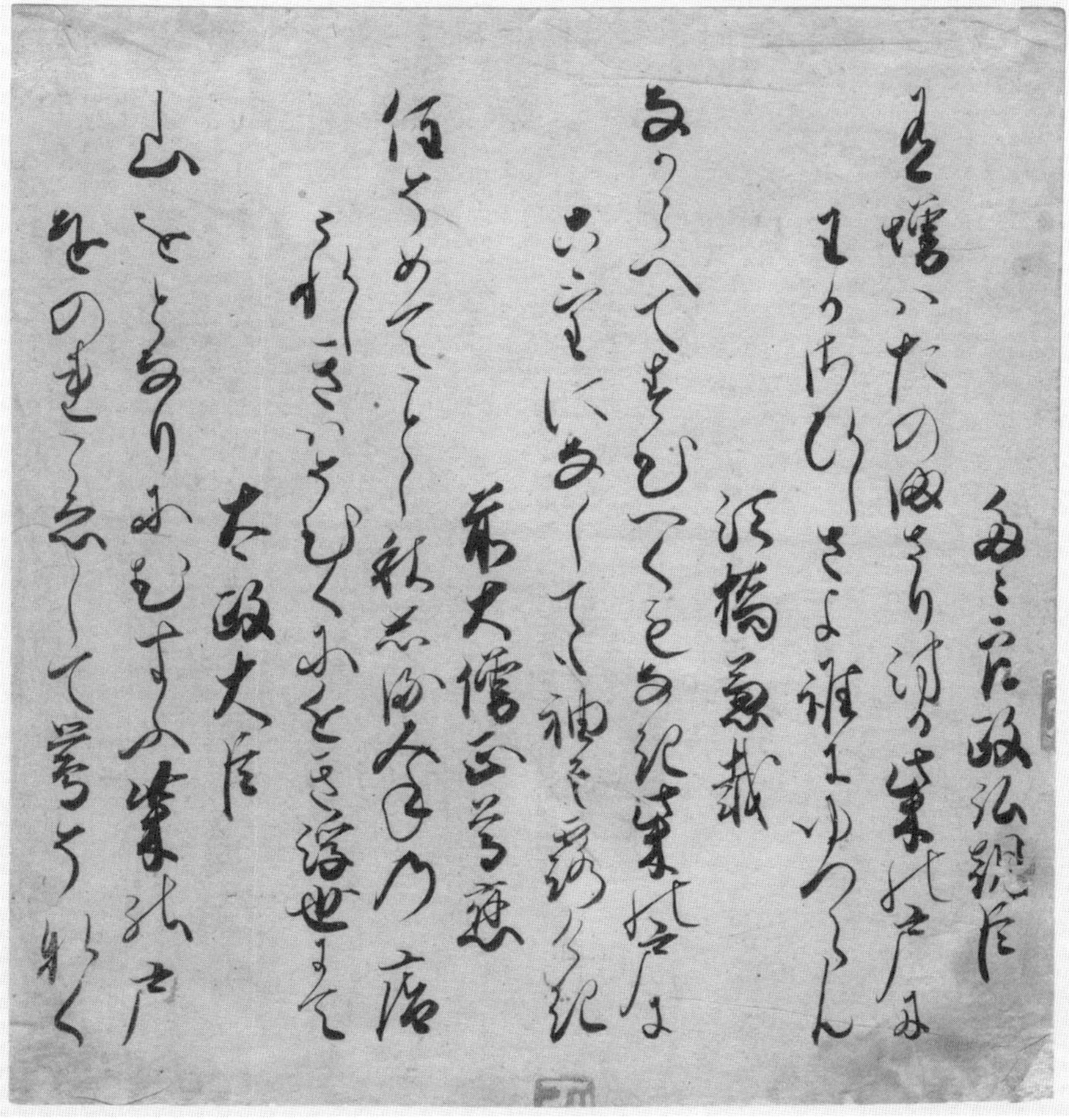

4 | 宗梅　新撰菟玖波集切

5 筆者未詳　新撰菟玖波集切

わか身もあすの世をはたのます
前大僧正増運
なをそみむあたなる花のひとさかり
なみたとなりぬしのふいにしへ
前大僧正尊応
みし友もまれなる花のかけとひて
おもはぬいろをこゝろにそ見る

新撰菟玖波集の断簡は少なくはない。「一覧」には、伝称筆者を万里小路惟房・三条西実隆・宗椿・東常縁・周興（尭恵とも）・宗牧・宗梅・相良為続などとする都合十四種もが掲出されている。掲出は、縦一九・三センチ×横七・九センチで、もとは冊子本の断簡。新撰菟玖波集巻一・春上の部分。新撰菟玖波集は実隆本を始め、成立時である明応（一四九二〜一五〇一）頃の伝本が現存しており、本文の問題がほとんど生じていない。当該断簡の本文も諸本と一致している。

（日比野）

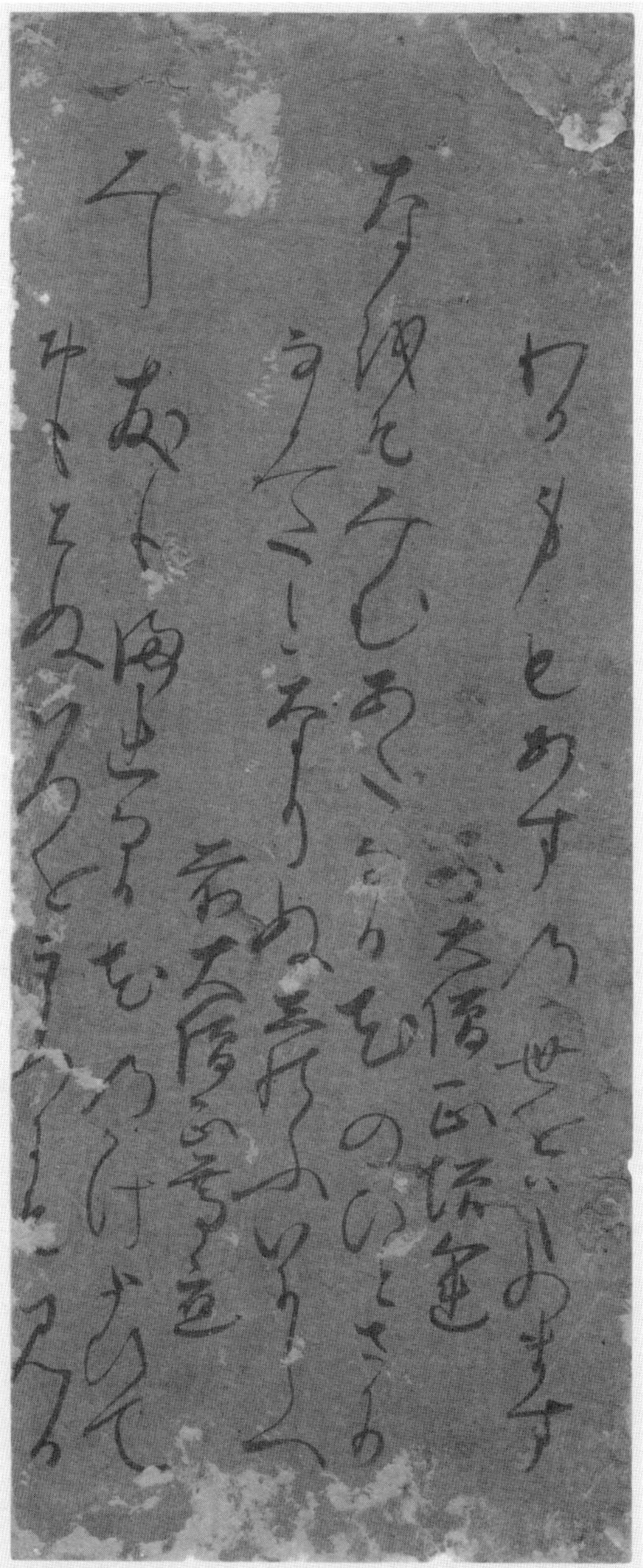

5 筆者未詳　新撰菟玖波集切

6　正徹　竹林抄切

竹林抄巻第十
　発句
　　　春たちける日
　　　　　　法眼専順
花のはるたてるところや吉野山
　正月五日北野の会所の百韻に
　　　　　　宗砌法師
春きぬといへは花なること葉かな
　　　　　　能阿法師
春かすみゆたかにおほへ天津袖
　霞を　　　権大僧都心敬
かさしおる袖かひはらの春かすみ

竹林抄の断簡は、「一覧」には都合十一種が報告されているが、この中に正徹を筆者と極める竹林抄切はみられない。長禄三年（一四五九）に没した正徹が文明八年（一四七六）に成った竹林抄の筆者たり得るはずはないが、当該断簡は、竹林抄の成立とほぼ同時期に書写されたものと思われる。縦二三・六センチ×横一六・六センチ、もとは四半形の冊子本で、一面十二行。巻十の冒頭で、新日本古典文学大系本では「専順」「宗砌」「能阿」「心敬」とある作者名が、当該切では各巻初出箇所に見られる身分・肩書きを付した作者表記となっている。句の本文には異同は見られない。

（日比野）

竹林抄巻第十
發句

まつもうたのは

花人はふるゝてほきゝろや吉野山
二月内日小野の会所の百韻
　　　　　　　　清服尊頼、
　　　　　　　　宗柳法師

春きみと色にもならゝさまつ郎
　　　　　　　　張阿法師
　　　　　　　　三いさ地

震とうしゝめはね神うひつよれまつそすえ
　　　　　　　　権大僧都珠敦

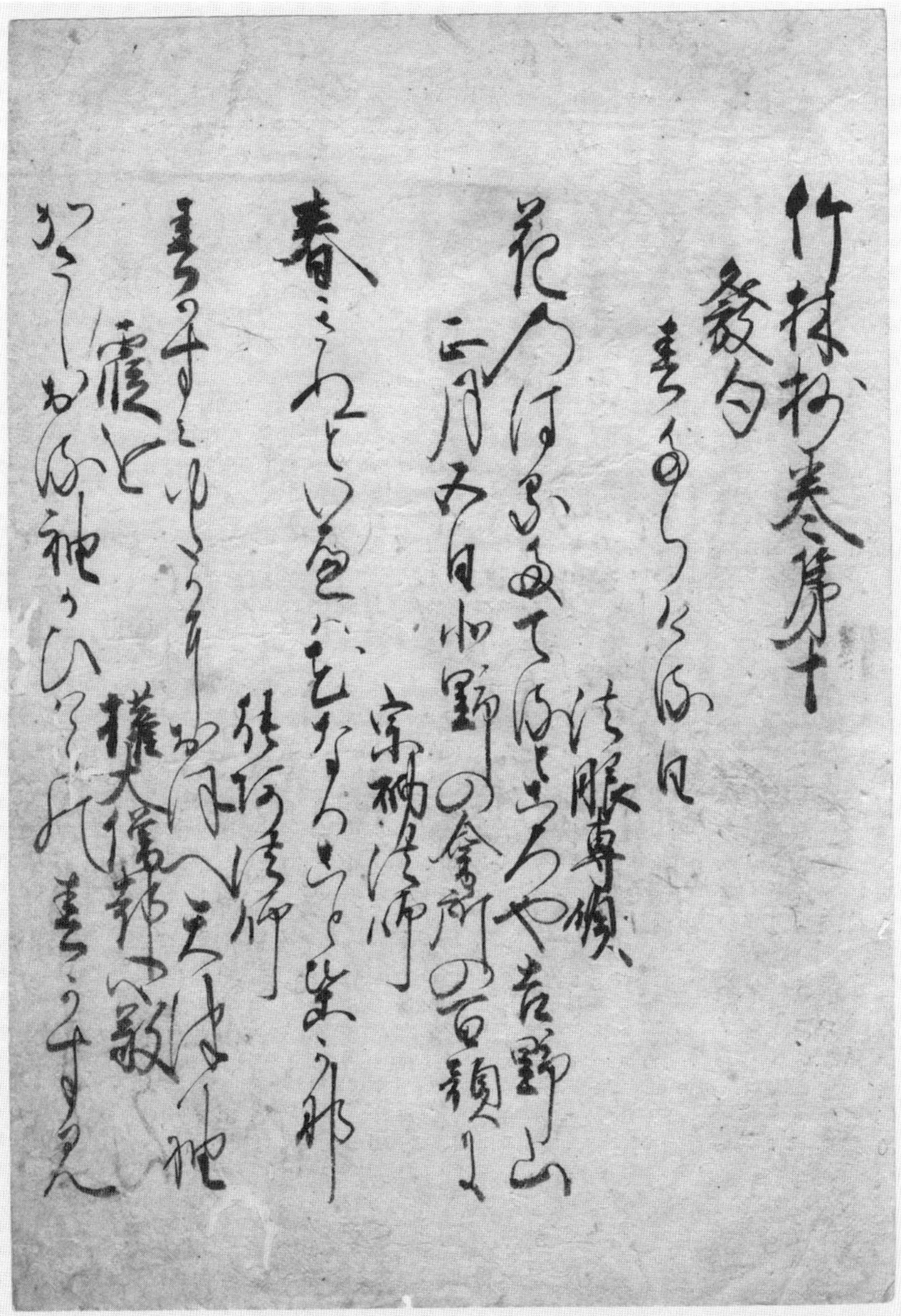

7 池田正能　竹林抄切

霞に雪のたまる遠やま
智蘊
こす浪のはなのうき嶋あくる夜に
うらさひしくも春かへるころ
心敬
もしほやく煙にかすむ鳫なきて

「正般筆」とする紙片が付属するが、後掲（8・9）と同様、池田正能を伝称筆者とする竹林抄の断簡。既に指摘があるように宮内庁書陵部蔵古筆手鑑所収切には「文明十四年十月／正能」という奥書箇所が呼び継ぎされており、これによって、筆者と書写年代が明確となった。文明十四年（一四八二）は竹林抄が成立した文明八年（一四七六）頃からわずか六年後に過ぎない。新日本古典文学大系の底本は文明十八年の奥書を持つ伝本であるが、それに先んじた書写本ということになる。小島孝之氏「古筆切の中の連歌切二種について」（「成城国文学論集32」平成二十一年三月）でツレ六葉を掲出、考察が加えられている。当該断簡は縦一七・九センチ×横一一・三センチ。ツレの断簡に徴するに、三行分の切り取りがある。もとは一面九行書の六半形の冊子本。巻一・春の部で、新日本文学大系所収本文と比べて異同はない。

（日比野）

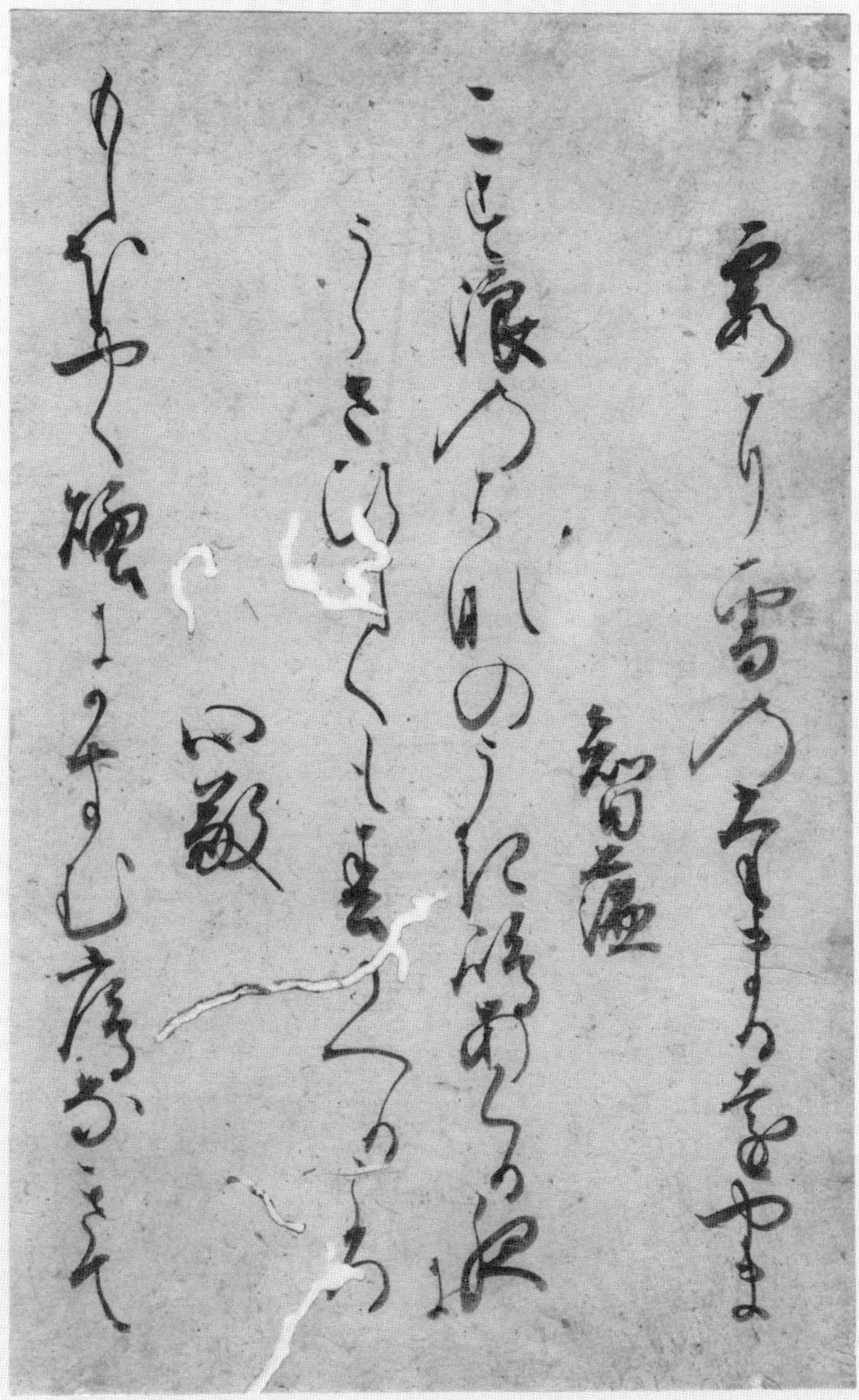

7 池田正能　竹林抄切

8 池田正能　竹林抄切

人のみる馬場のひおりとき過て
くるゝ野原にひろき澤水
宗砌
うへわたす田のものすゑはみとりにて
もすそゝぬるゝかへるみちしは
賢盛
植わたす澤への田子の野を分て
あけわたりたる川水のをと
専順

前項（7）文明十四年（一四八二）の奥書がある池田正能筆切のツレ。縦一八・五センチ×横一五・七センチ。巻八・雑上の部分。九行目に「川水のをと」とあるが、新日本古典文学大系所収本文では「川水の色」とする異同がある。次項掲出の一葉と比べると左右の幅が狭く、料紙に裁断があることが判る。なお、版本の古筆名葉集には正能は立項されていないが、写本の類葉集では正能の項に「六半　連歌書九行」との記述があり、この竹林抄切を指すものとみて差し支えなかろう。

（日比野）

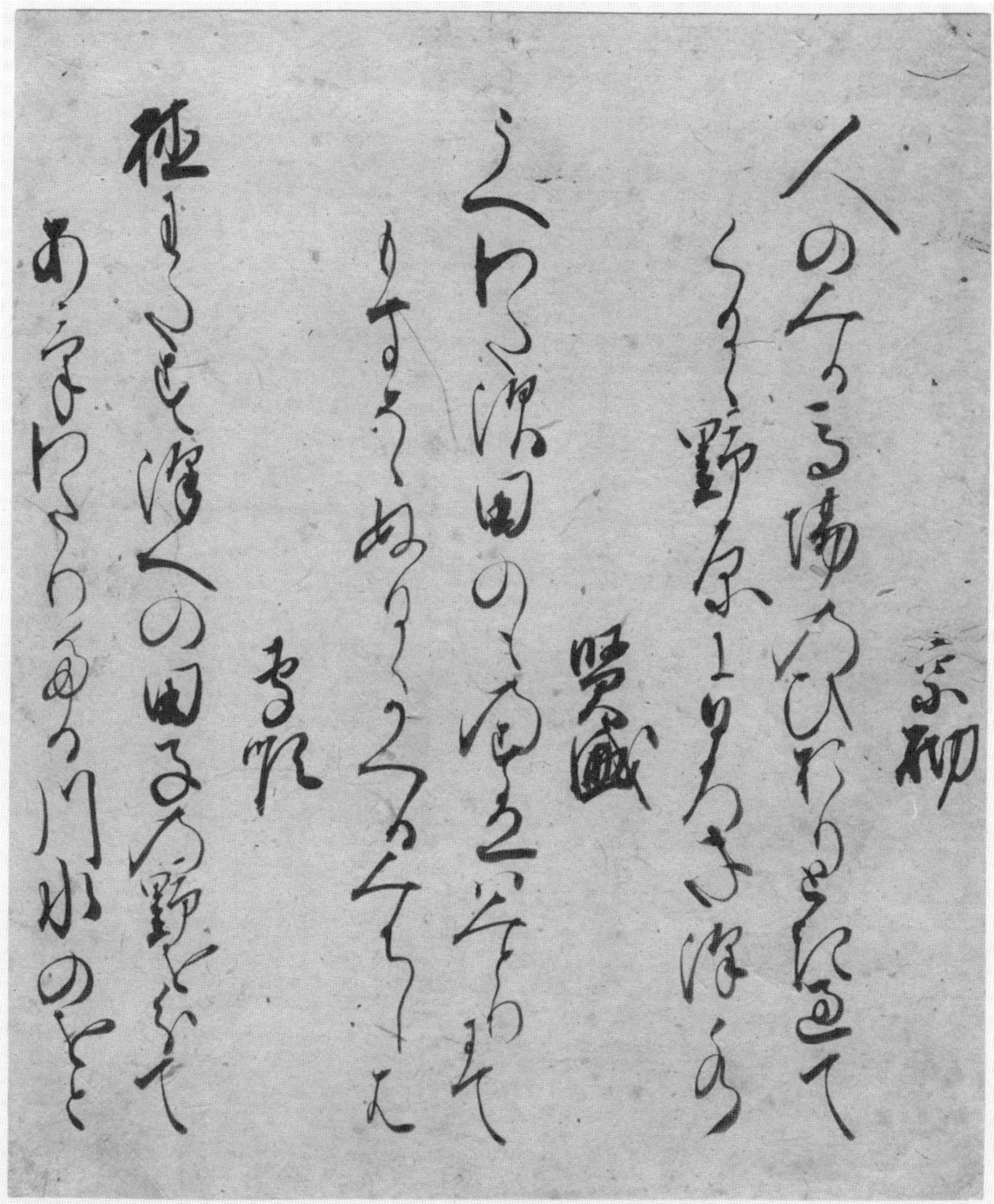

9 池田正能　竹林抄切

ましはりつらくのこる世中
心敬
花の本もみちのかけに身は老て
古郷いてし人をまつころ
智蘊
しほれ行老のこゝろの花をとへ
むかししのふの露そみたるゝ
忘草老のこゝろを種なれや
この世を思ふ秋のはつかせ

前二項（7・8）のツレ。巻九・雑下の部分。新日本古典文学大系所収本文と比べて異同はない。縦一九・一センチ×横一七・六センチ。本書掲出の池田正能筆竹林抄切三葉のなかでは、最も原型に近い大きさを伝えている。料紙右端に綴じ目跡が見られ、もとは綴葉装の冊子本であったことが推測される。

（日比野）

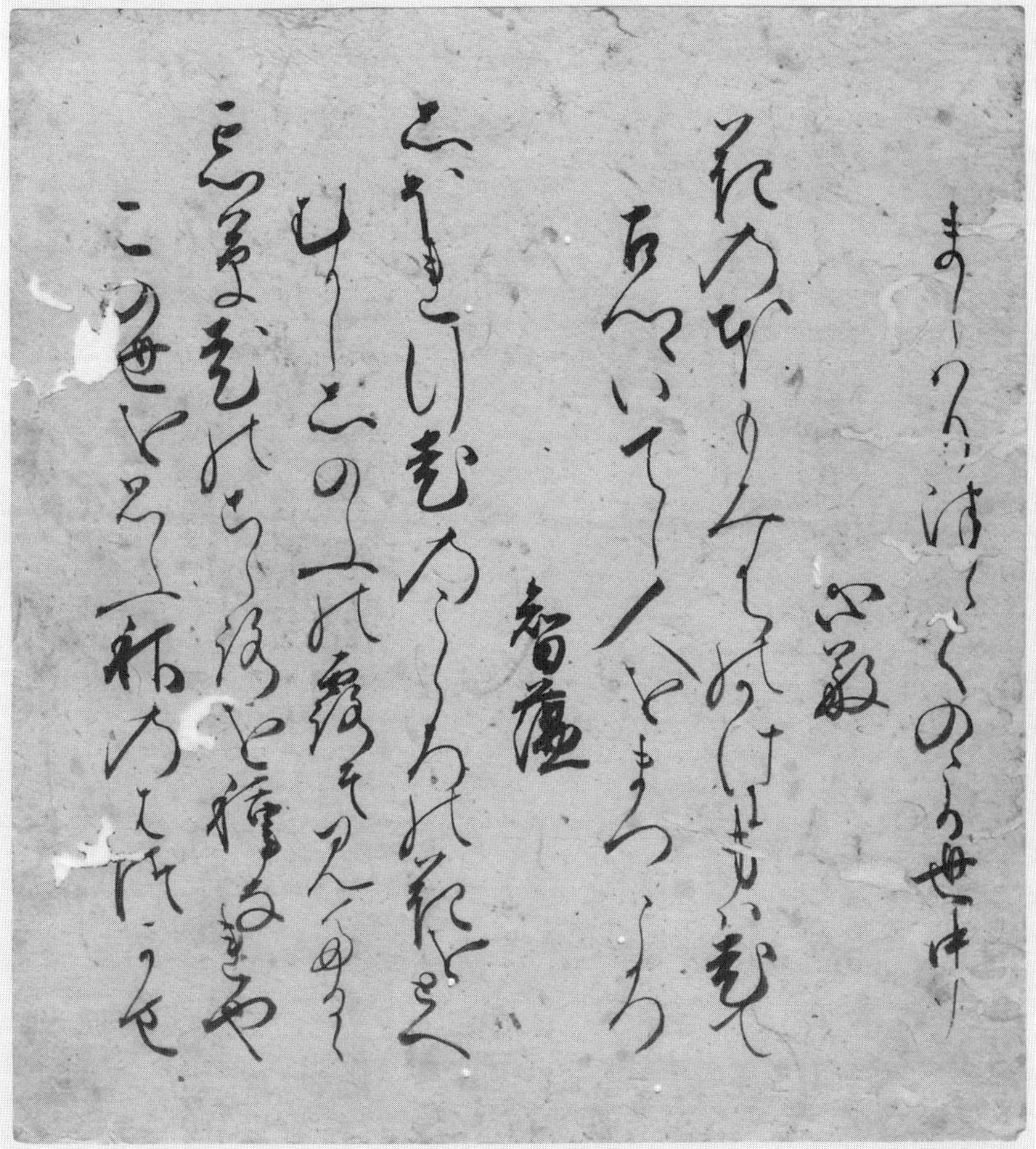

9　池田正能　竹林抄切

10 葉室光忠　竹林抄切

やまにすむこゝろをつけよ郭公

夏の発句の中に

心敬

一こゑに見ぬ山ふかしほとゝきす

宗砌

竹林抄の巻十・発句の断簡で、縦二五・〇センチ×横六・四センチ。もとは四半形の冊子本であったと思われる。書写年代は室町中期から後期頃。新日本古典文学大系所収本文と比べて異同はない。

（日比野）

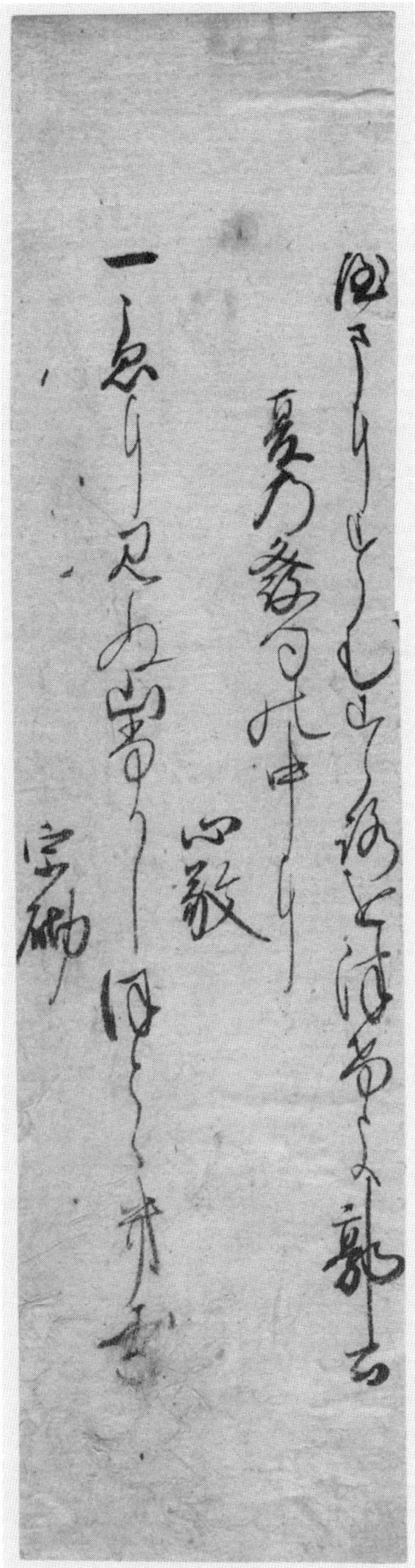

10　葉室光忠　竹林抄切

11 広幢　竹林抄切

専順

身をかくす後ははつへき人もなし

かりの世ときくも衣をうるほせり

人もすてすは身をなたつねそ

心敬

さひしく成ぬ山かけの庵

うたて身に捨し心やよはるらん

なけはなきぬる鶴のもろこゑ

宗砌

おやさへや子にいとけなく成ぬらん

竹林抄巻九・雑下の断簡で、縦二〇・九センチ×横一二・四センチ。もとは四半形の冊子。料紙の左右が詰まっており、裁断があるらしく、本来はもう少し横幅が広かったことが判る。書写年代は室町後期頃であろう。「一覧」によれば、やはり広幢を筆者と極める竹林抄切が国文学研究資料館に所蔵されているようであるが、未確認。断簡最終行「いとけなく」が新日本古典文学大系本文では「いときなく」とする異同が見られる。

（日比野）

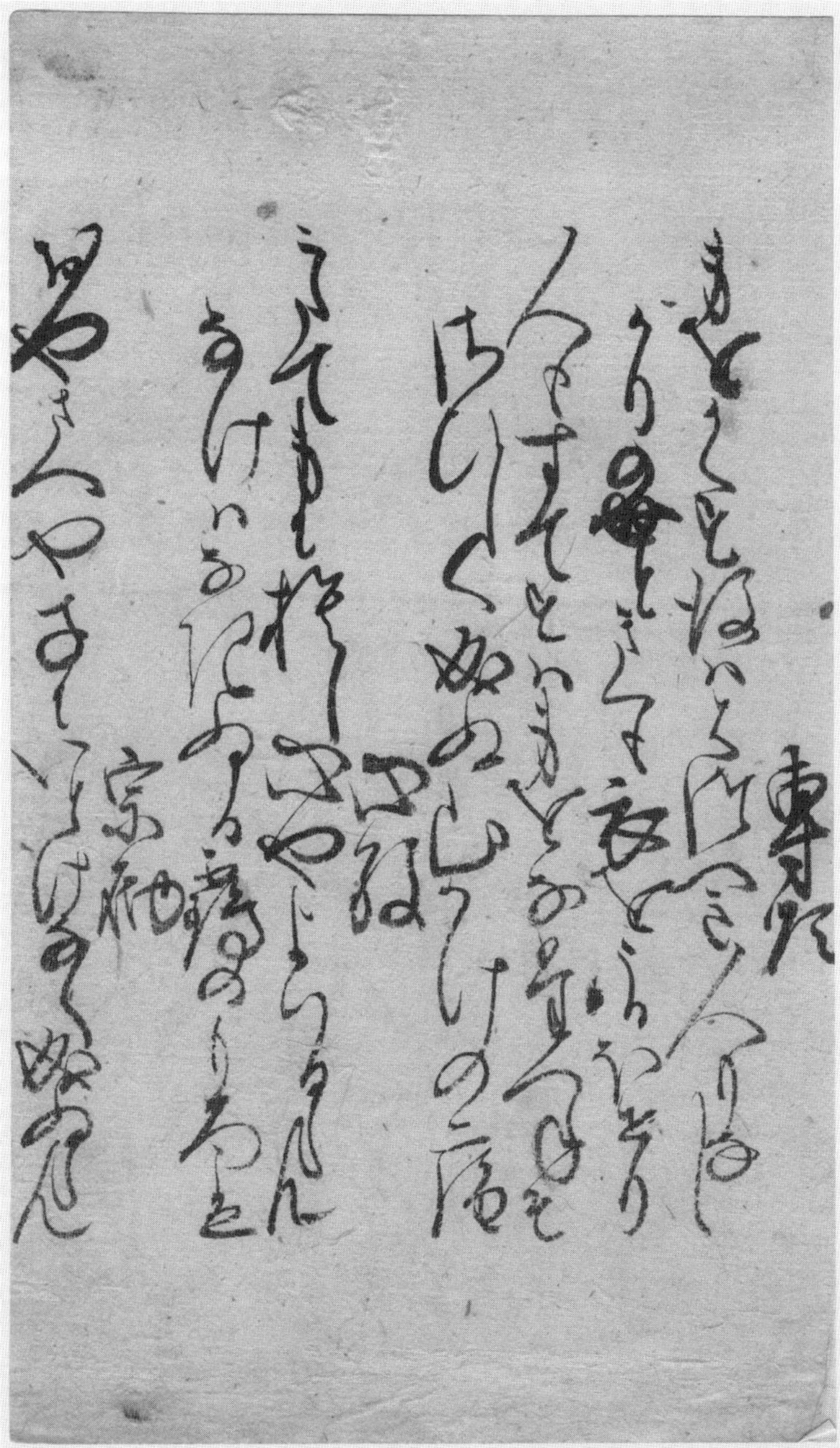

11　広幢　竹林抄切

12 行助　竹林抄切

あかつきことにむすふあかみつ
なれこしをこんよの月もわするなよ　心敬
ことしもなかはすくる古寺
身にそしむ老にたのまぬ飛鳥かせ　宗砌
いつの世にわかれそめてかわかるらん
冬にうつろふ野の宮のあき　専順
さひしくすくる松のした陰
あまもきけ磯のね覚のさよしくれ　心敬
袖はけふりの香にそしみぬる
冬こもる賤士かふせ屋に梅さきて　専順

竹林抄の巻八・雑上の断簡で、縦二一・九センチ×横一七・〇センチ。もとは四半形の冊子本と思われ、一面に十行を書写している。書写年代は室町後期。「一覧」には、伝称筆者を行助とする古書店目録所載の断簡が報告されているが、未確認。新日本古典文学大系本文と比べて異同はない。

（日比野）

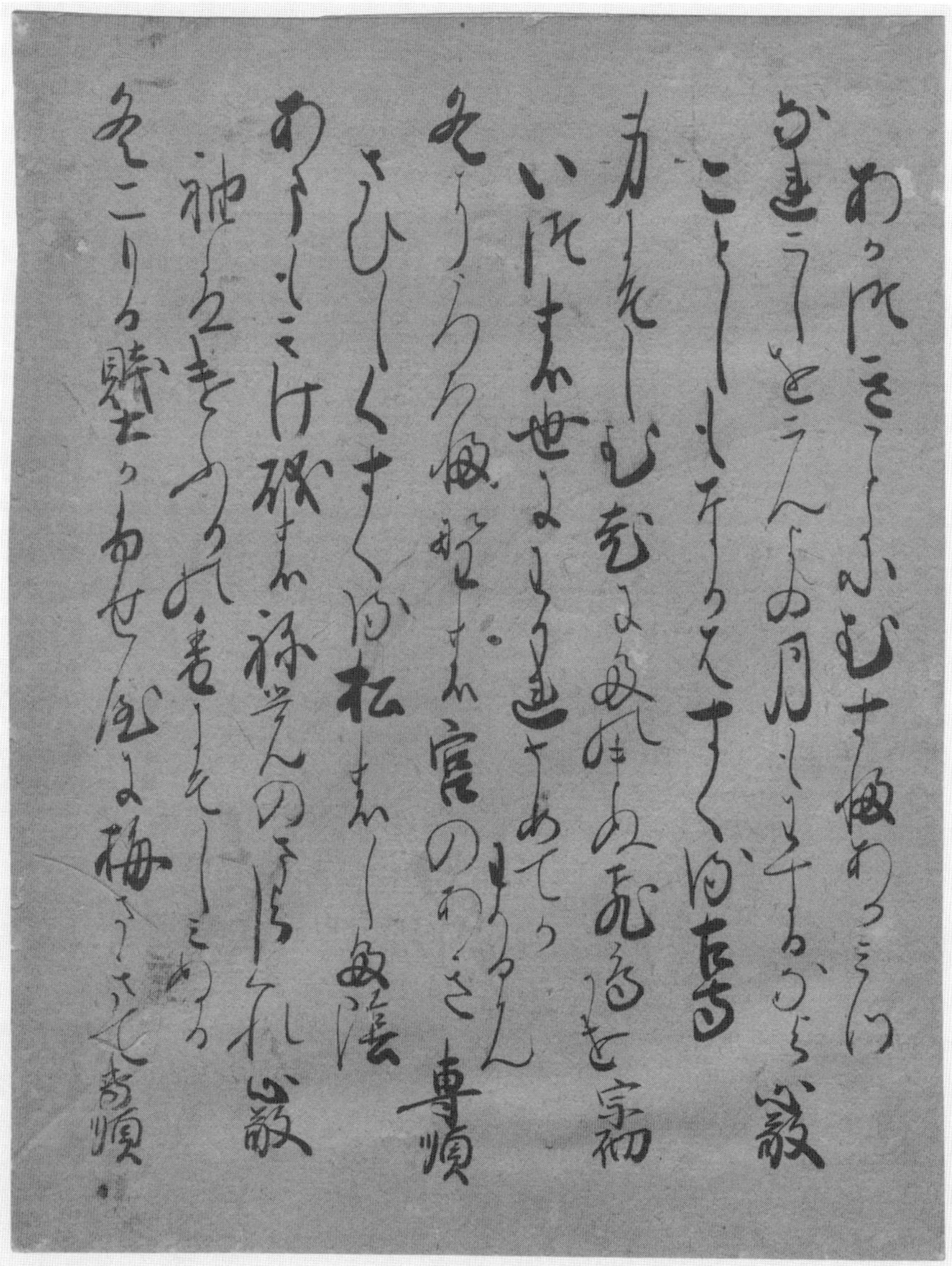

12｜行助　竹林抄切

13 宗梅　竹林抄切

枕の葉しろきはなの山もと
やかてといひし末もたかへし
をそくときいつれをもみん山さくら
心はゆきてわれはゆかれす

竹林抄巻一・春の断簡で、縦一九・四センチ×横五・七センチ。もとは四半形の冊子本。一行目「枕の葉しろき……」は行助の、三句目「をそくとき……」は能阿の作であるが、作者名が記されていない。おそらくは句の下に作者名が記されており、料紙下部のその部分が裁断されているのであろう。

（日比野）

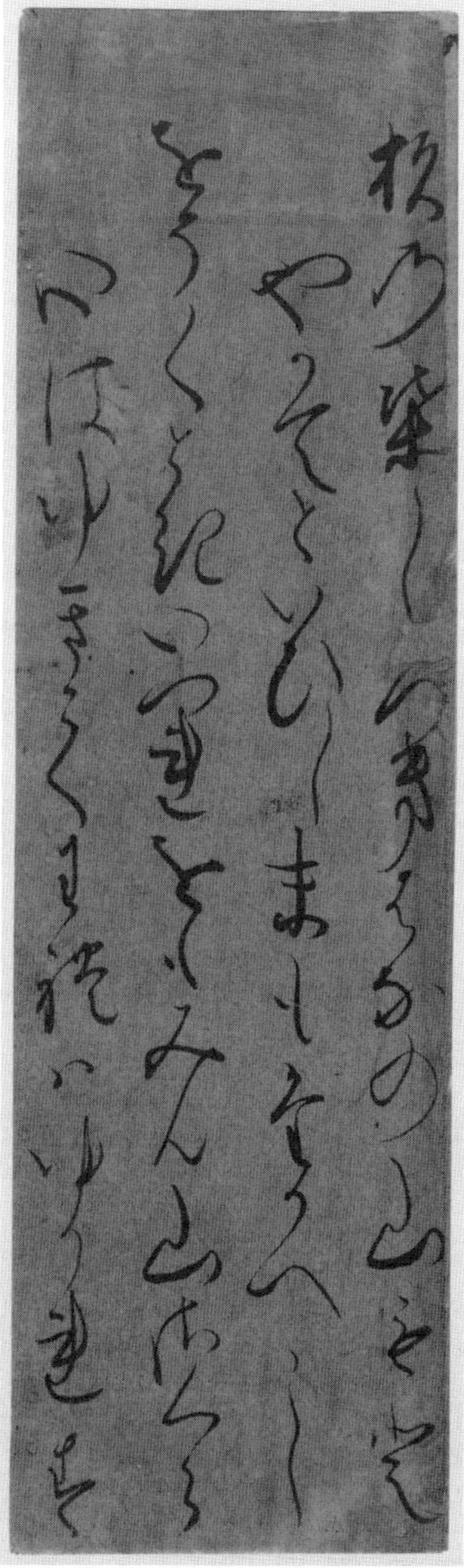

14 山崎宗鑑　犬筑波集切

あふみさるかく能そへたなる
水うみのおきなおもてはしほもなし
すいすいかせのおきにふくこゑ
嗚むしもむかはやぬけてよはるらん
さしなる銭に秋かせそふく
二三十四五十ほとむしなきて
皿のはたにはたゝ秋のかせ
露さむき不破の関やの板おしき
とこともいはすちきりこそすれ
ひさうする庭の草花を小姫こせ

縦二五・四センチ×横一五・五センチで、もとは四半形の冊子本。犬筑波集の一八八・七四・八九・八八・九〇(福井久蔵氏『犬筑波集　研究と諸本』(昭和二十三年→昭和五十六年　国書刊行会)の句番号)に当たる。秋部の七四から九〇については、七四がこの位置に入る伝本、八八の句順の伝本もあり、天理図書館蔵宗鑑自筆本では、八九・八八・八九の順ながら、挿入記号を付し、結果的には八九・八八の順となる。しかし、雑部の一八八の混入は不審で、一・二行目の句頭に付された小さな点は、その不審ゆえに付されたものであろうか。「写し」の可能性も考慮されようが、享受の一面を示し得る資料として興味深く、向後の検討を俟ちたい。なお、伝宗鑑筆犬筑波集切は、複製刊行された手鑑類では徳川美術館蔵玉海にツレと思しき一葉、石川県美術館蔵手鑑に別種の一葉が管見に入った程度であるが、天理図書館善本叢書『古俳諧集』(昭和四十九年　八木書店)の解題によれば「奈良長谷寺・綿屋文庫・鴻之池文庫やその他数種」あり、「宗鑑筆犬筑波集は十指にとどまら」ないという。

(日比野)

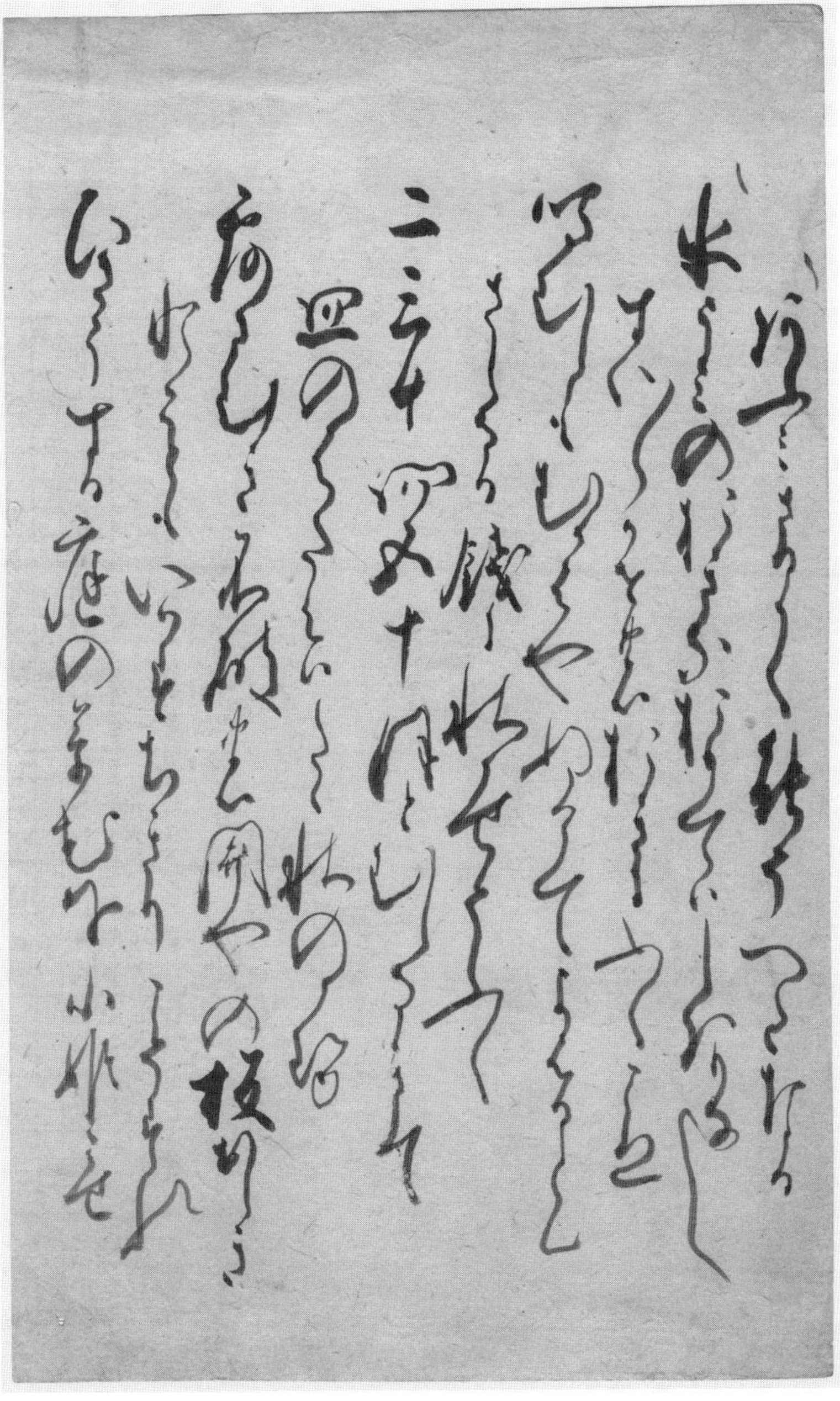

14　山崎宗鑑　犬筑波集切

15 武田元信　下葉切

わたし舟つなく河原の夕ま暮
浪に雨おち鷺のとふ見ゆ
ゆきつるゝほとは道にもかたらひて
木すゑのゆふへ鳥そあらそふ
夕の山そそことしもなき
とふからす見れははるけき峯越て
ゆふ立は露をのこして跡もなし
新撰
あをはの山のよそのうき雲
おくはたかおの山にいらはや
すゑをくむ水の清瀧いかはかり

下葉は、宗祇門下の連歌師宗友の句集で、『島津忠夫著作集　五　連歌・俳諧―資料と研究―』（平成十六年　和泉書院）に天満宮文庫本の翻刻が収められている。また、金子金治郎氏の『新撰菟玖波集の研究』（昭和四十四年　風間書房）に詳しいが、その中で、「かつて広島の古本屋で見た屏風に、この句集の一葉があった。明応ごろの書写と見てよい古写の一葉で、五句一〇行の断簡にすぎなかったが（以下略）」として紹介されるものが、掲出切そのものであろう。縦二五・二センチ×横一九・三センチで、もとは大形の冊子本。金子氏は、八行目句頭にある「新撰」という新撰菟玖波集への入集を示す集付けがあることによって「天満本とは別系統の伝本だとしなければならない」とする。

（日比野）

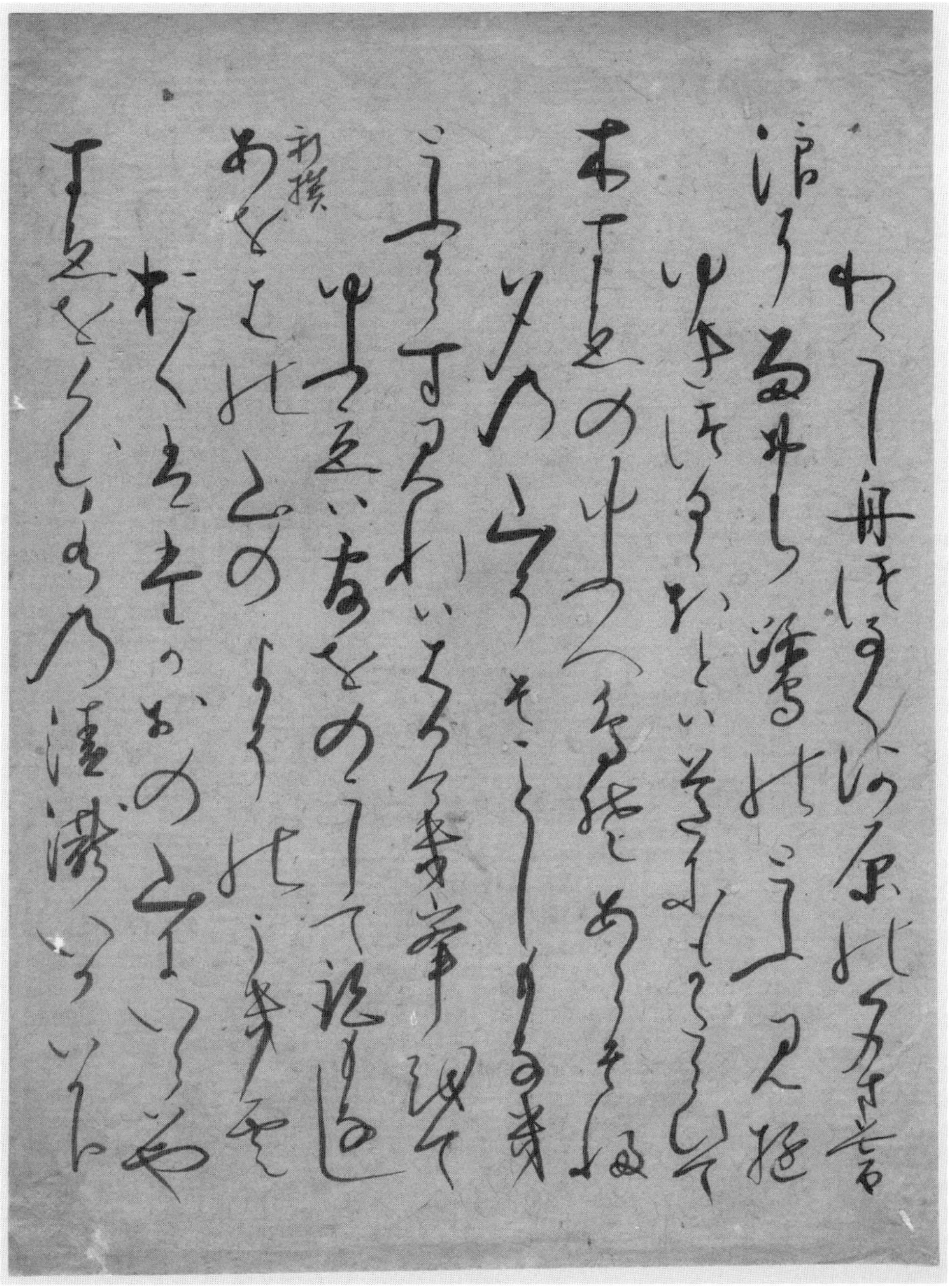

15｜武田元信　下葉切

16 良純親王　老葉切

いつの時にかおもひ捨まし
命よりうらみははてもなきものを
たれを心のおもひいつらむ
うくつらく成来てふたり絶る世に
書と丶めつることの葉をみよ
恋しなむ後はおもひも出やせむ
ある世をせめて問人もかな
しらさらん後のまことは■かせん
つれなくてこそつゐに過ぬれ
恋しぬとよそにはしらん跡もうし

宗祇の句集である老葉は、初編本と再編本に分けられ、再編本はさらに無注本と有注本に分類されている。また、有注本は宗祇注・宗長注と、両者を取り合わせたものとがある。

掲出は、後陽成天皇の第八皇子・良純親王を伝称筆者とする老葉巻七・恋下の断簡で、縦一五・七センチ×横一七・五センチ、もとは冊子本で一面に十行を書写する。書写年代は江戸初期にまで下るようである。句の配列からは宗訊本系統と思われる。

なお、八行目■とした箇所は、他本を参照するに「何」が入るのがよいか。

（日比野）

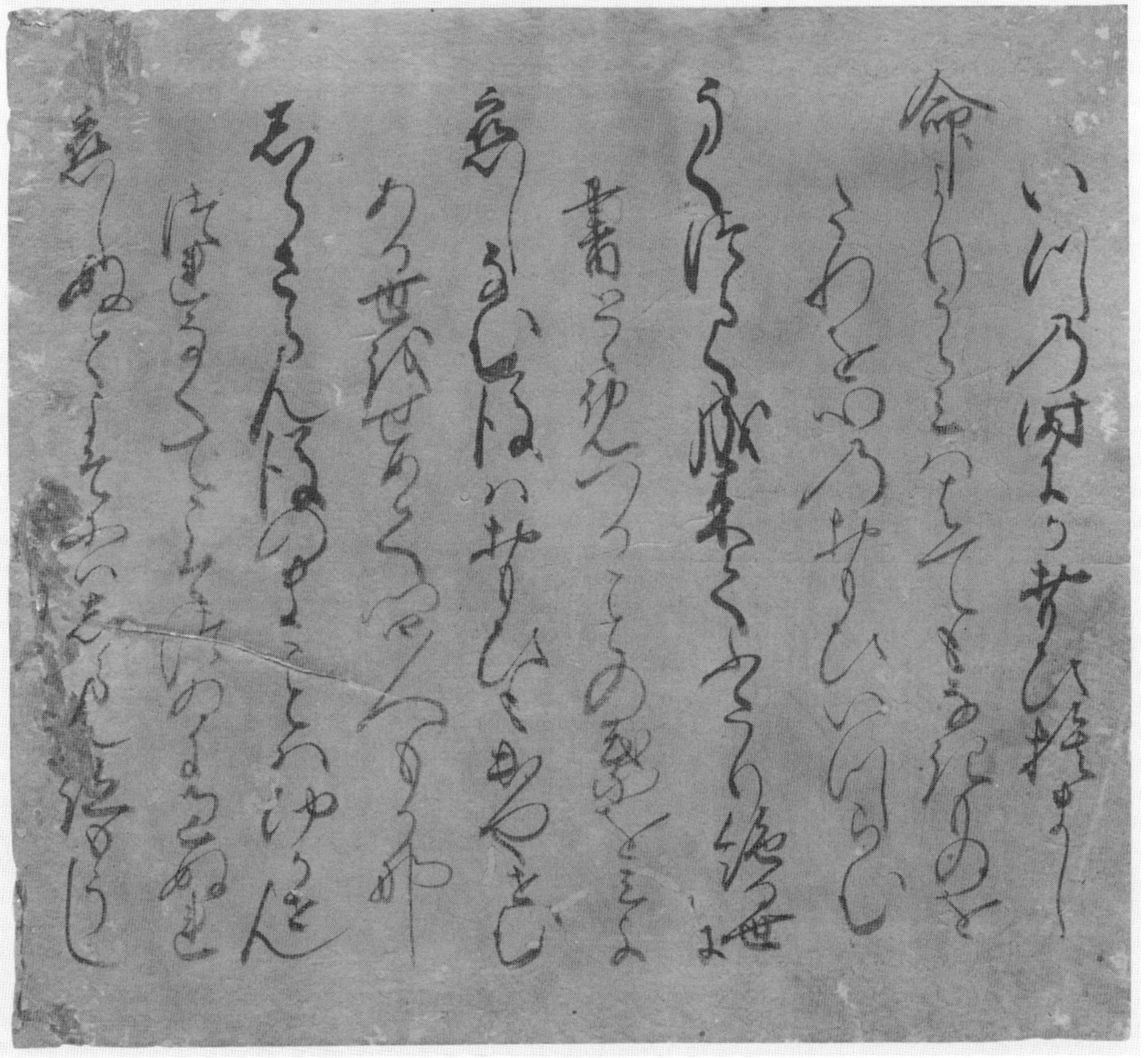

17 筆者未詳　老葉切

専順法眼の坊にて暮秋の心を
露にきえ木葉に散て秋もなし
長尾左衛門尉もとへはしめてまかり
しとき九月尽を
秋をせけはなは老せぬ菊の水
十月一日の会に
神無月けふや八雲の初時雨
羈中にてしくれを
をくりきてとふ宿すくる時雨哉
おなしこゝろを

縦二三・三センチ×横一五・四センチ。もとは一面十行書の四半形の冊子本。巻十・発句の部分で、句の配列から宗訊本系統と思われる。書写年代は室町後期を下るものとは思われず、同系統本の成立からさほど隔らぬ頃の書写断簡として注意すべきであろう。

（日比野）

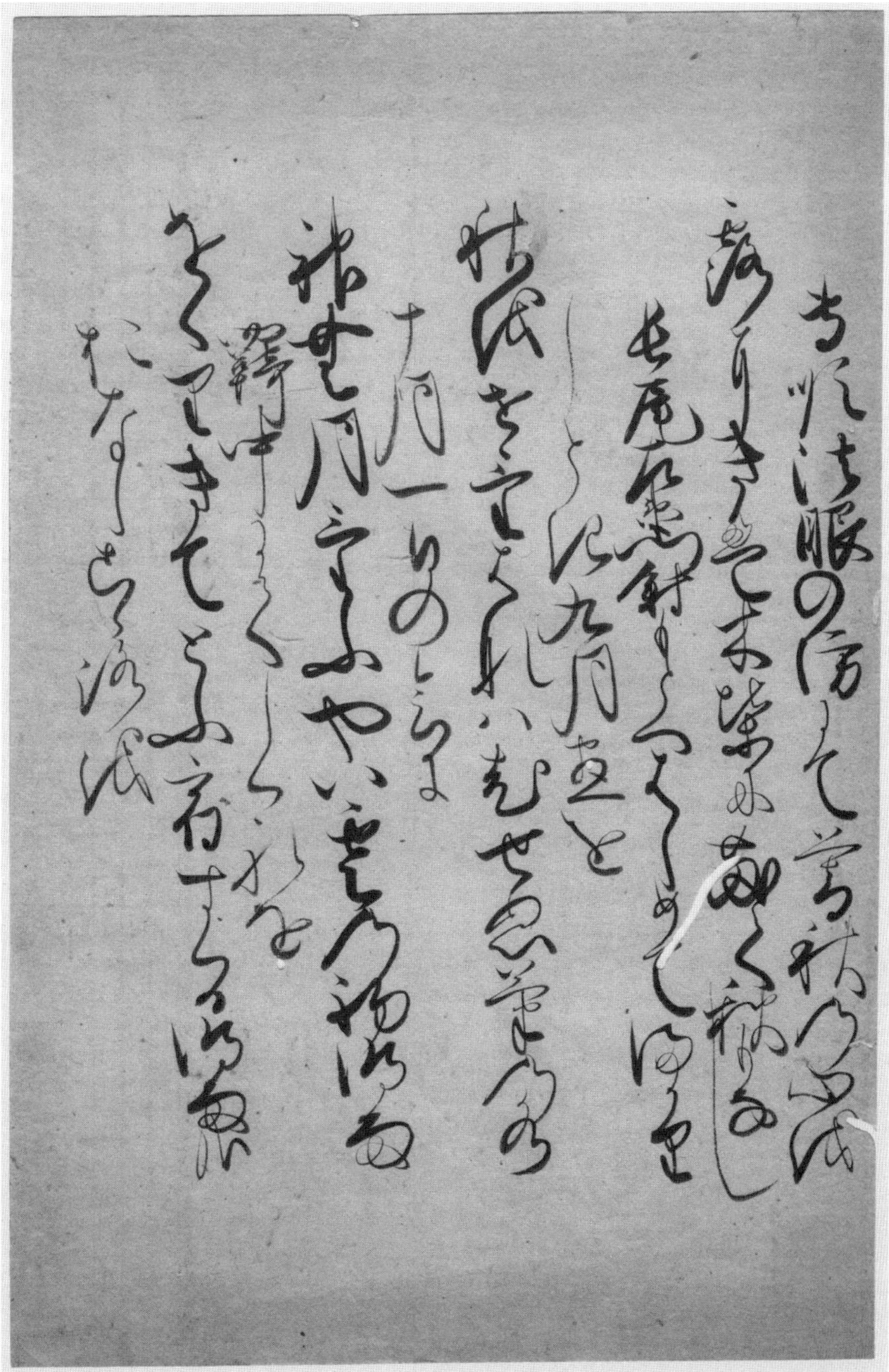

17 筆者未詳　老葉切

18 筆者未詳　老葉切

待になひかはうれしからまし
たえねたゝはふきはよその玉かつら
風のみさはくゆふ暮の秋
たのめしは桐の下葉の音もせて
物おもへとはたゝちきるらん
たのめすは侘つゝもねん雨の夜に
あふ夜にいつかとかん下帯

縦一四・〇センチ×横一二・四センチ。下葉の巻七・旅の部分。句の配列が、吉川本・毛利本・愚句老葉とは異なり、宗訊本の系統であろうと推測される。

未詳のものも含め、老葉の断簡は少なくない。広く享受されていたことは言うまでもない。

（日比野）

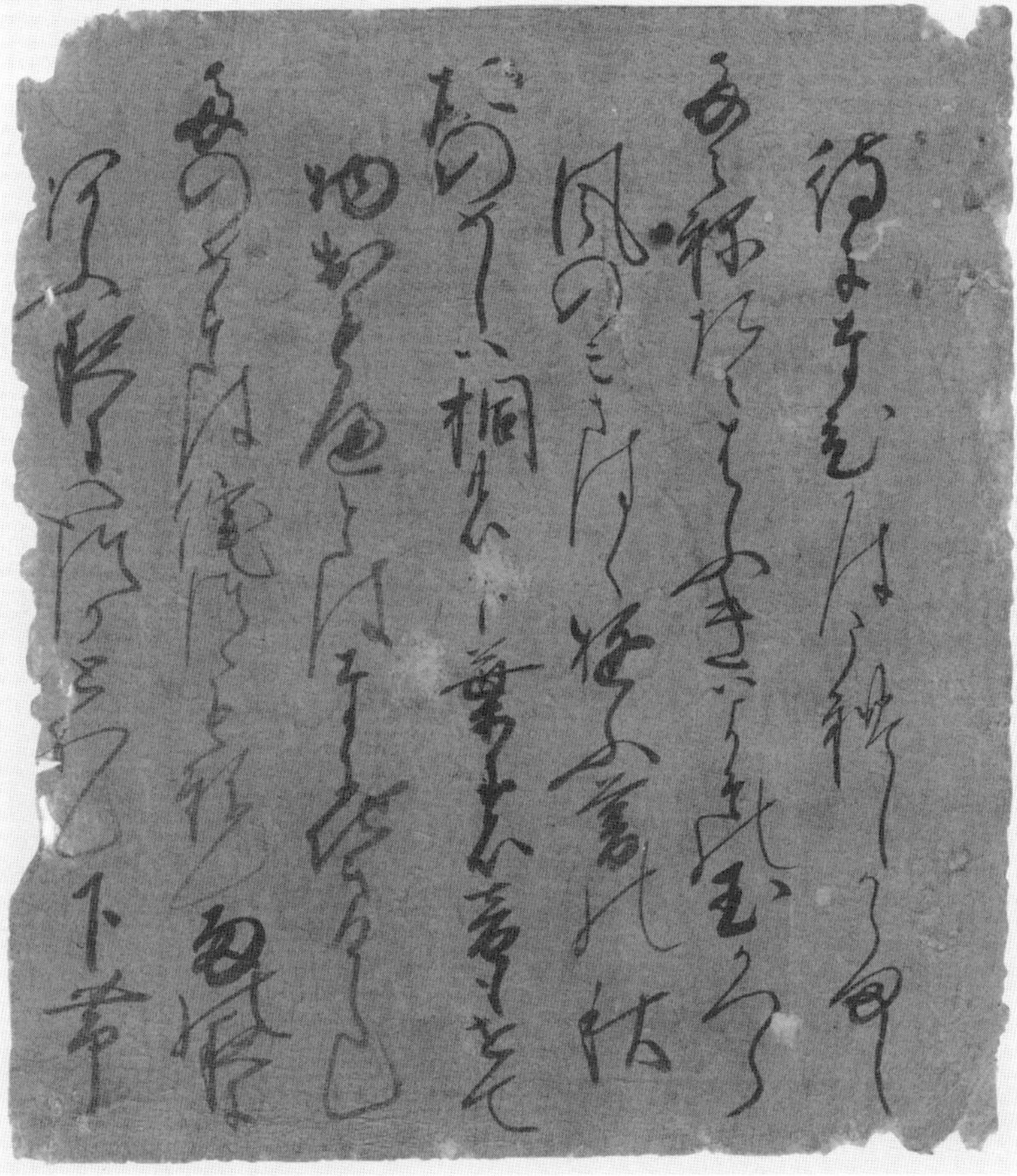

18　筆者未詳　老葉切

19 飛鳥井頼孝　老葉注切

あはをとりあはせてかやう申侍り
さとなき山に犬ほふるこゑ
水なかれ桃さく谷の奥ふかみ
　仙家の心也桃犬いつれも仙境に
有物也奇-犬吠《ホウル》レ花ニ声流《ツタウ》二紅-桃ノ
之浦ニ一此詩の心也
　しつか手ひきのいとまなきころ
返す田のくろの春野に牛かひて
　田を返し牛をかふにしつか手

　掲出断簡には、「浅井一香軒」とする極め札が付属するも、書き出しの文言が「幽橋聞雨」とあってこの断簡の書き出しと合わず、裏書にある飛鳥井頼孝を伝称筆者とした。縦一五・六センチ×横一三・〇センチの、もとは六半形の冊子本の断簡。一面に九行を書写する。巻一・春の部分。本文は毛利本に一致する。注は宗祇注と見られるが、小異ある。なお二行目「さとなき山に犬ほゆるこゑ」は、川越千句（第十）に心敬の句として一致する句があるが、偶然の一致と考えるべきであろうか。

（日比野）

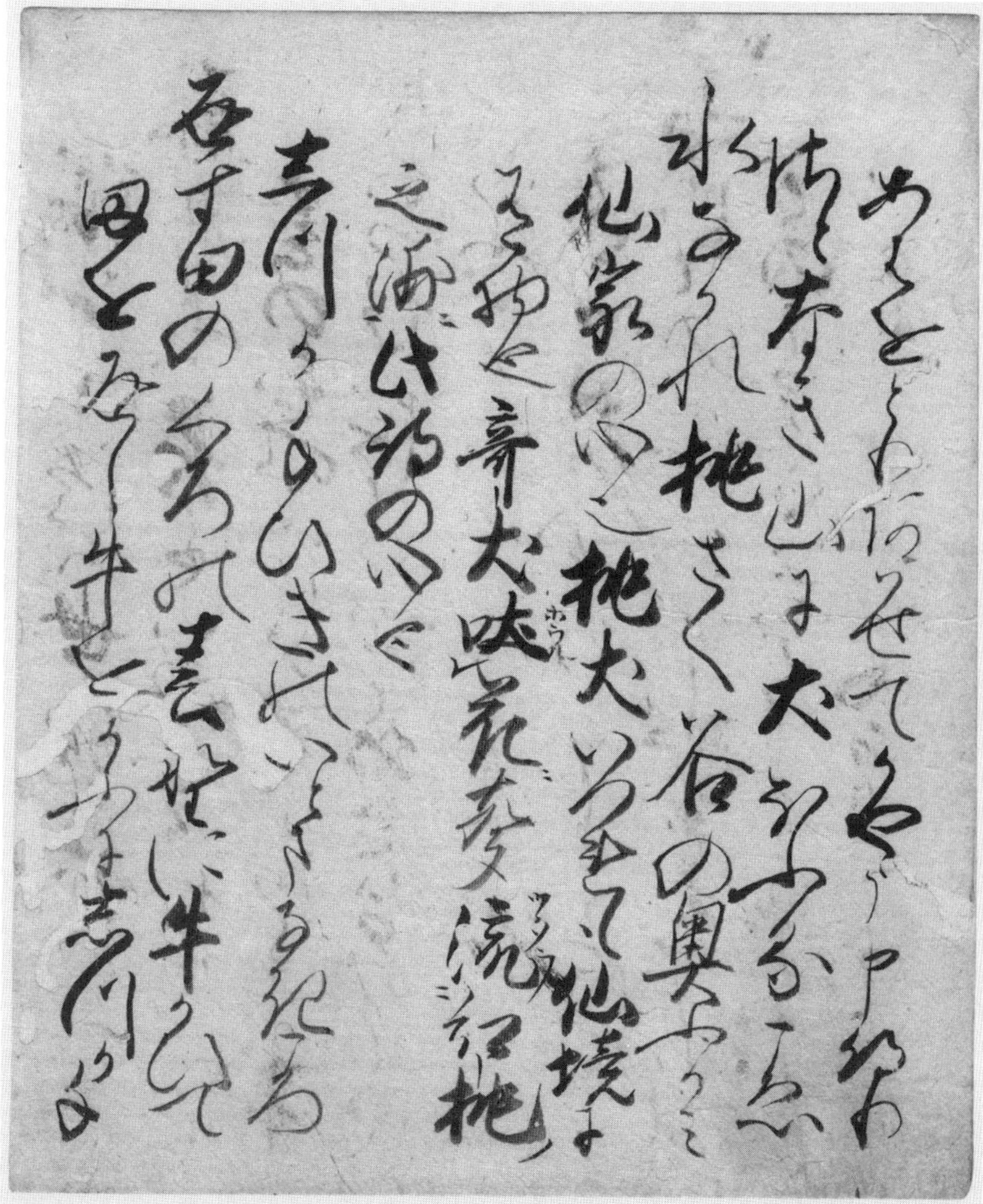

20 宗長　老葉注切

あふひかくるは四月中酉　式子内親王に
おはしましける時の御哥にや
忘めやあふひを草に引結かりねの、への露の曙
なかめつるけふはむかしに成ぬとも軒はの梅よ我を
忘な
斎宮は太神宮斎院は賀茂いつれも野宮也
宿いて、みすは雪もやうらみまし
やまかせよはるうつみ火のもと
はかなやとしもはや暮にけり
山さとの木の葉の跡に梅さきて

縦一八・四センチ×横一一・五センチで、やや大振りの六半本が裁断されたと見るよりは、一面九行書の小四半形の冊子本とみるべきであろうか。料紙右端に綴じ目の跡が見える。三・四行目の歌頭に朱の合点を施す。巻四・冬の部分。毛利本・宗訊本ともこの箇所は句順も一致しており、この一葉から系統を断ずることはできないが、注は宗長注である。宗長の署名入り短冊と比較すると、極めて類似しており、宗長の真筆の可能性が十分にある。宗長真筆であれば、連歌本文も宗祇真筆を直接披し得る人物の書写本文であり、注はその自筆ということになり、極めて資料的価値の高い一葉となる。詳細な検討が俟たれる。

後掲（21）は、この断簡の直後に当たるツレである。

（日比野）

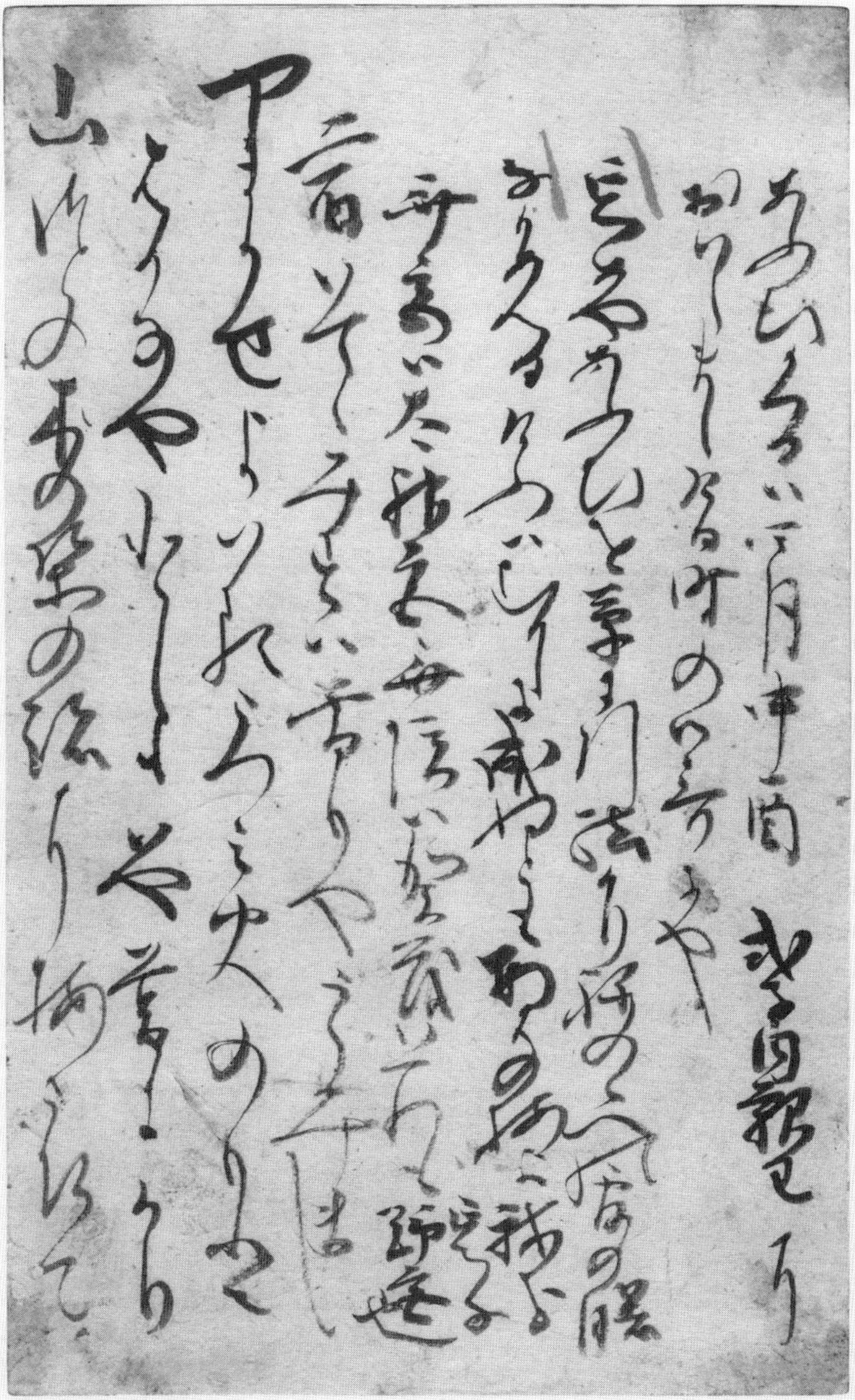

 20｜宗長　老葉注切

21 宗長　老葉注切

さむきはかりに春をこそまて
梅かほる冬のかきほの山おろし
み山かくれそかすみそめぬる
やく炭のけふりに年のすゑみえて
名残あまたの春にこそあへ
年の暮老もかきりとおもふ世に
此五句又みえ侍るはかり也
はるかにかへる山寺のみち
九重に仏となふる年暮て

前項（20）伝宗長筆切に直接するツレの断簡で、巻四・冬の末尾。縦一八・九センチ×横一一・八センチ。縦の大きさが五ミリほど大きく、これが本来の大きさに近いようである。

（日比野）

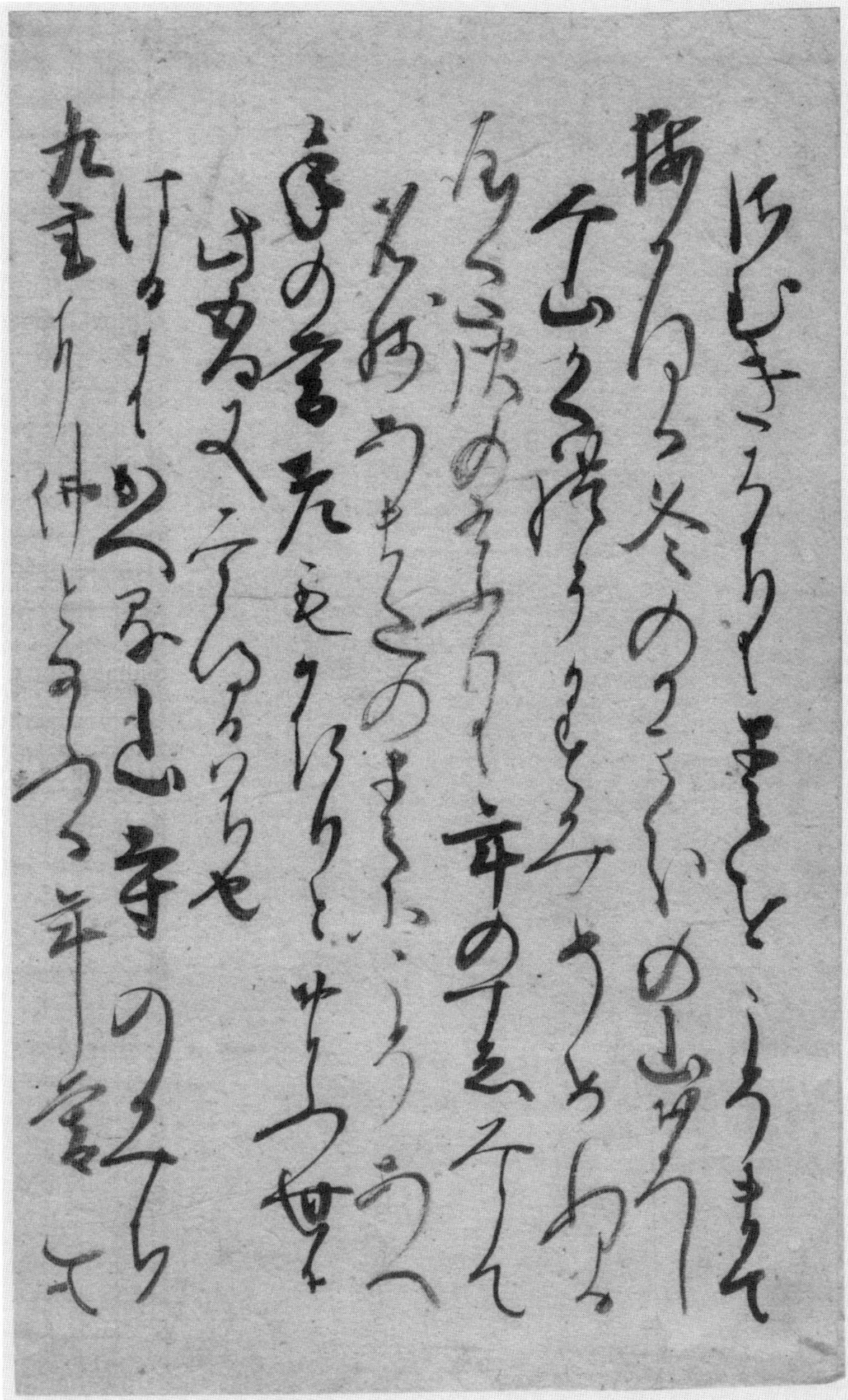

21　宗長　老葉注切

22 十市遠忠　老葉注切

かよふそとは宿直人のことなり忍へき
方を行かよふといふこゝろなり
　いつあらはれて契むすはん
せきもりのゆるさぬ中はあふもうし
あるしゆるしてけりなと伊勢物語に
侍るよりおもひよれり
　あふとするまにあけはつる空
まれにとふ夜はに岩戸の関もかな
逢よのとりあへす明るをおしむ心なり
源氏物語にもくらふの山にやとりもと

老葉の巻六・恋下の部分で、縦一九・三センチ×横一二・七センチ。もとは小四半形の冊子本の断簡で、一面に十行を書写している。注は宗祇注である。書写年代は室町後期頃か。ツレの断簡が徳川美術館蔵文車に二葉みえている。

（日比野）

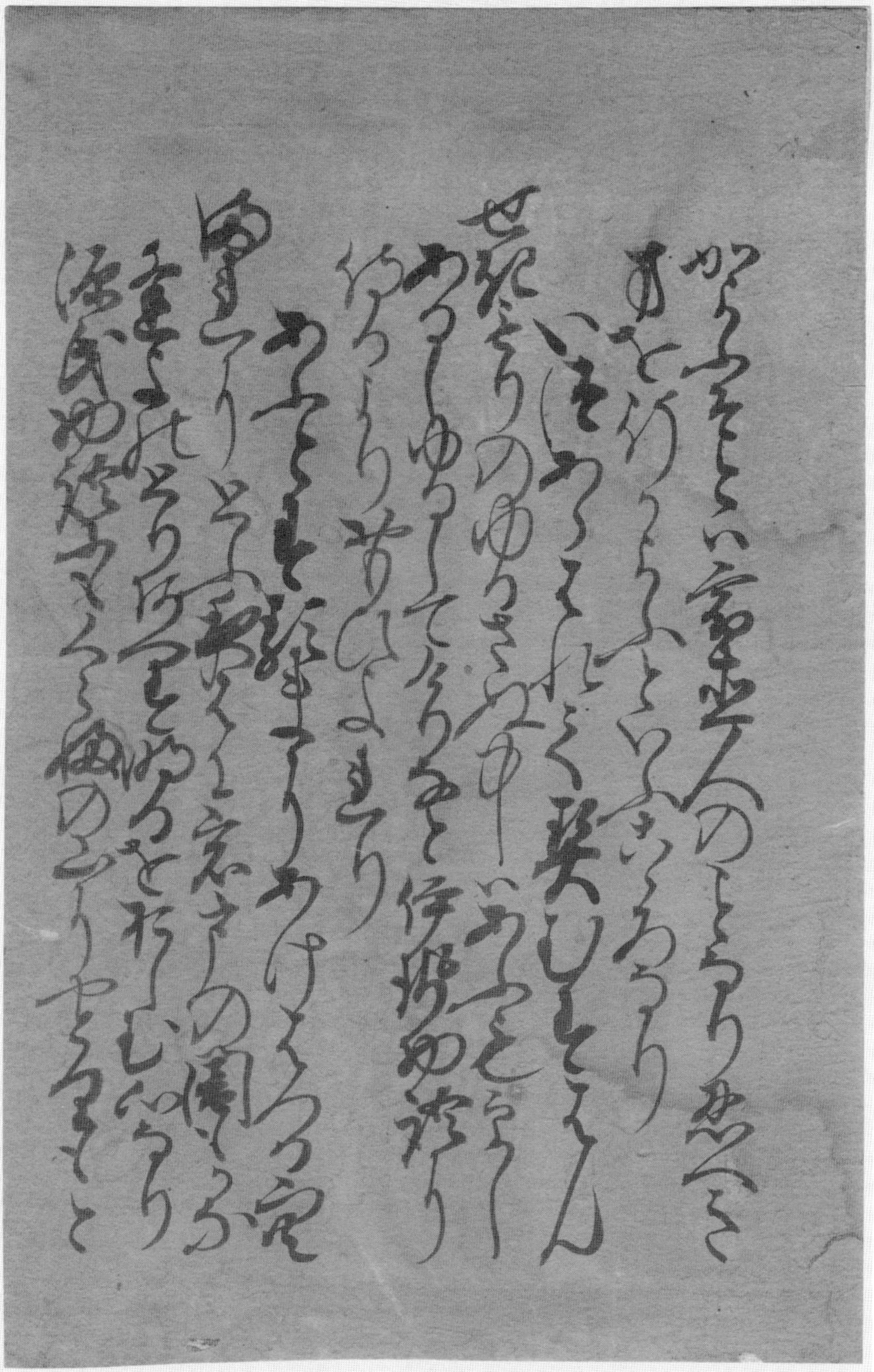

22 十市遠忠　老葉注切

23 周桂　老葉注切

いまはのうらみいかさまにせん
それをたに花のかたみの風絶て
打みえ侍にや
　人もたつねぬ故郷はうし
桜さくみかきかはらの春くれて
ふるさとのみかきか原と読り心は見え
侍のみなるへしみかきかはら禁中
よし野にとあり

縦一七・五センチ×横一二・四センチ、もとは四半形の冊子本で一面八行。巻一・春の末尾で、注は宗長注である。「一覧」には周桂を筆者と極める老葉の宗長注切はA・B・C三種類、数葉が報告されているが、ほとんどが個人蔵や古書店目録掲出切などで、未だに確認できていない。向後の検討を待ちたい。なお、一行目「いまはのうらみいかさまにせん」は、明応七年（一四九八）一月二十七日に行われた何山百韻にも同一の句がみえている。

（日比野）

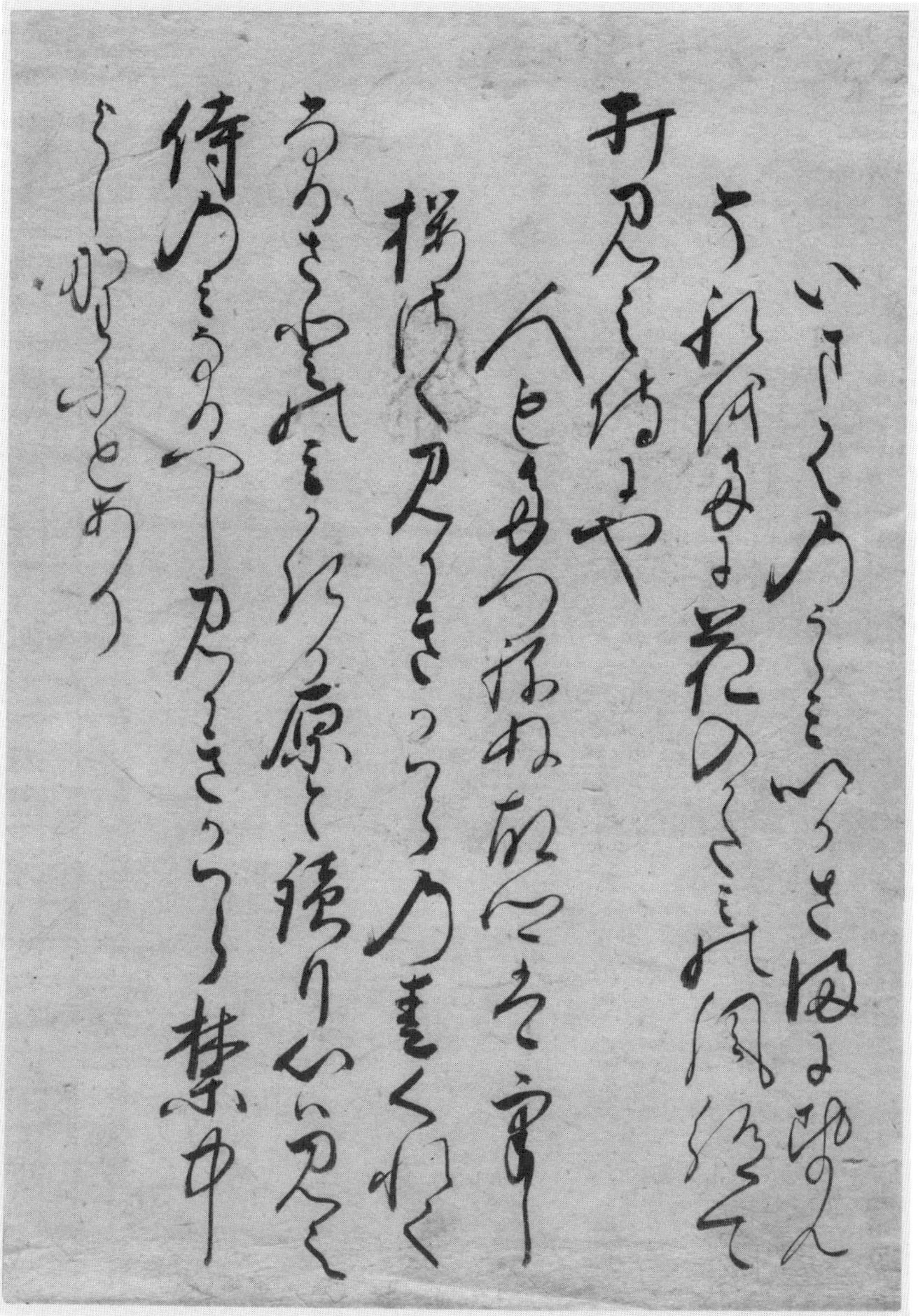

23 周桂　老葉注切

24　寿慶　老葉注切

老葉第九
　雑連哥下
　　雲ものこらぬ夕立の跡
かけたかきあまのかく山月澄て
　　遠きあかたも君あふくなり
松浦山かけにおさまる風をみて
大伴田舎ヲアカタト申侍レトモ遠キ縣トハ先松浦ヲ云也
　　ことの葉はなけくにやすき道ならて
あふけはいか丶たかさこの松
高砂住江ノ松モ相生ノ様ニト云事侍ル也アフケハタカクト云心也
　　みるさへうしや一筆のあと
朽のこる松かうら嶋なみこえて

縦二〇・〇センチ×横一六・一センチ、もとは大六半ともいうべき大きさの冊子本であったらしい。一面十行書。本文の筆跡は寿慶の短冊などと比べると、その真筆とみてよさそうである。寿慶は天文二十一年（一五五二）からその翌年頃に八十歳前後で没したようであり、書写年代はこれ以前ということになる。本文は宗訊本に一致する。宗祇の門人の書写にかかる宗祇句集であり、資料的価値は低くはない。巻九・雑下の巻頭断簡。行間に書き入れられた注は宗祇注で、後に追補されたものと思われる。なお、六行目と八行目の句頭に墨点を施す。

（日比野）

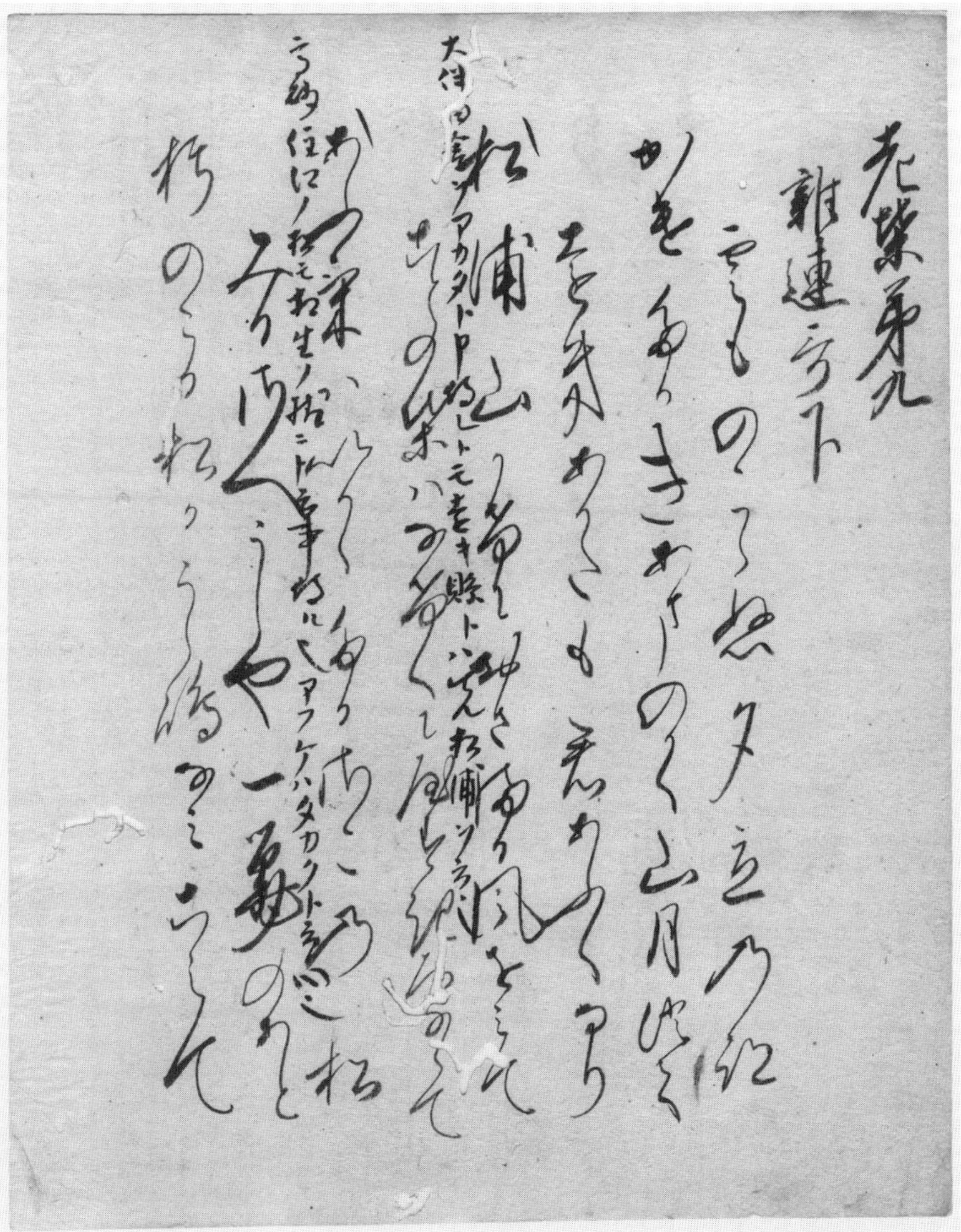
老葉第九
雑連哥下

25　寿慶　老葉注切

春のはしめに霞を

山や今朝めのうちつけの春霞

打ツケハ見端的也山ヲミレハヤカテカスメル心チスル也

草庵の会に梅を

古哥云　梅カ枝ニ降ヲケル雪ヲ
春チカミ目ノ打ツケニ花カ
トソミル

やふしわかぬ《主無》春日に匂へ宿の梅

前項（24）伝寿慶筆切のツレで巻十・発句の断簡。縦一九・九センチ×横五・七センチ。最終行「やふしわかぬ」の左に「主無」と傍書がある。他にもツレの断簡は徳川美術館蔵集古帖や『浄照坊蔵古筆切集』（伊井春樹氏他編　昭和六十三年　和泉書院）などにみることができる。

（日比野）

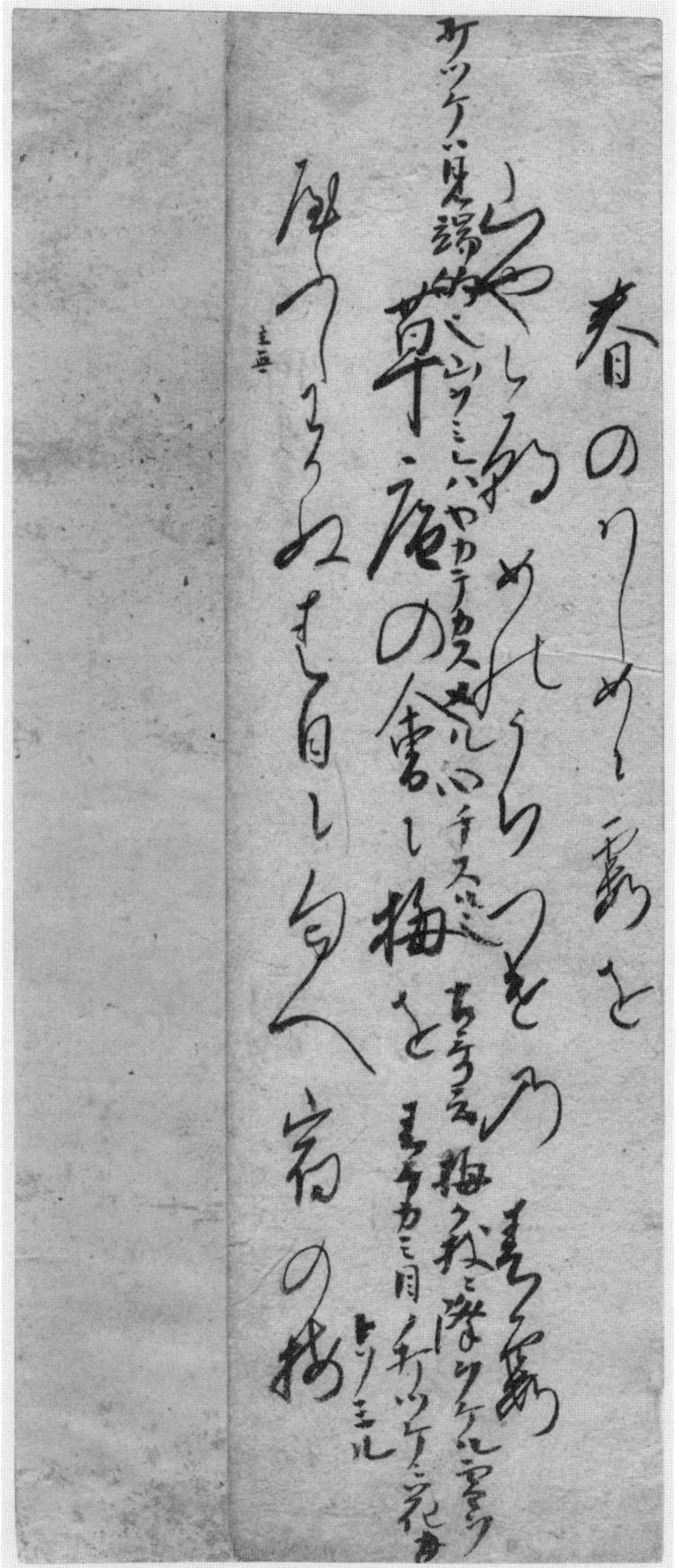

25 寿慶　老葉注切

26 紹鷗　老葉注切

人の心にかきりやはある
忘すはこよひならてもとは丶とへ
いつの一日かやすく過ける
夕暮はとひもとはすもたへ侘て
まつをみつ丶もくる人はなし
思ひをもきかてとはすはいか丶せん
此四句又様々の心こもり侍り恋の切成心
色々也能々心を付て見侍へし別に心は有へ
からすみえ侍るまてにや
はやうつろへるくすのはの色
神垣もこえんと云し人はこて

縦二四・四センチ×横一七・七センチで、もとは一面十一行書の冊子本の断簡。巻六・恋下の部分で、本文は宗訊本に一致する。注は宗長注であるが、愚句老葉では句順が相違し、七行目「此四句」が「此五句」とするなど異同がある。なお蓬左文庫蔵宗長注本のように、断簡と一致するものもある。宗長注の、諸本の異同に応じた変動をうかがい知ることができよう。

（日比野）

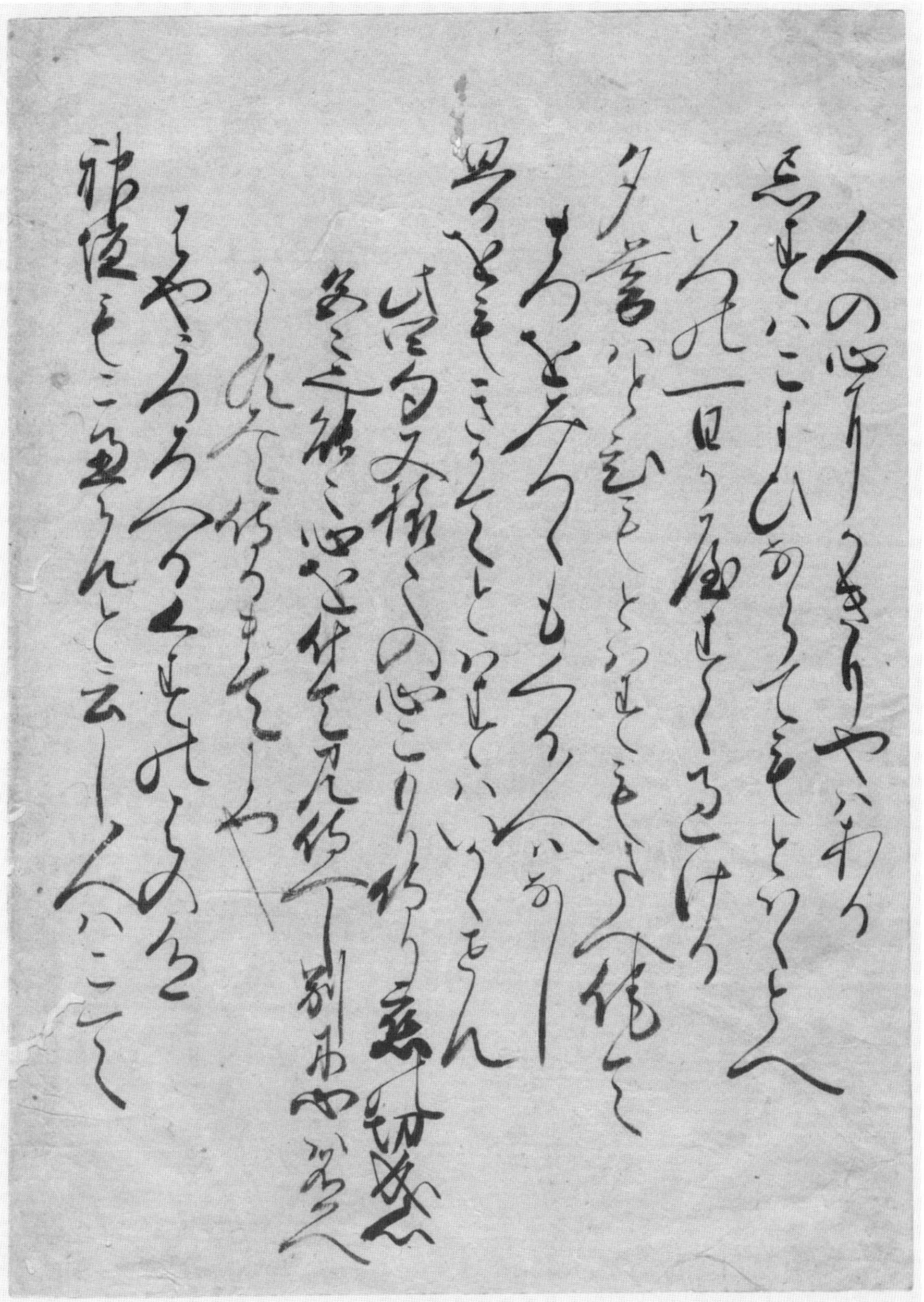

 26 紹鷗　老葉注切

27 徳大寺公維　老葉注切

花みにと幾しら雲にまよふらむ
岩根ふみかさなる山を分捨て花も幾えの跡の白雲
みやこに近き心こそなれ
深山木を分こし道に花開て
友なき鳥の夕暮のこゑ
花かほる太山◦《の》苔路ふみなれて
むかしをは人の證もはるけきに
花こそ残せしかの古郷
一花こそのこせなと新しき作意にや
明日よりは志賀の花園稀にたに誰かはとはむ春の古郷
さゝ波や志賀の花その見る度にむかしの人の心をそしる
春こそ人はあらぬさまなれ
うかるなよみさりし花はいつさかん
をして計へきにあらす但みさりし花はいつさかむとはあまりに人の心あくかれて狂するをいさむるにやあらぬ様は狂する心とみゆ

縦二二・〇センチ×横一六・八センチで、もとは大形の四半形の冊子本。一面に十六行を書写している。巻一・春の断簡で、最も高い位置から朱点を付して証歌、一字下げて注、七字から八字下がったかなり低い位置から句を書写している点に大きな特色がある。注は宗長注であるが、句は現存伝本と一致していない。当該切には前句・付句合わせて九句見られるが、吉川本・毛利本・宗訊本・愚句老葉のうち、句順は異なるものの、ここに見られる九句を完備しているのは愚句老葉のみである。なお、断簡五・六行目「友なき鳥の（他本では「ともなふ鳥の」）……」と「花かほる……」の句は、老葉に先んじる同じ宗祇の句集萱草にもみられる。句の出入り、句順などから老葉編纂に示唆するところもあるようで、興味深い断簡であるといえよう。

（日比野）

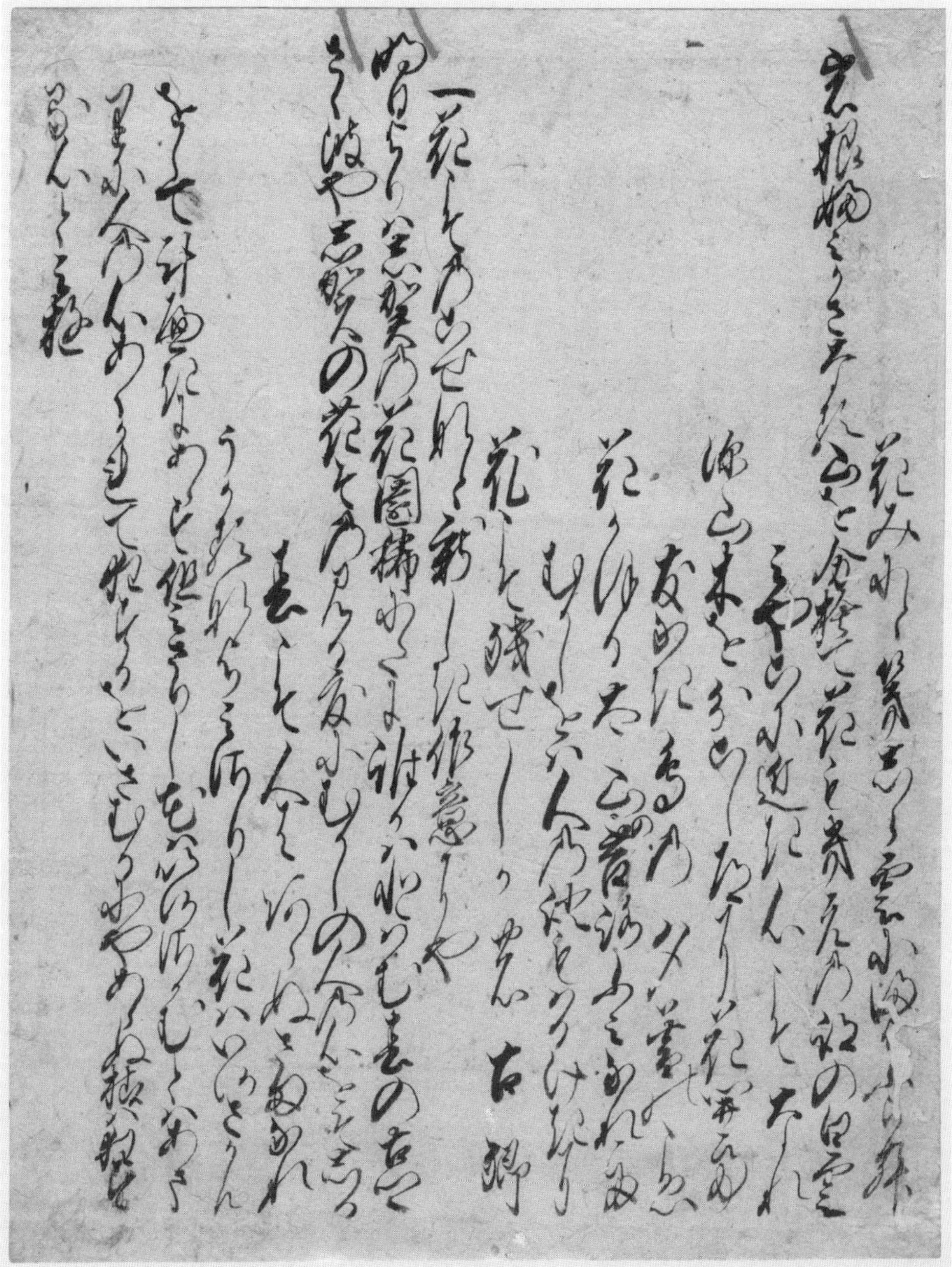

27 徳大寺公維　老葉注切

28 昌叱　老葉注切

我ゆふくれと鹿やなくらむ
柴の戸のあはれに身こそあるしなれ
螢のかけそともし火となる
あし原にあまの釣せし舟くちて
此二句又みえたるにや
ふく笛さひしかよふ山みち
麓ゆく舟にすなとる火はみえて
海辺山路の景気にや漁笛村笛なといへり
漁火と笛のきこえたる様にや
宗祇説木こりの笛を釣舟の笛に取なす也

縦二二・七センチ×横一六・七センチで、もとは四半形の冊子本。一面に十行を書写する。昌叱の署名入り短冊が慶安手鑑に見られるが、模刻ということもあり、また、比較できる文字が思いのほか少なく、昌叱の筆跡と断ずるには至っていない。本文は毛利本・宗訊本ともに一致しており、この一葉から系統を断ずることはできない。巻八・雑上の部分で、注（五・八・九行目）は宗長注であるが、一カ所（十行目）のみ「宗祇説」として宗長注を引用する。愚句老葉は宗祇注・宗長注の順であり、ここにのみ宗祇注が、宗長注の後に入れられているところから、敢えて付加されたものであろう。老葉に注が付加されていく一過程の様相が垣間見られて興味深い。「一覧」に既出。志香須賀文庫旧蔵。

（日比野）

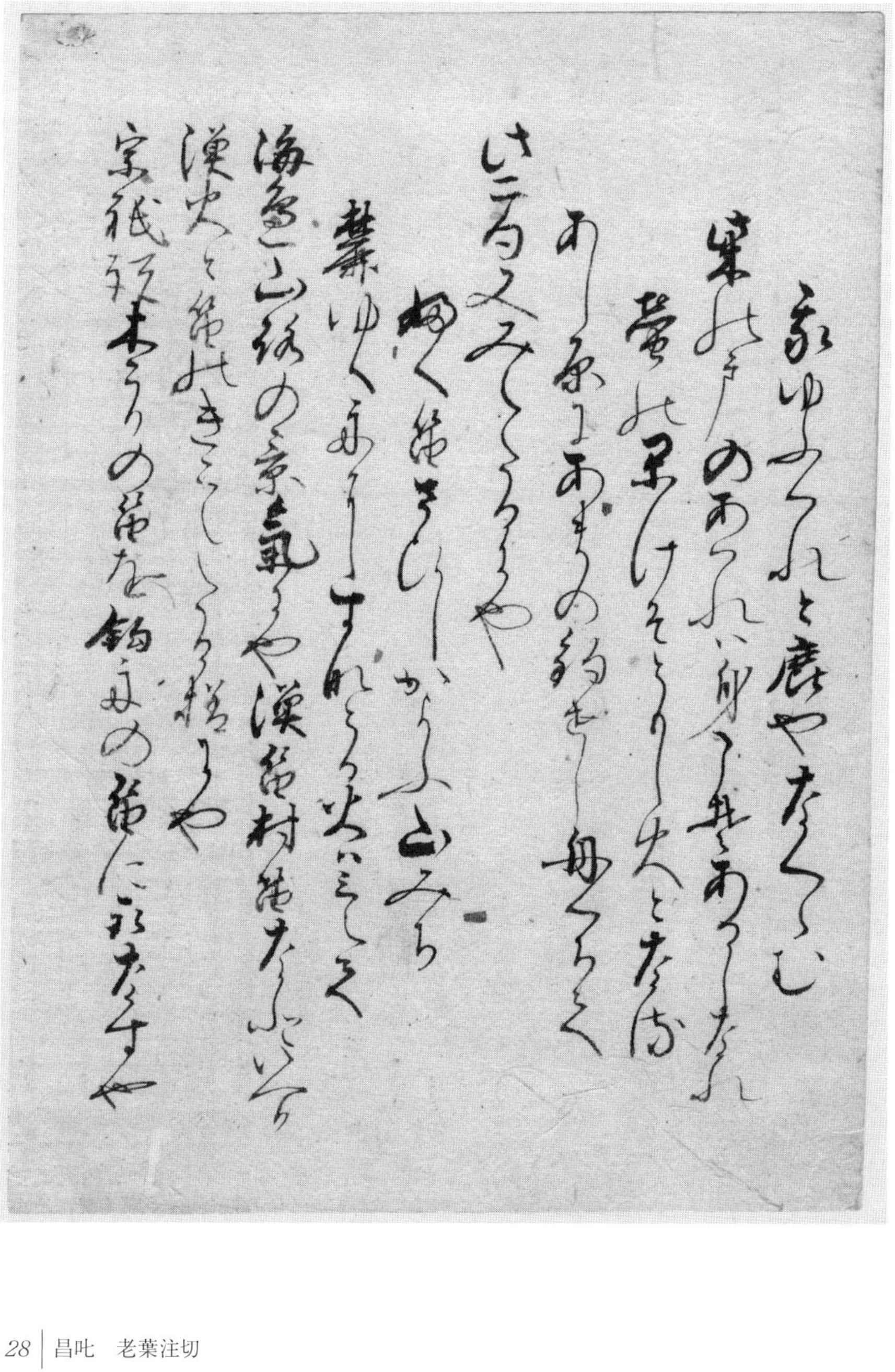

28 昌叱　老葉注切

29 細川幽斎　老葉注切

いかなるとりそ雨になく声
よな〳〵の月につれなきほとゝきす
月にとたのむ時鳥雨になき侍れは
いかなる鳥そといへり無名の鳥に名
鳥は嫌事なれと是はいかなる鳥そと
時鳥にいひおほするなるへし
しつくのもりはうらみあるそて
ほとゝきすこゑまつ月に立わひて
時鳥声まつ程はかた岡の森の雫に立やぬれまし
雫のもりをかたをかのもりのしつく

縦二一・四センチ×横一五・一センチで、もとは一面十行書きの四半形の冊子本。幽斎（玄旨）の署名入り短冊と比べると、一見力強さに欠けるきらいあるが、類似した特徴も見受けられ、真筆の可能性も無しとしない。ここでは、真筆の可能性の指摘に留めておきたい。ツレと思しき断簡は管見に入っていない。巻二・夏の部分で、注は宗長注であるが、本文は毛利本・宗訊本ともに一致しており、この一葉からその系統を断定することはできない。ツレの出現を俟って検討したい。

（日比野）

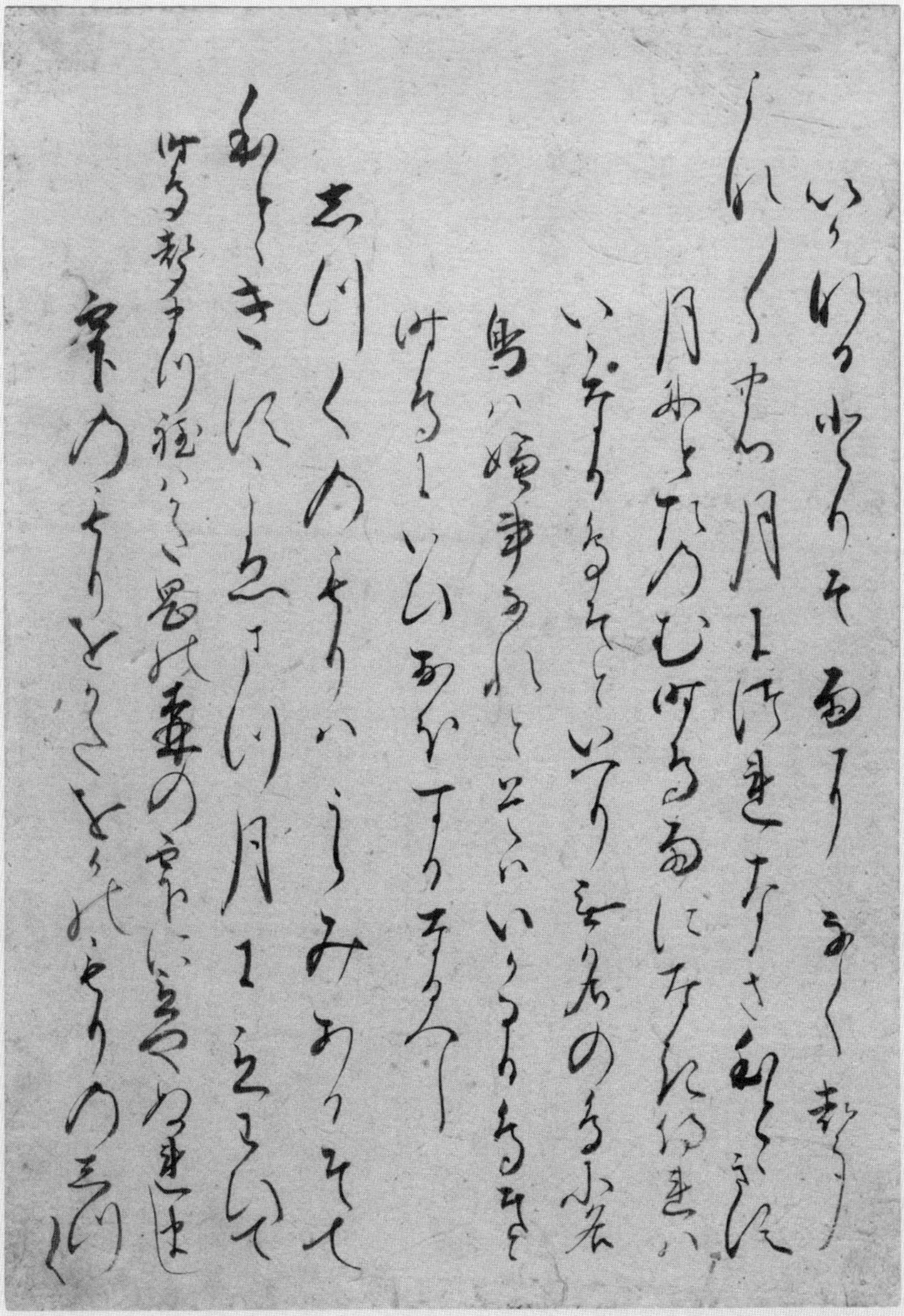

29 細川幽斎　老葉注切

30 猪苗代兼純　芝草句内岩橋切

年をのみつむしき嶋のわかなかな

　わか哥道の年をのみかひなくつみていたつらなることをしきしまのわかなとそへて心懐をのへ侍る也

梅か丶をとふ人なれやこけの庭

　ゆうせいかんきよの庭には春とて人の影もなけれは梅のうち句侍るをとふ人かとあやまたれたるとなり袖と申へきを人といへる此句○《の》ふんこつ也

梅の花あひよりもこきにほひかな

　心敬は自らの和歌・連歌を芝草という全八冊に集大成していた。芝草内岩橋は、文明二年（一四七〇）、或人から望まれて芝草から自句・自詠を抜き出して注を加えたもので、発句と付句の上冊、和歌の下冊の二冊から成る。掲出は、その上冊の断簡で、縦二四・八センチ×横一六・〇センチ。もとは四半形の冊子本で一面十行書。八行目「袖と申へきを……」の一文が、『連歌貴重文献集成　五』（昭和五十四年　勉誠社）に収められる本能寺本では「家隆の荻の上風なとをうらやみ侍り」とあるなど、異文がある。九行目「此句」の後に挿入記号を付して「の」と傍書する。また、同行「ん」に重ねて「○」のような印があるが、不詳。兼純の筆跡との確証はないが、室町中期頃の書写と思しく、成立から程経ぬ頃の書写本といえよう。

　なお七行目、「句」としたが「匂」とあるのがよいか。

（日比野）

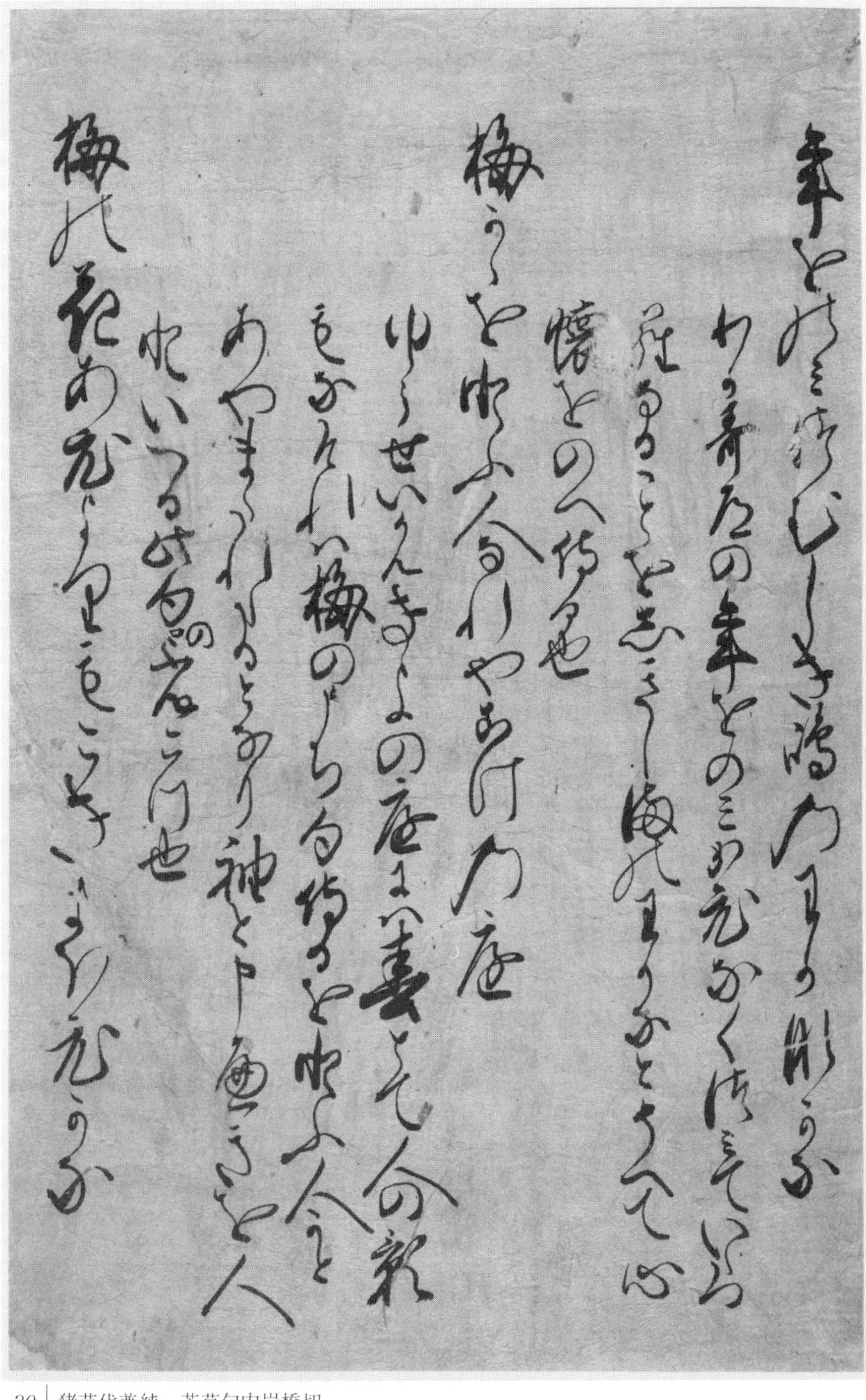

30 猪苗代兼純　芝草句内岩橋切

31　専順　専順句集切

このねぬる夜を初秋とふく風に
三の車もひくとこそきけ
七夕のあふ夜もうしの時ふけて
山みえわたる窓のくれ竹

縦二四・四センチ×横七・一センチで、青雲紙に銀散らし金泥下絵の料紙が用いられている。断簡一行目から三行目の三句と同一の句が、専順の前句付並発句に見られる。作者表記のない書式からは、個人の句集と考えられ、当該断簡は、従来知られていない専順の句集と推測されよう。四句目は未知の句であるが、これもまた専順の新出句ということになろうか。但し、全ての前句に至るまで専順の独吟と認め得るか否かの問題も含め、ツレの出現を俟って、改めて考える必要はあろう。

（日比野）

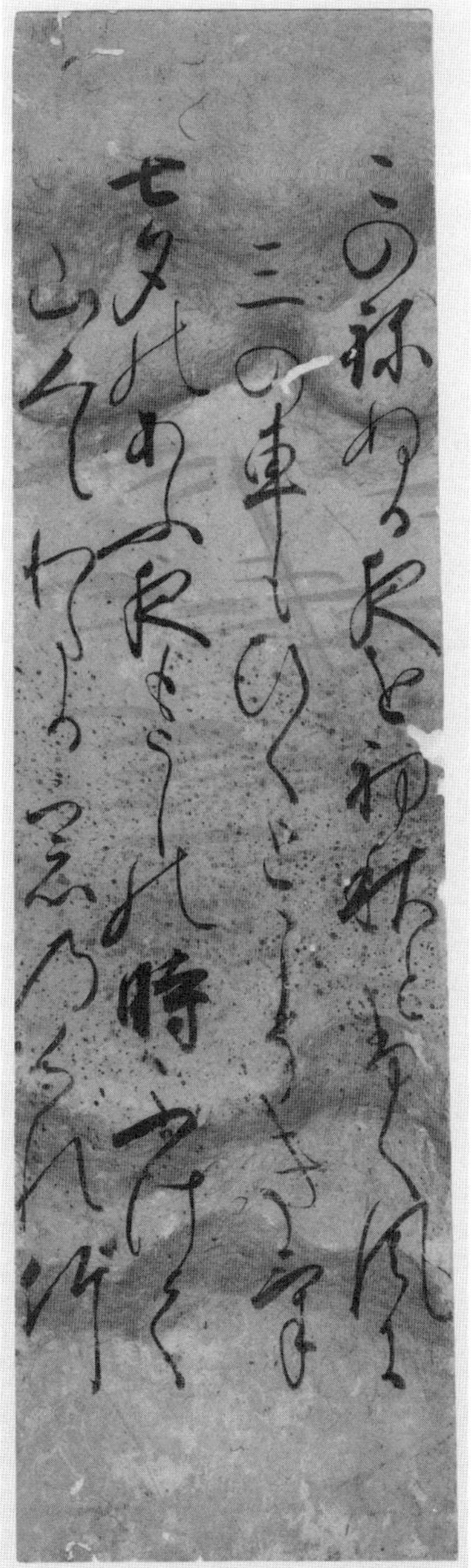

32 陽光院　園塵切

埋木となれは春さへ花さかて
かきねの梅にま柴つむ山
　老ぬるをみて驚かれけり
手すさひに種まき捨し春の草
　春日野の雪の村々消初て
若草山に春雨そふる
　暮行庭にかすむ松風

園塵は猪苗代兼載自撰の連歌句集。掲出の断簡は縦一一・四センチ×横八・八センチ。園塵第一春の一部。陽光院の真筆ではなかろうが、七句目「暮行庭にかすむ松風」が続群書類従本では「ひともおとせぬにはそかすめる」とあって、句の異同が認められる。改編などをも考慮すべきであり、成立から大きく隔たらぬ頃の享受の実態としても看過すべきではなかろう。

（日比野）

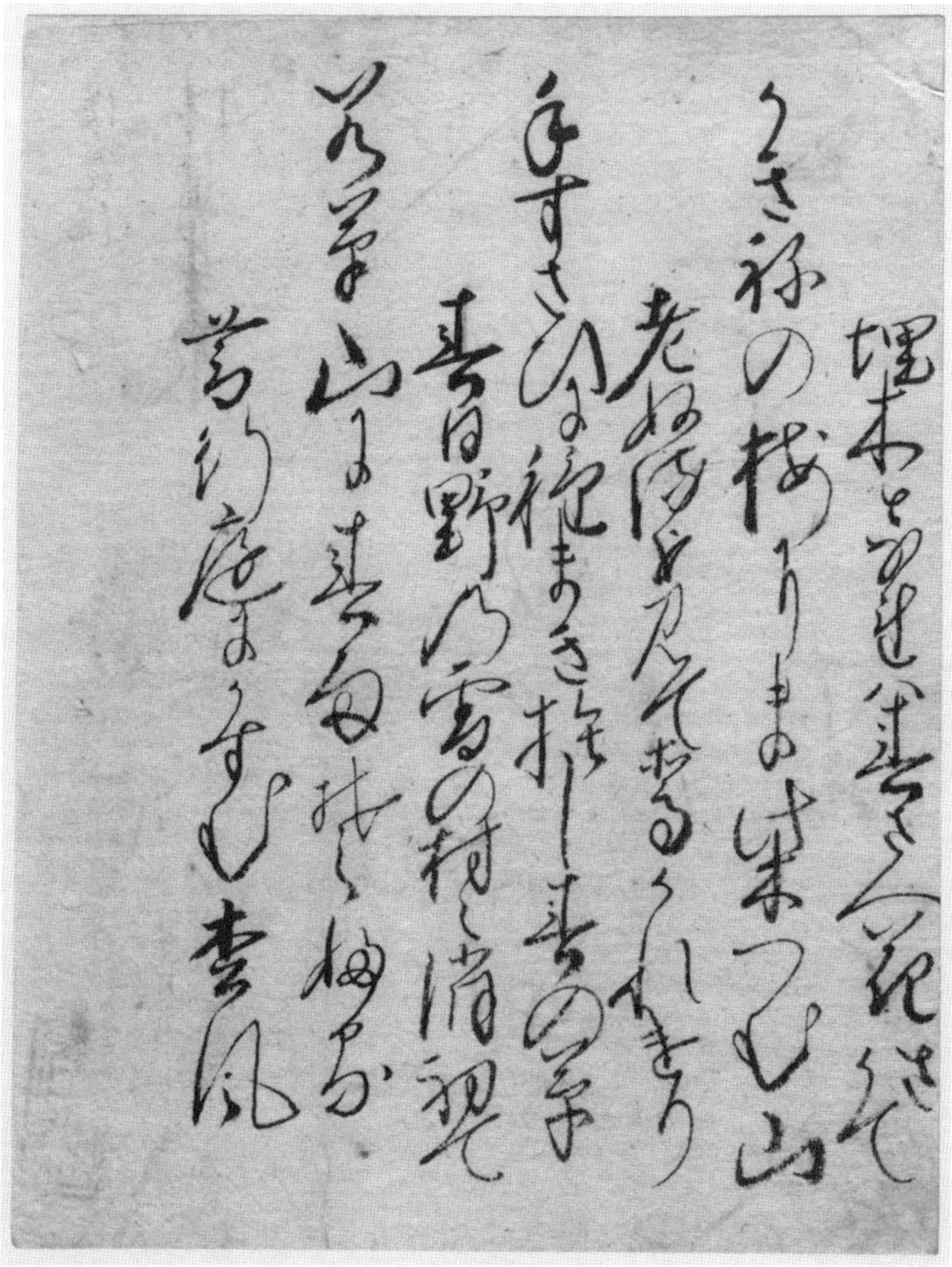

33 溝杙柳江　紹芳連歌切

けふは《今朝は》またうすく色付山を見て

けふにてもとかなく候

ふけゆくま丶に月そ身にしむ

なれてふく風もや秋を送るらん

山本の柳御句同前に覚候幽玄至極候〳〵

かはらぬや萱か軒端の秋の月

蘆のまろ屋の夜寒なるころ

かやふき蘆ふきかはらぬ心よく分別候

旅衣うらかる丶野に月ふけて

袖すさましき夜は宿もなし

みちさまたけになれるしら雪

誰か里もへたてぬ冬の《は歟》はやくきて

縦二三・五センチ×横一六・四センチで、もとは四半形の冊子本。紹芳連歌の断簡。一・四行目の句頭に墨点、七行目の句頭に朱点がある。同書は『島津忠夫著作集　第五巻　連歌・俳諧―資料と研究―』に翻刻と解題があり、それによれば、紹芳は東福寺の禅僧で正徹門下。注記は心敬のもので、注目すべき記述があるとされる。伝称筆者の柳江は肖柏門下の連歌師。

（日比野）

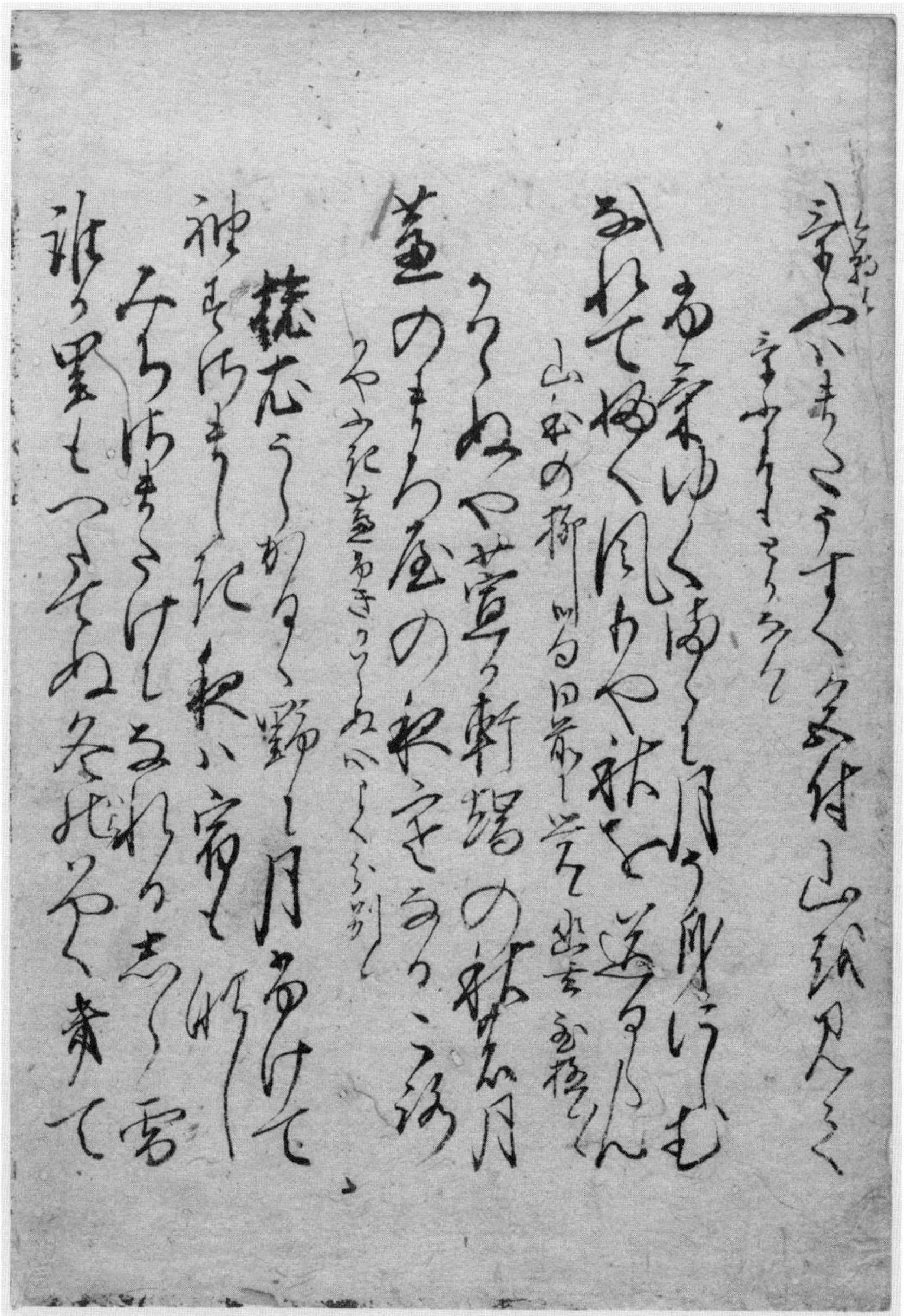

34 三条西実隆　壁草切

　しつか家ゐ《路》もちかき山陰
牛の子のさは行あたり水さひゐて
　思ひよらすもかへるみやこ路
君すまはとはまし里を音もせて
　駒いはふ野は夕かけの帰るさに
家ちやちかきほのけふる見ゆ
　すみかをかくす人はうらめし
やまふかくけふりをさへやたえぬらん

縦一八・二センチ×横一二・二センチで、料紙右端に綴じ目らしき跡がみられる。八行を書写しているが、料紙左側に裁断の形跡が認められる。壁草は、宗長の句集。壁草の断簡としては伝猪苗代兼載筆切、伝後土御門院勾当典侍筆切などがあるが、実隆を筆者と極めている断簡には嘱目していない。掲出断簡は、署名入りの短冊などの、実隆の真筆と比べて同筆とはいい難い。ただ、その書写年代は、実隆の活躍期から、さほど下るものでもなさそうである。群書類従本と比べて異同が有るものの、書陵部本や、最終稿と目される三手文庫本の本文に一致している。成立からさほど隔らぬ頃の書写本文として注意される。

（日比野）

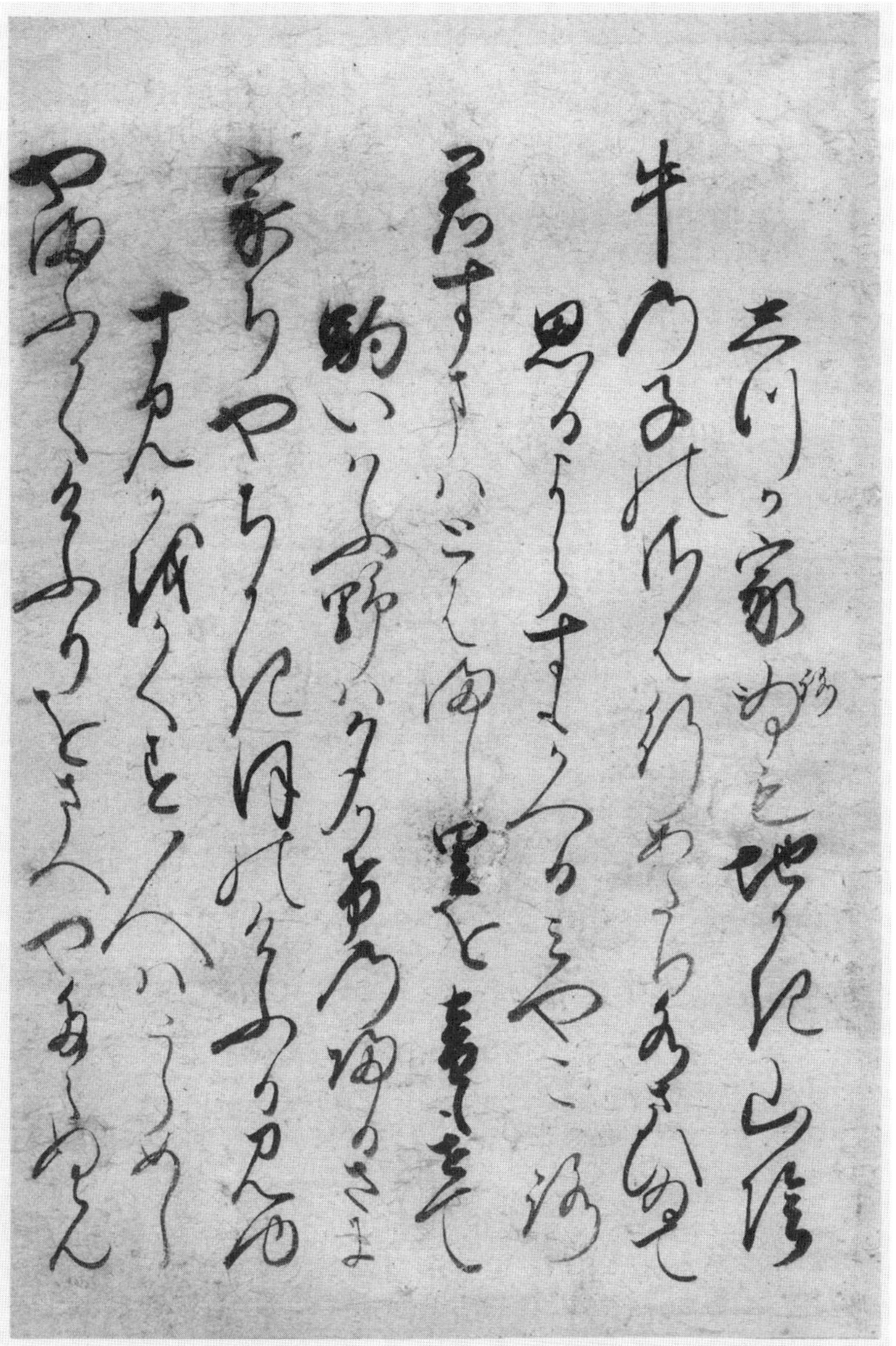

35 万里小路惟房　春夢草切

花もさそ待こしはるのあさかすみ
　玉津島社にまいり侍し春の会に
春をやはわかのうらかせまつの声
雪やはるあまきるそらのあさみとり
　箕面寺にて
つかねをく氷やとをし瀧のいと
　残雪
空に消しあは雪こほるやまちかな
　源頼豊住吉社法楽千句連哥に霞
四方の海のはるもうかふやあさかすみ
あさみとりたちまさるなにか春かすみ
　藤原元親亭会に

春夢草は肖柏の句集。肖柏は自詠歌集にも同じく春夢草と名付けている。春夢草には有注本と無注本とがあるが、当該切は無注本の系統。縦二二・三センチ×横一五・七センチ。料紙右端に綴じ目跡が見られ、もとは四半形の冊子本。一面十二行書。万里小路惟房の署名入り短冊とくらべると、伝称通りその真筆と認めて良さそうである。すると、書写年代は惟房が没した元亀四年（一五七三）以前ということになる。続群書類従（拾遺部）所収本文と比べるに、六行目「氷やとをし」が「こほりやとき し」、十行目「四方の海の」が「四方の海」とあるなどの異同が見られる。

（日比野）

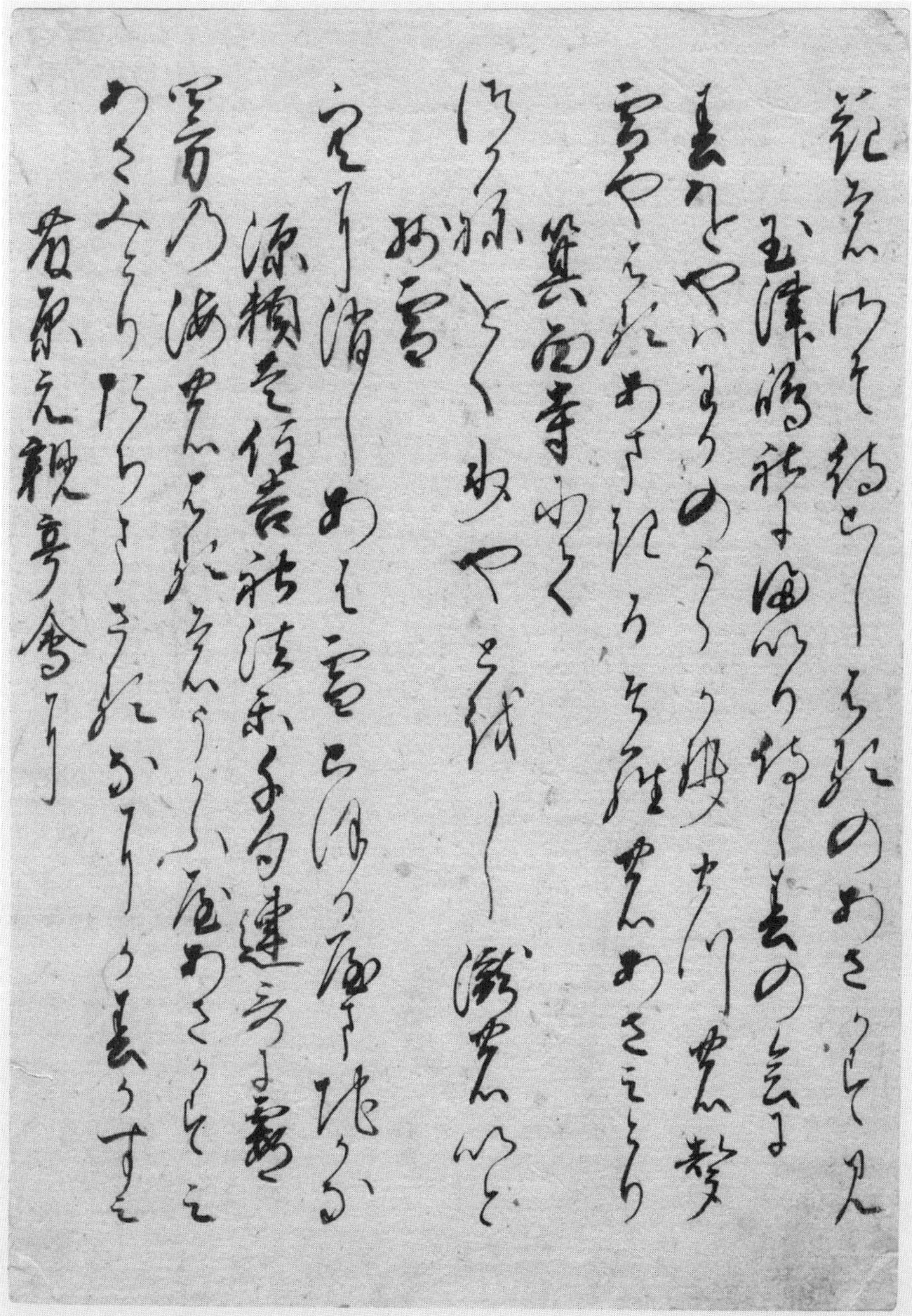

35　万里小路惟房　春夢草切

36 万里小路惟房　春夢草切

さく藤に春なまかせそをそさくら

　自然斎宗祇のために珠金法師せし

　会に発句すへきよし申侍りしかは

をくれしを思ひをかしやはるのはな

　宗破《ママ》法師身まかりて宗碩つゐの会に

　発句をと申せしかは

忍ふにもあまるは花のゆふへ哉

　或人の追善名号の連歌に

　夏月

花にみは月やあさかほ夏の空

前掲（35）伝万里小路惟房筆切のツレ。縦二一・九センチ×横一二・九センチで、ツレの断簡に徴するに、二行ほどの裁断がある。文字の一部らしき墨跡が残り、料紙左側に裁断が認められる。本文は句順に大きく異同がある。当該切は一行目から七行目にかけて一〇九番句から一一一番句（日文研データベース　太田武夫本の句番号による）を掲げるが、十行目「花にみは」の句は、続群書類従本では一九五番に位置している。後掲のツレが一一二番から一一八番を書写しており、当該切に直接後続するものであり、「夏月」題の行から裁断された二行を加えた四行分、句順の異なる本文が入り込んでいたと考えられる。いかなる理由によるものかは詳らかではないが、大きく句順の異なる伝本として注意すべきであろう。

（日比野）

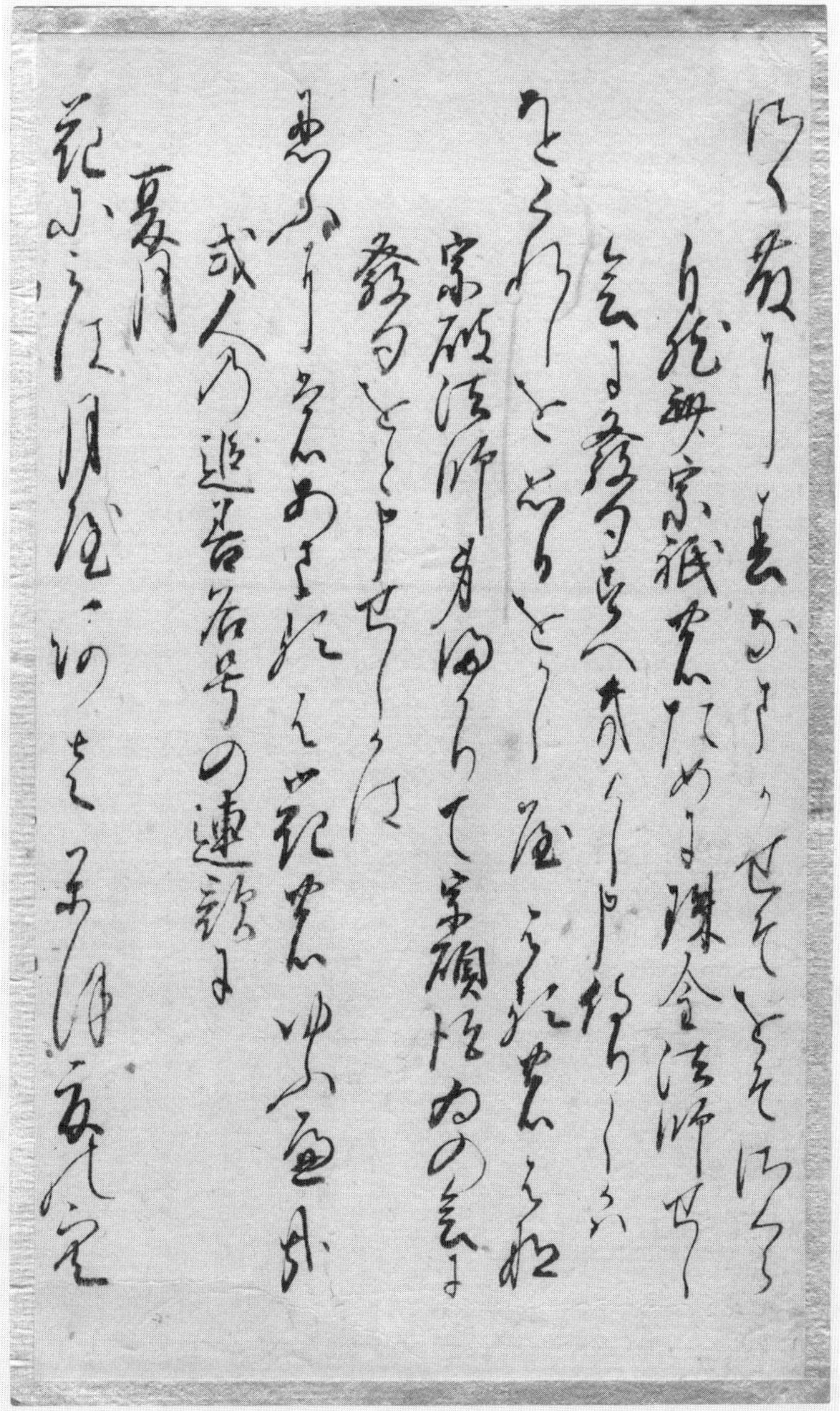

36　万里小路惟房　春夢草切

37 徳大寺公維　春夢草切

なきとめぬとりさへ花の名残かな
　二月十五日夜会仏の砌にて
名をたにととなふる春のわかれかな
　桃
とめこすはたれかみなもとも〳〵の花
おくや瀧も〳〵さく山の春の水
　梨花
雨や色かた山なしのあさしめり
　春千句中に源頼豊城にて
あひ思ふやとりや花のかほよとり
　燕
雨の日をかたる軒はのつはめ哉

極札には「徳大寺公維公」とあるが、前二掲（35・36）伝万里小路惟房筆切のツレ。前掲（36）断簡の直後に連接する一葉である。縦二三センチ×横一六・一センチ。春夢草の断簡としては、「一覧」によれば、筆者を飛鳥井栄雅・正親町実福・肖柏・十市遠忠とする断簡が紹介され、他に「異本」「加注ナシ」の伝公維筆切を、句番号「54・28・450・29〜33」として紹介している。未確認ながら、この句順は続群書類従本とも一致しておらず、あるいは、掲出断簡のツレで、伝称筆者に異伝があるのであろうか。

（日比野）

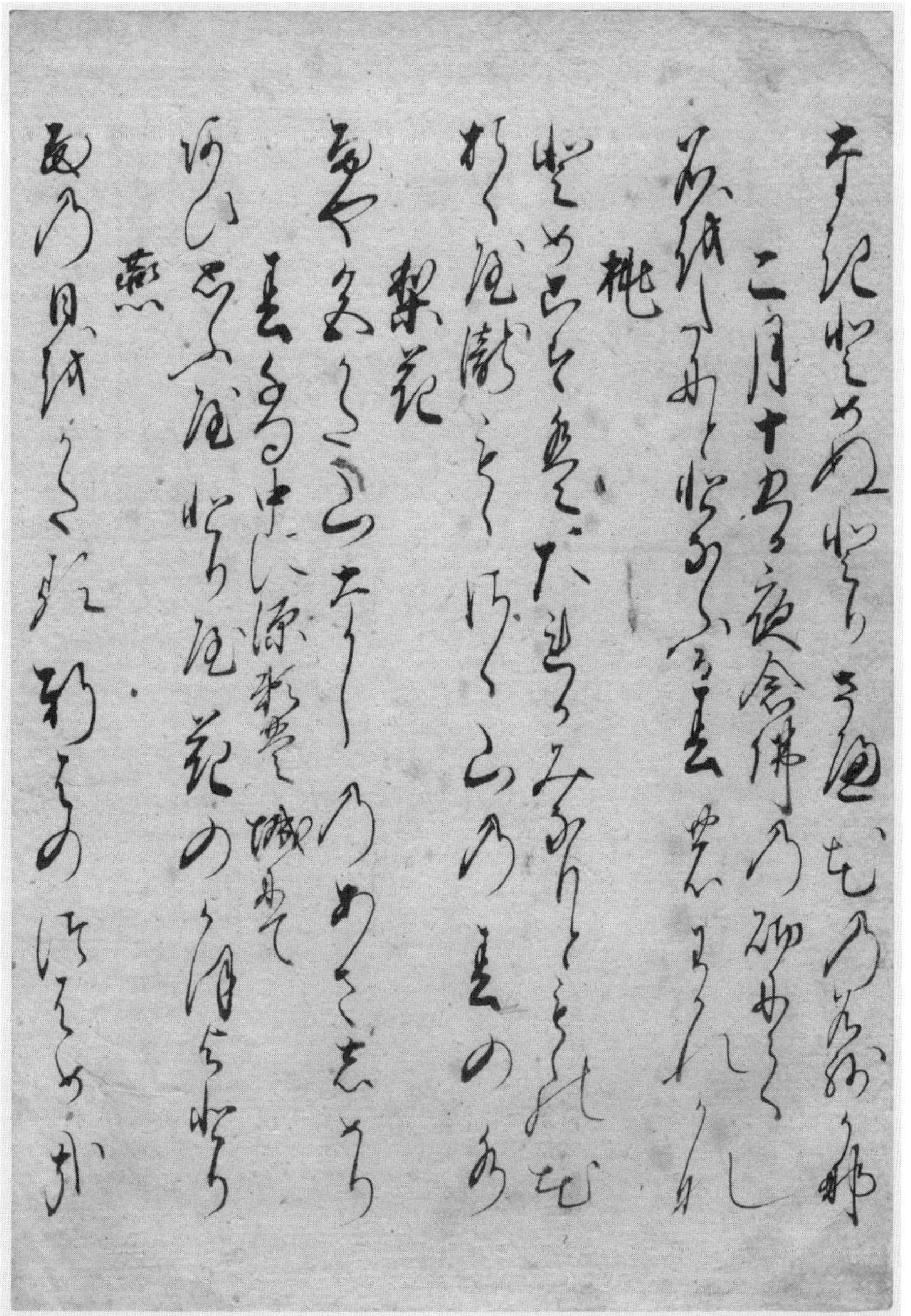

37 徳大寺公維　春夢草切

38 白河雅喬　永享十二年十月十五日百韻切

なかめをけ山□そ
秋のかたみなれ
わか身をうらに
すめるわひ人

縦一八・七センチ×横七・五センチ、もとは懐紙の断簡であろう。書写年代は室町末期から江戸極初期頃か。永享十二年（一四四〇）十月十五日に興行された宗砌・忍誓・蜷川親当の三吟百韻の断簡。同百韻を書写した断簡に伝中山宣親筆切・蜷川親当筆切が報告されているが、これらにもみられる「砌」「忍」「当」といった作者名は、当該断簡にはない。点を付ける以前の本文を伝えるものか、あるいは料紙下部の作者名を記す部分が裁断されているのかは不明。ツレの出現を俟って判断したい。いずれにせよ、永享年間にまで遡る連歌作品を書写内容とする断簡として貴重である。

（日比野）

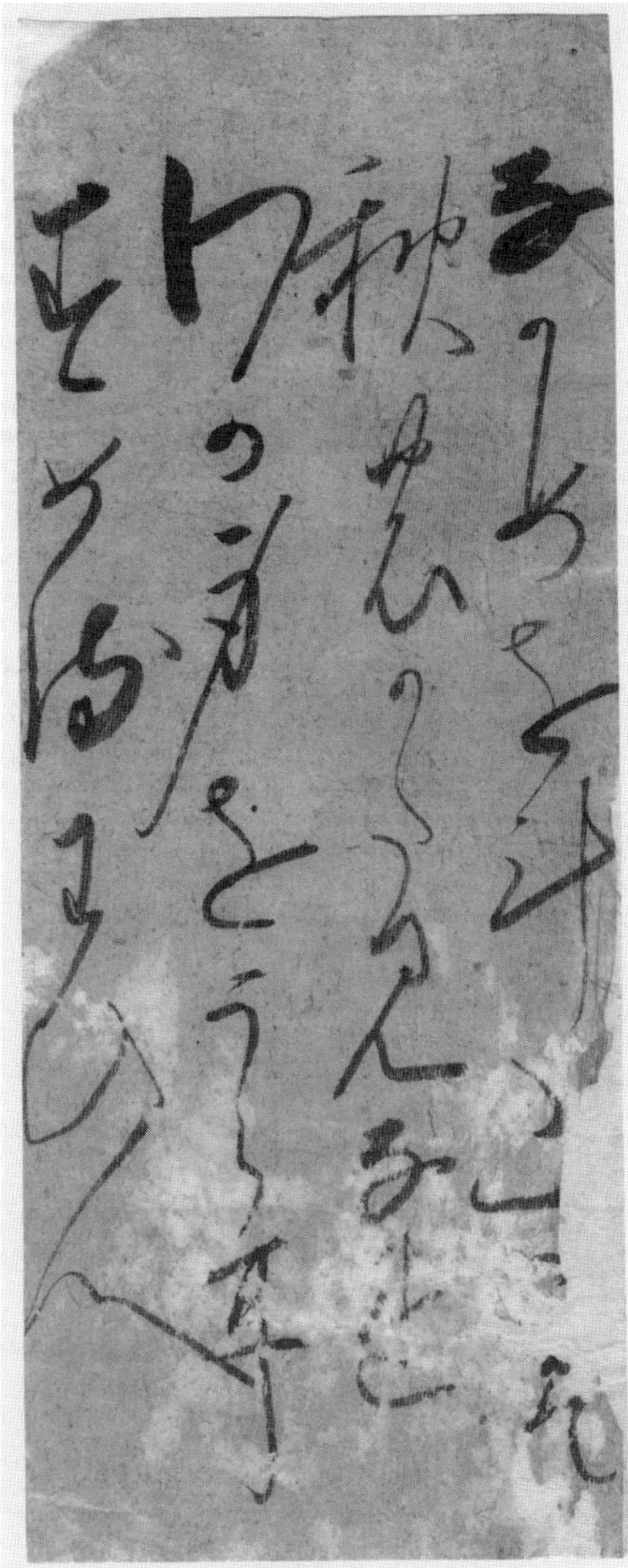

38　白河雅喬　永享十二年十月十五日百韻切

39 行助　顕証院会千句切

かけくれなゐににほふえの梅　忍
はかくれはをくらの森の夕附日　砌
みねこす雲のかさなれるそら　喬
我国は遠山ふしの旅ころも　砌
貝ふきならしうつる時剋　原
つとにおき行来ぬるかひもあれ　龍
むろの戸とつる夜な〳〵の霜　順
うかれめはたれにかちきりむすふらん　述
一はなこゝろそむる下帯　忍

顕証院会千句は宝徳元年（一四四九）八月十九日から二十一日に渡って張行された千句。掲出はその第五・唐何の部分。縦二四・八センチ×横一七・六センチで、もとは四半形の冊子本の断簡。料紙右側の余白に綴じ目の痕跡がみられる。行助の署名入短冊とは別筆で、その真筆ではないが、書写年代は室町前期頃か。『千句連歌集　二』（昭和五十五年　古典文庫）所収本文と比べて異同はない。七行目「霜」は重書されている。顕証院会千句の断簡としては他に伝貞常筆切・伝山科顕言筆切が報告されている。

（日比野）

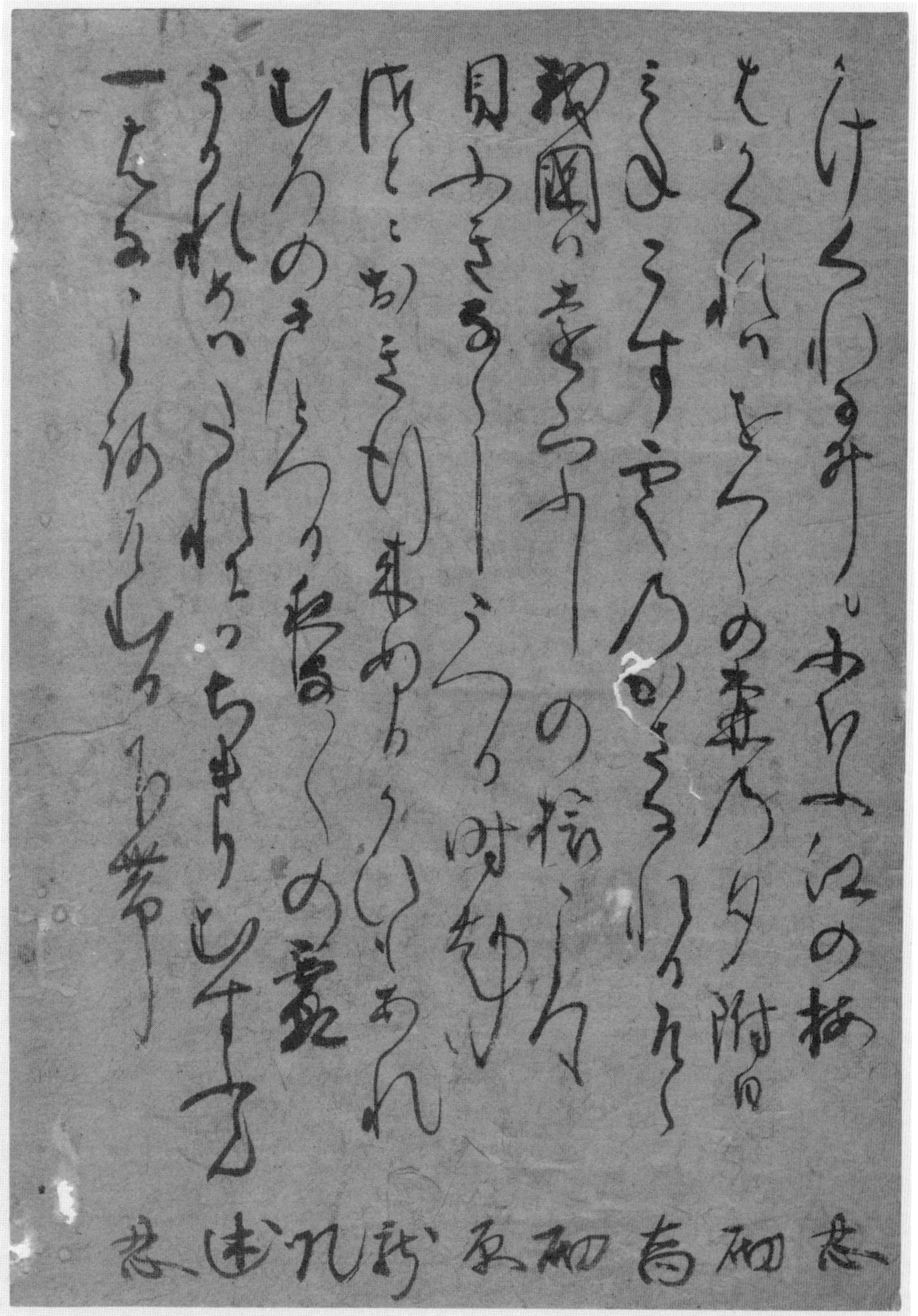

39 | 行助　顕証院会千句切

40 宗砌　宗砌等何路百韻切

うちかへす小田には
人の村かりて　　　忍
あへ野ゝ原そ
市をなしたる　　　順
見わたせは浪に虹
たつあさかゝた　　砌

縦一六・三センチ×横九・九センチ。雲紙懐紙の断簡。享徳二年（一四五三）三月十五日に行われた百韻で参加者は宗砌・忍誓・行助・専順・心敬・光長の六名。当該百韻の断簡として、伝正徹筆・伝専順筆（伝親当筆とも）などとする、やはり雲紙の懐紙切があり、筆跡にも類似した点が見受けられはするものの、掲出断簡は、これらのような整然とした印象がなく、別種とみるべきであろう。

（日比野）

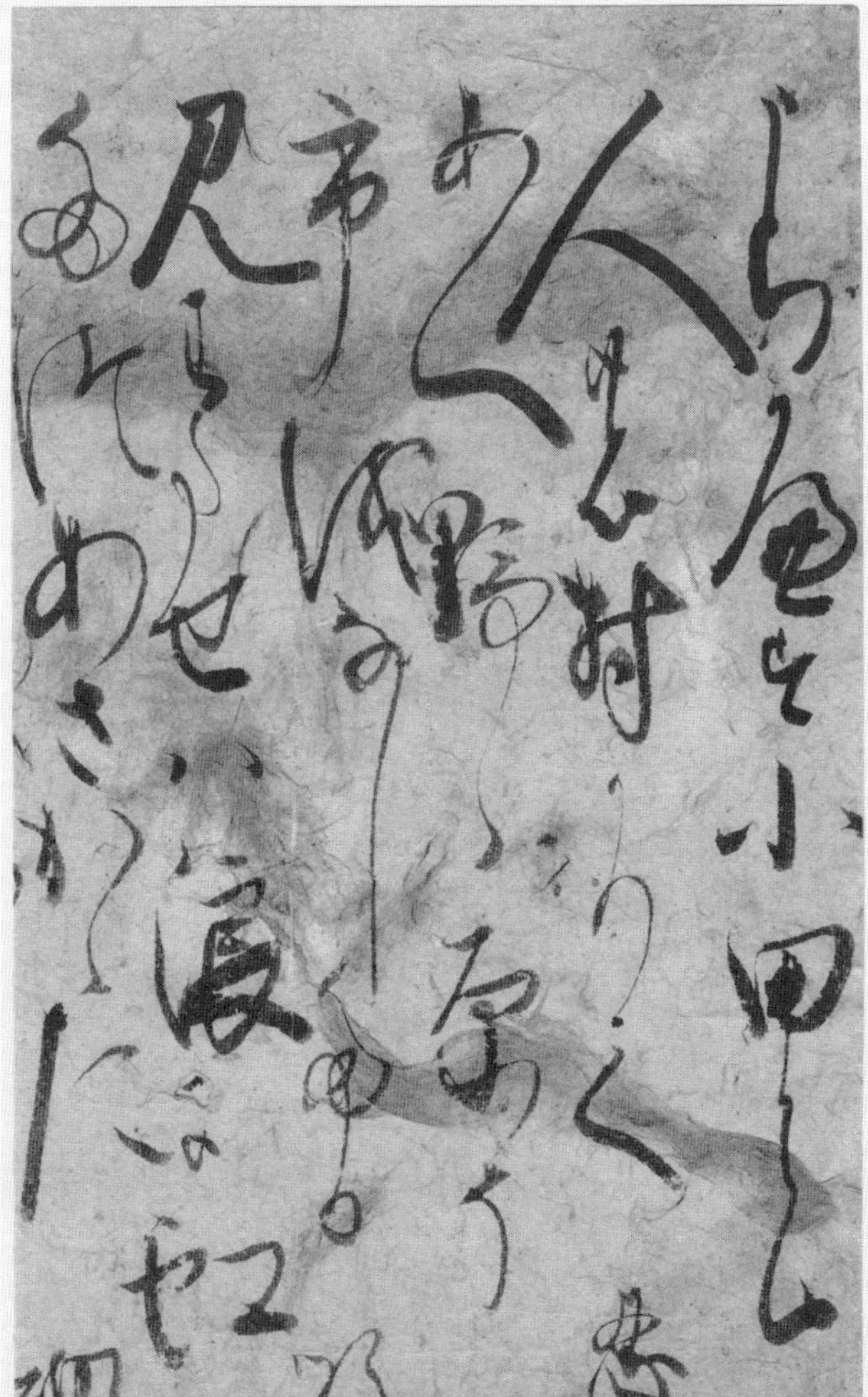

40 宗砌　宗砌等何路百韻切

41 忍誓　未詳句集切

夏川のをしの剣の羽はぬけて
月の霜夜を空にこそみれ
てる日にも夏の草木はみとりにて
こほり手にある袖の月影

縦二四・〇センチ×横八・〇センチ。大きさからは、もとは四半形の冊子本であろうか。書写年代は室町中期から後期。青雲紙に金銀泥で水辺の鷺の下絵を施した美麗な料紙を用いるが、残念ながら内容は未詳。ツレと断ぜられる断簡にも嘱目していない。後考を俟ちたい。

（日比野）

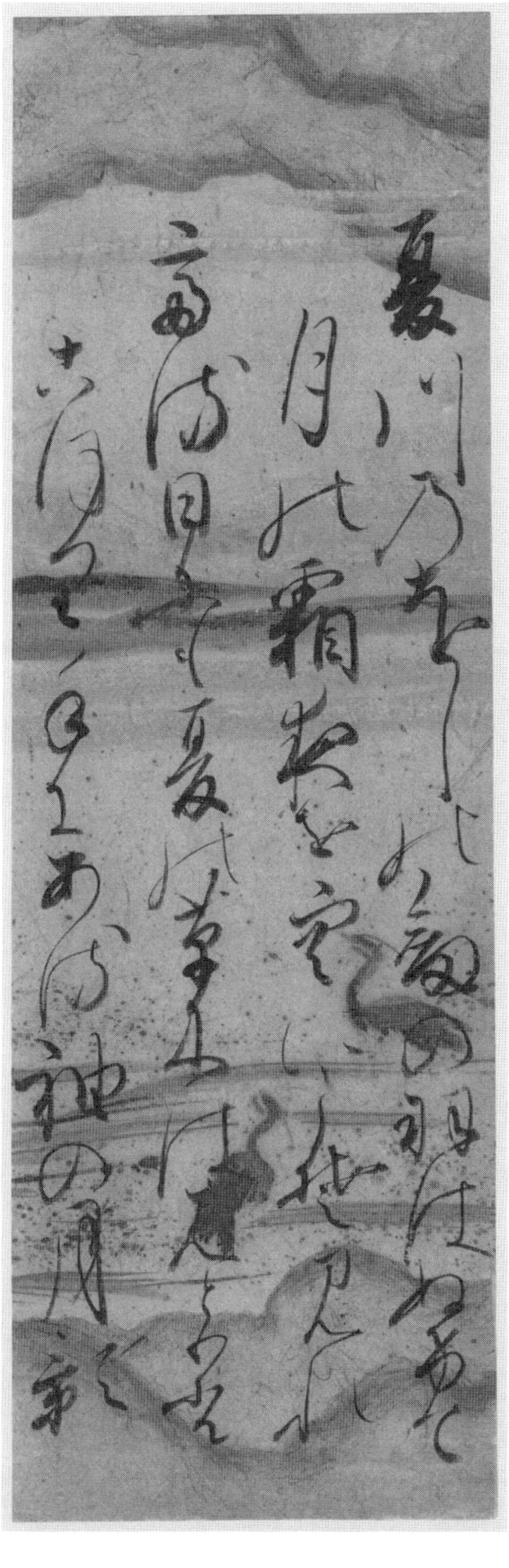

41　忍誓　未詳句集切

42 専順　未詳百韻切

かへるさや沓の
をとをもいとふらん　心
人なとかめそ
かうはしきそて　江
主しらぬ山ちの
菊をたをりきて　順
野はらの月に
やとりをそかる　用

青雲紙を用いた連歌懐紙の断簡で、縦一七・六センチ×横一六・五センチ。七賢時代の作者を連衆としているようで、「心」「江」「順」「用」の一字名は、それぞれ心敬・宗江・専順・元用などと推測される。この四名が出座した寛正三年（一四六二）二月二十七日の何人百韻には「帰るさや沓の音をも忍ふらむ　心敬」という類句がある。連歌懐紙の断簡は原懐紙そのものの可能性を有しており、特に注意すべきである。

（日比野）

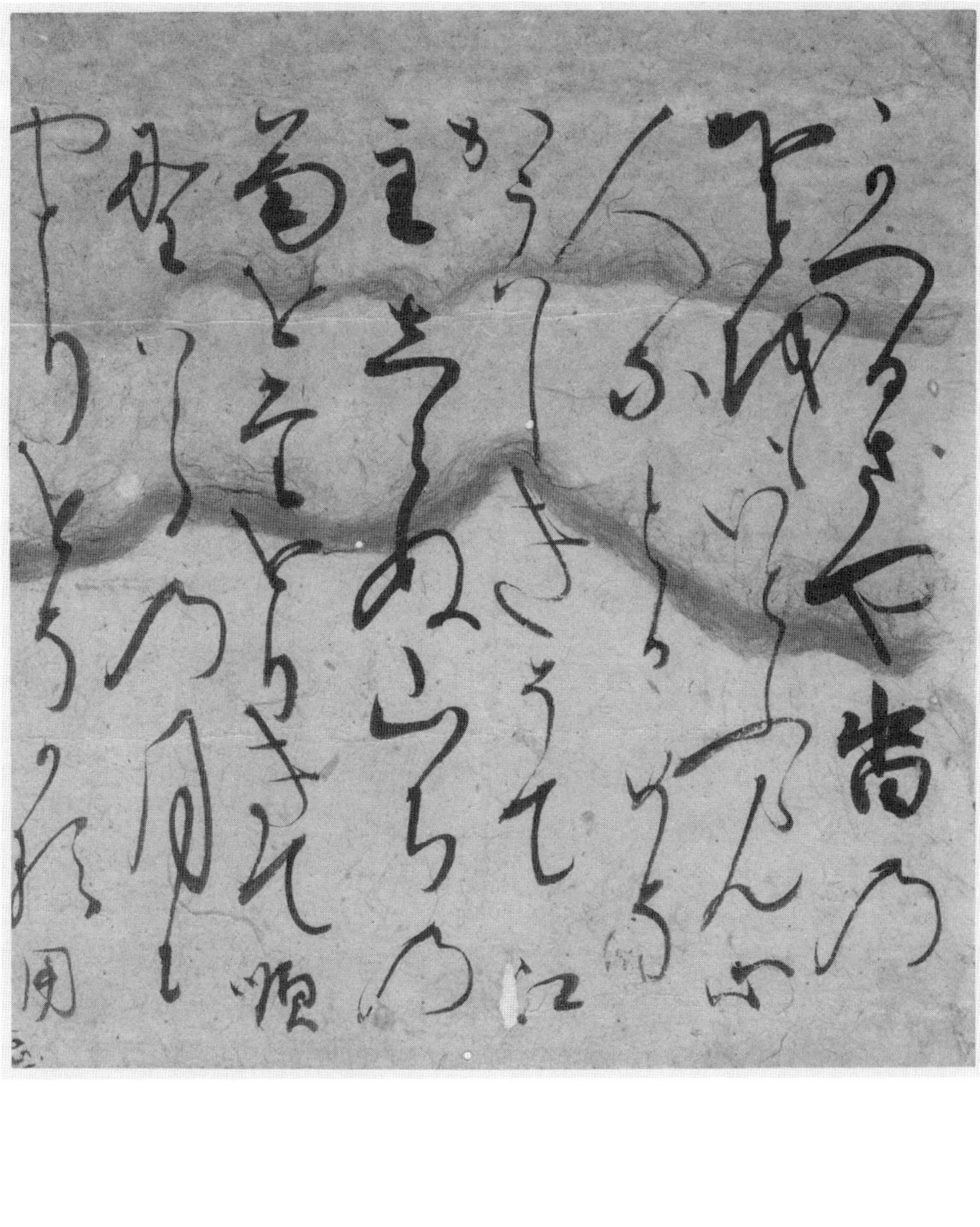

42 専順　未詳百韻切

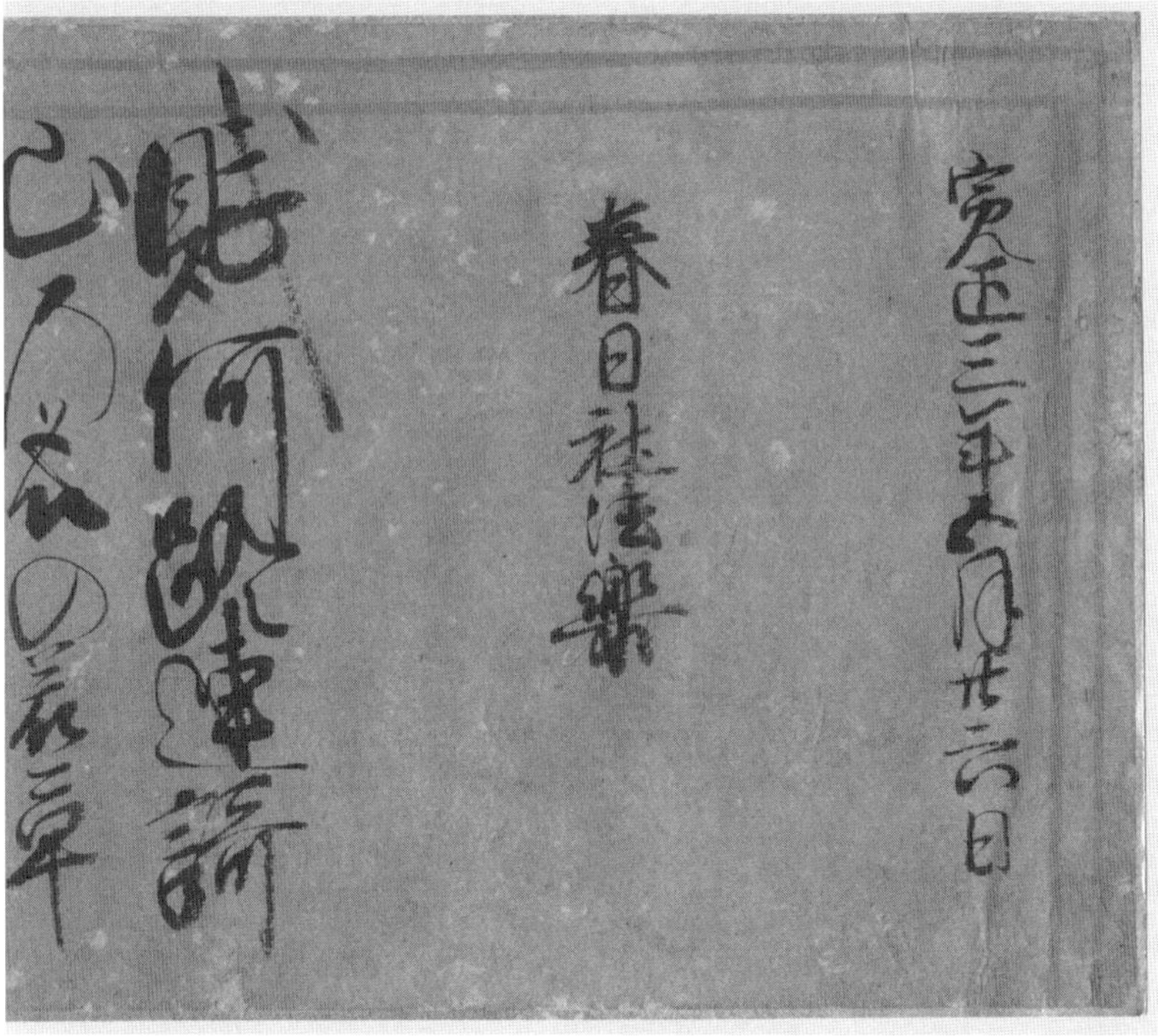

43
筆者未詳　春日社法楽連歌切

寛正三年五月廿六日

春日社法楽

賦何路連謌

山の名の若草

たかき五月哉　前僧正

夏のなか雨の

松にふるころ　■院前僧正

朝つゆの涼しき

かけを庭にみて　尊誉

おとしてきたり

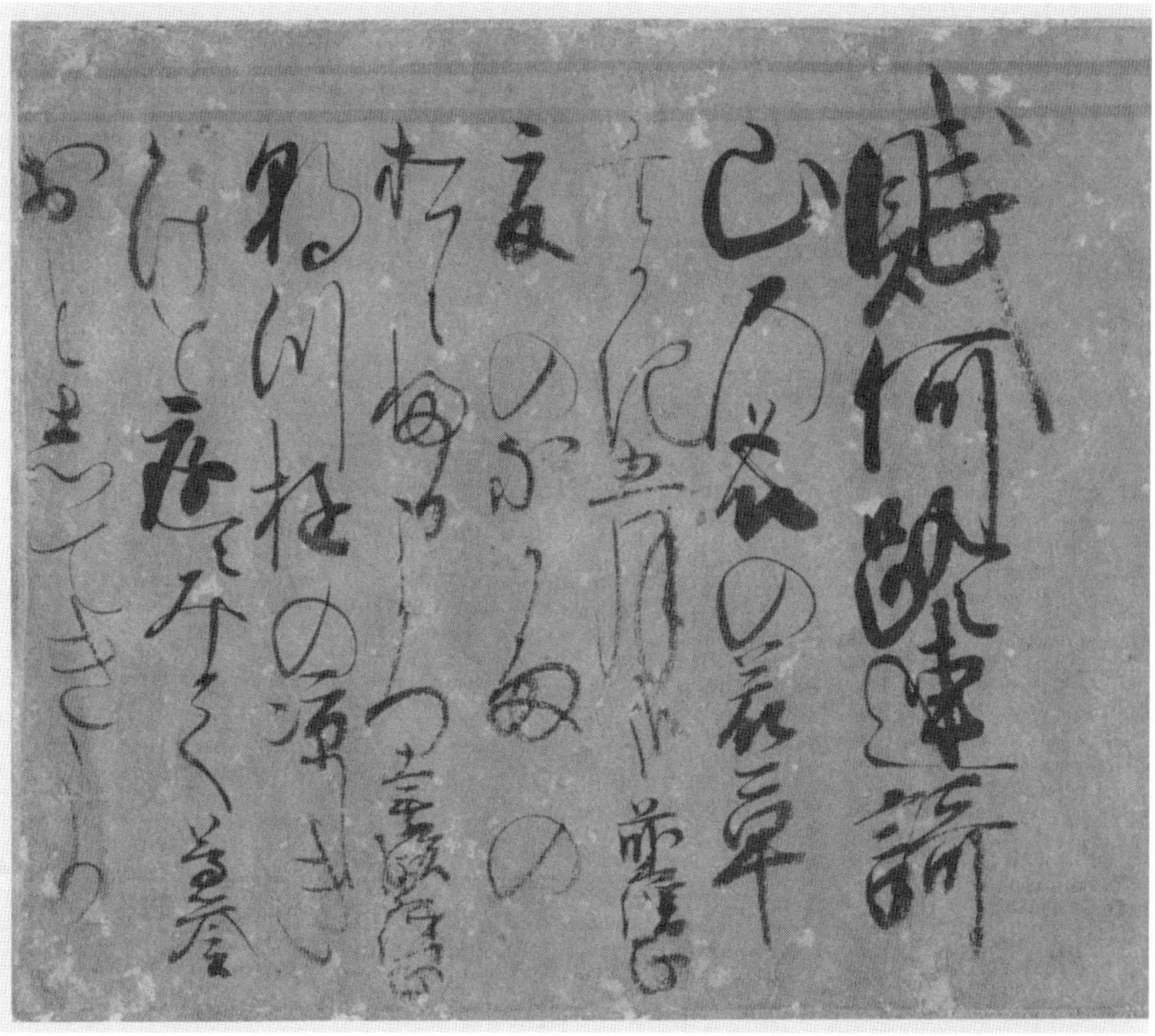

縦一七・九センチ×横三四・〇センチの懐紙の断簡。二重の金界が引かれているが、元来は、懐紙の四辺を囲うものであったか。寛正三年（一四六二）五月二十六日に行われた春日社法楽連歌。興福寺の僧・経覚の日記『経覚私要鈔』に

為法楽有連歌、禅定院僧正被来、尊誉禅師、孝承寺主、尊藤等来了。発句予、

山の名の若草高き五月哉　脇僧正

夏のながめの松にふかまる

とある。脇句に異同があるが、手直しがなされたためであろうか。記録として残る連歌活動の裏付けともなる貴重な原懐紙の断簡といえよう。

（日比野）

44 串崎武光　三島千句切

夕暮に宿とふ磯屋浪もよれ
浦のみるめを旅にかる比
舟わたる麓を遠み山こえて
くたれはそらの風もよはりぬ
松にゐる鶴や雲井を忘るらん
かすみのほらは都ともなし

三島千句は東国で活躍していた宗祇が文明三年（一四七一）三月に伊豆三島の社頭で詠んだ独吟千句。極札には「中国串崎武光」のようにあるが、次項（45）伝岩山澄秀筆切のツレ。縦一八・八センチ×横一一・四センチ。料紙左側、上下に二箇所ずつ綴じ目の跡があり、もとは小四半形の冊子本。三島千句の第八・三字中略の部分。断簡一行目「夕暮に」が『千句連歌　五』（昭和五十九年　古典文庫）所収本では「夕霧に」とあって、異同が認められる。

（日比野）

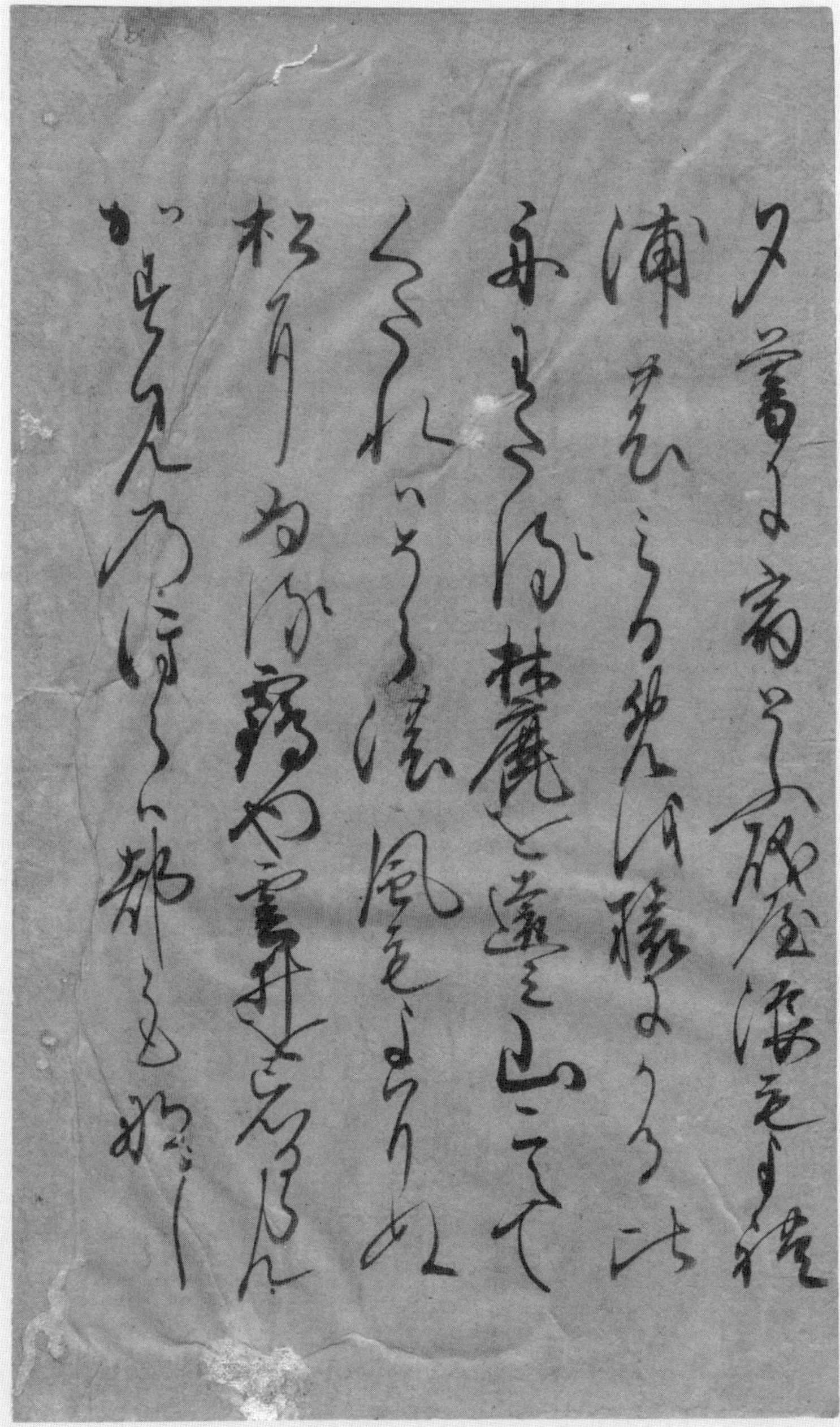

45 岩山澄秀　三島千句切

浪の雪まはかせもをとせす
下もえのあしのむら〳〵打なひき
ほたるとひかふよるの涼しさ
月まつとたゝすむ戸くち更初て
はらふはかりに軒そ露けき
かへさうき秋の野原の立車

三島千句の第八・三字中略の部分。極札には「岩山民部[redacted]澄秀」とあるが、前項（44）伝串崎武光筆切のツレ。掲出は縦一六・三センチ×横一〇・七センチで、もとは小四半形の冊子本の断簡。前項、ツレの断簡に徴するに縦・横共に料紙に裁断がある。三島千句は、広く読まれたようで伝本も多く、古筆切としても伝宗梅筆切、伝慈運筆切などが報告されている。

（日比野）

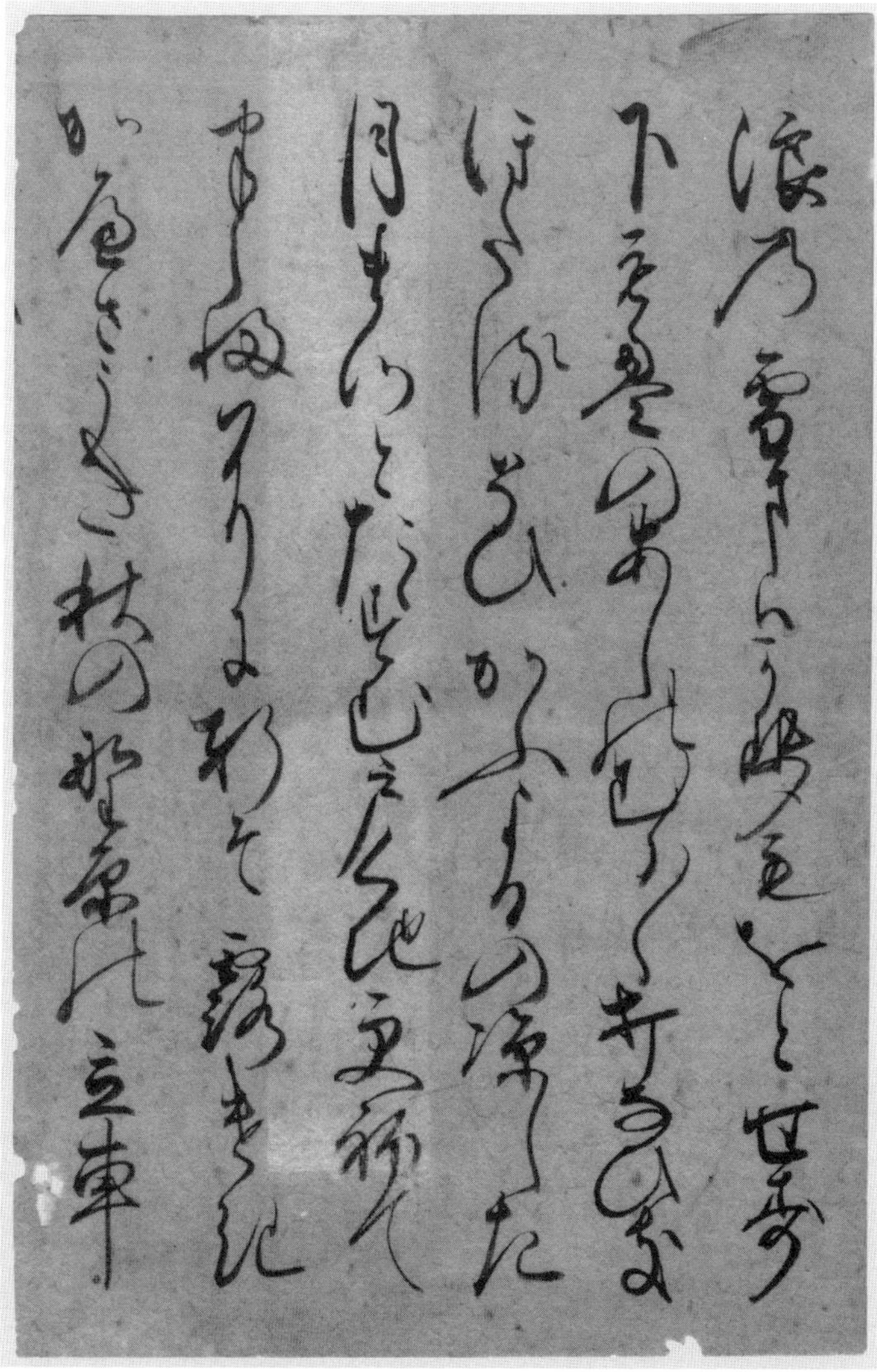

45 岩山澄秀　三島千句切

46 鳥養宗慶　文明五年二月一日百韻切

花にこそ名も
あらはるれ秋の草　肖柏
こよひの月の
庭のさやけさ
ひくことをほしに
手向の音ふけて
すゝしき風に
袖をこそかせ

文明五年（一四七三）二月一日の何人百韻の懐紙切。縦一六・五センチ×横一六・三センチ。書写年代は室町中期から後期といったところであろうか。伝称筆者とされる鳥養宗慶の署名入短冊と比べると、いわゆる青蓮院流で類似しているが、同筆と断ずるには至っていない。『連歌百韻集』（昭和五十年　汲古書院）と比べると、一行目の加点の有無、二行目の作者名の有無、六行目の「音」が「声」とあるなど、わずかな分量の中に少なからぬ異同がある。複数の点者による加点本がそれぞれに伝存していた可能性なども考慮すべきであろうか。より成立に近い頃の書写断簡だけに、看過すべきではあるまい。なお、「一覧」には伝鳥飼宗晰筆の当該百韻切（個人蔵）が掲出されているが未見。ツレの可能性も含め、後考を俟ちたい。

（日比野）

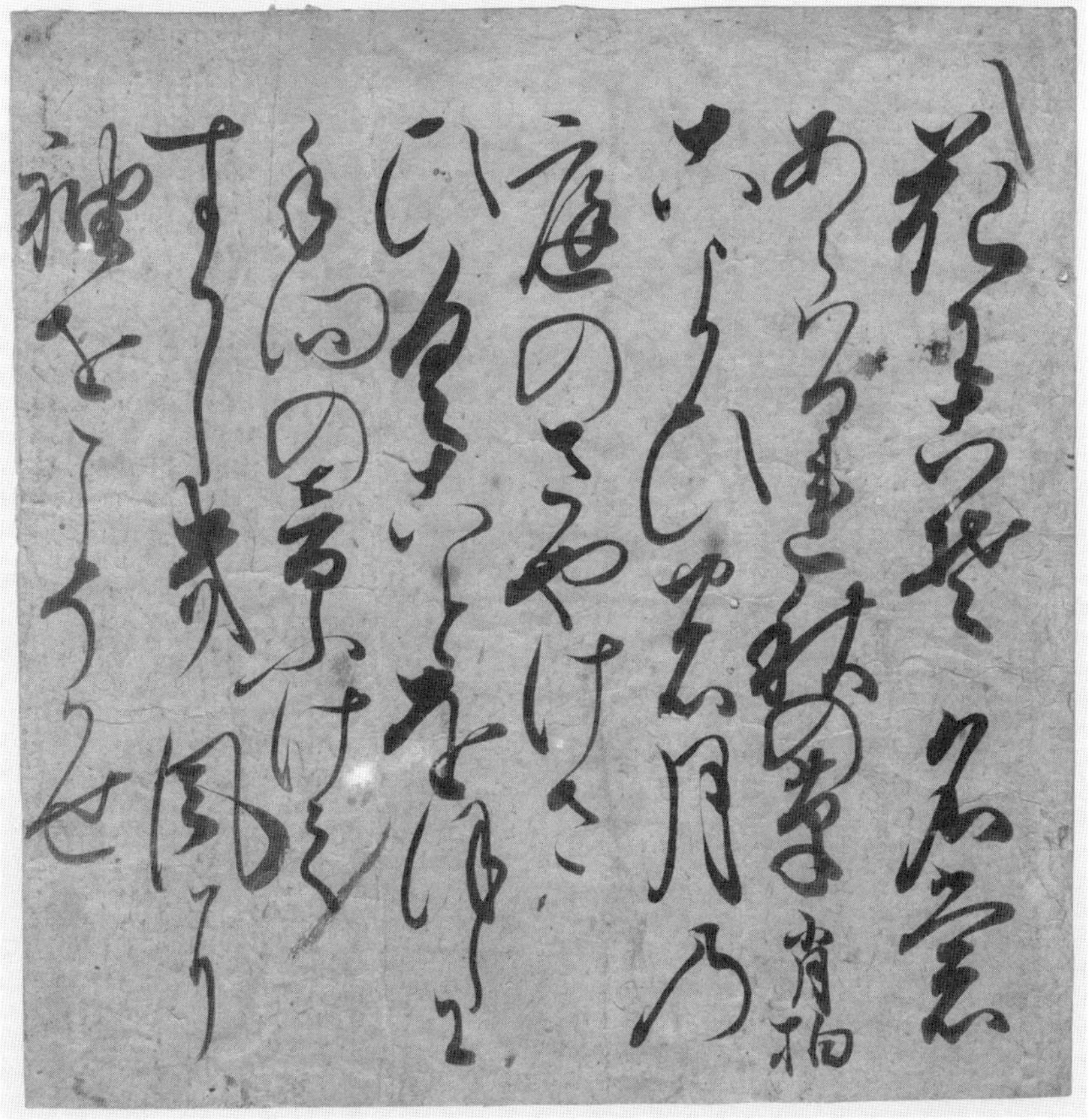

46 鳥養宗慶　文明五年二月一日百韻切

47 筆者未詳　文明五年二月一日百韻切

ならふ枕むら
のとかなる水に
あやなす朝日影
なくやかはつの
こゑのおり〳〵
山もとのさとは
田つらを隣にて

縦一五・九センチ×横一二・六センチ。文明五年（一四七三）二月一日の百韻の断簡ではあるが、前項（46）伝鳥養宗慶筆切とは別種。作者名は記されていない。合点を請うための懐紙であろうか。その場合、点を得た句には作者名が記されることになる。同百韻の早期の本文を伝える断簡として貴重であるといえよう。

（日比野）

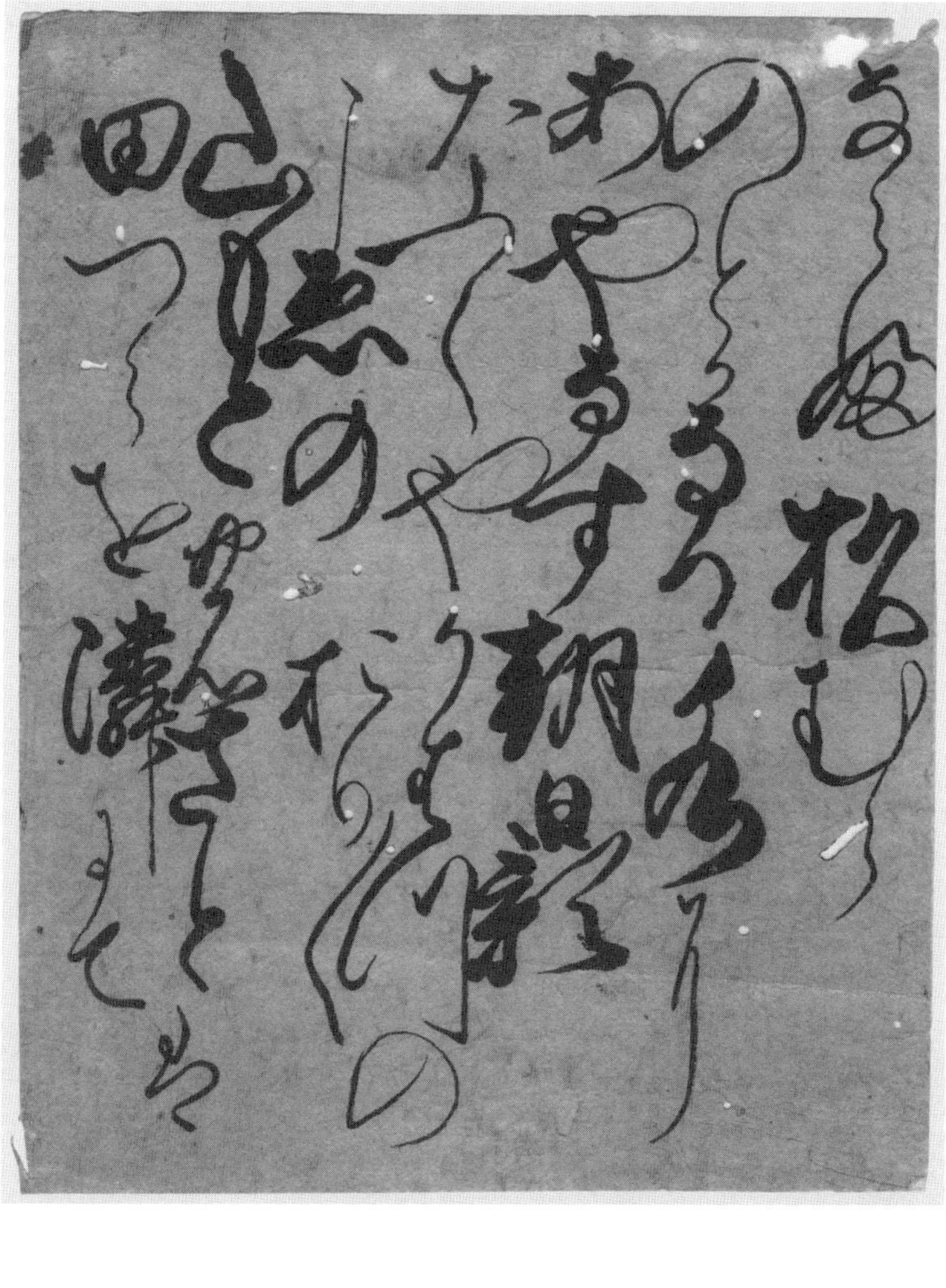

47　筆者未詳　文明五年二月一日百韻切

48 広幢　宗伊宗祇百韻注切

とひくへき夢は月をやうらむらん　伊
　一句たくみにてしかも又やさしくや
みゆるとすれはかへるおもかけ　祇
　わかれなる事なるなり
なきあとにたく香の煙又たてゝ　伊
　あらはなり
仏やたのむこゑをしるらん　祇
　色声香の詞をとれり仏のたのむとは
　なき跡とふ人の心おもひやる也
老て猶くる玉のをのかす〳〵に　伊

縦一九・三センチ×横一三・八センチで、料紙右端に綴じ目の跡がみえ、もとは四半形の綴葉装の冊子本。書写内容は文明十四年（一四八二）二月五日、摂州有馬における宗伊宗祇両吟百韻で、宗祇注が付されている。四行目「わかれなる事なるなり」は、『宗祇連歌古注』（昭和四十年　広島中世文芸研究会）所収本文では「別なる事なし」とある。なお、この宗伊宗祇百韻の古筆切としては、伝宗伊筆切（二種）、伝龍霄筆切が報告されている。

（日比野）

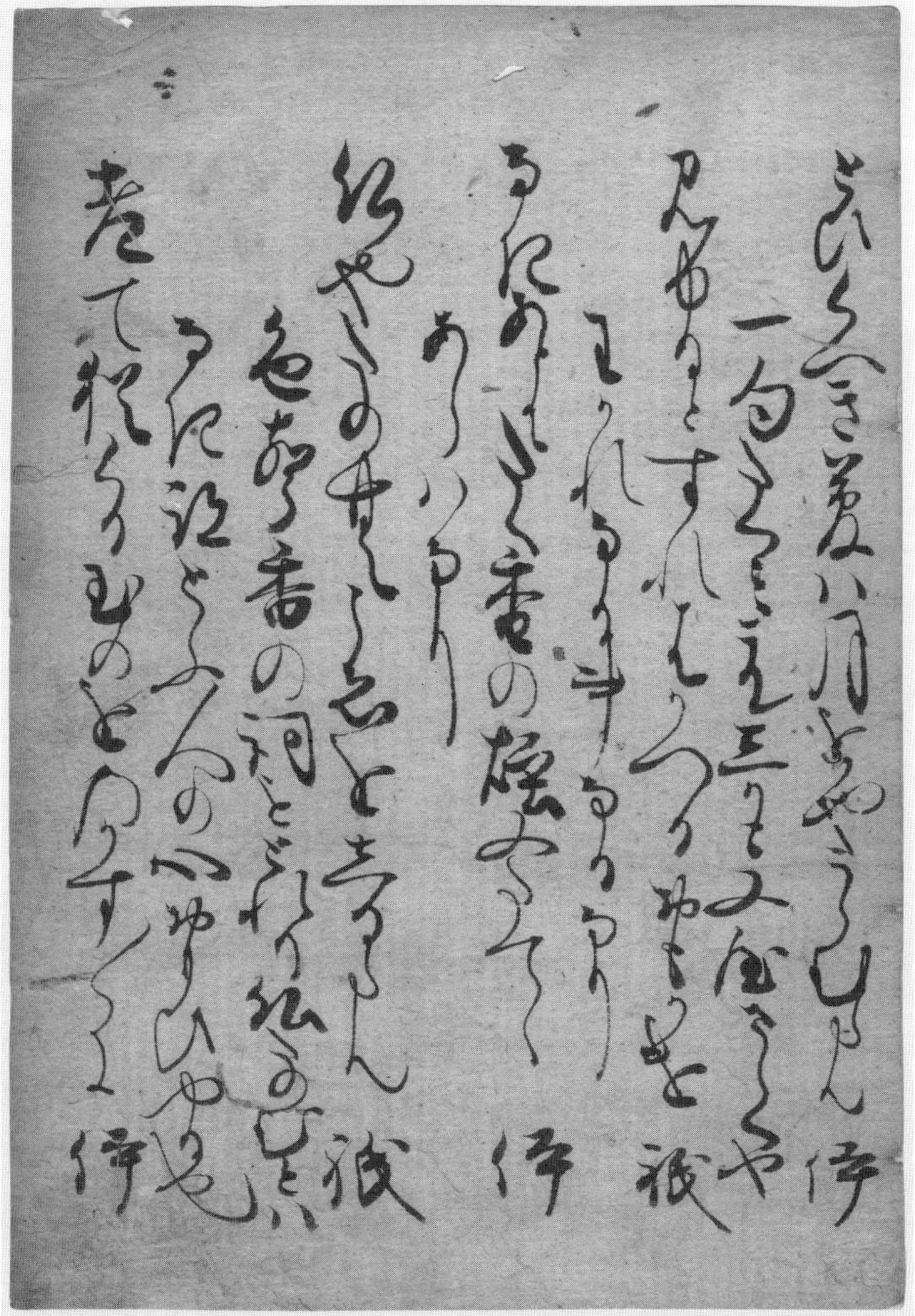

49　宗長　大神宮法楽千句切

をきて分へき野へのはつ霜
かけあさきみちのむら草かれわたり
水ほそき江の松の一もと
暮そむるかたやまきははたつなきて
いり日のすへのほのかなるかけ
いつゆかん西を願の草の庵
しはしかゝるも玉緒そうき
つれなくて我たむ（ママ）とや人のみん
かたふくまての月にうかるな
あきの夜も思しらすはつらからし

長享二年（一四八八）七月、宗長独吟の大神宮法楽千句の第五の断簡。いわゆる伊勢千句とは別種の千句。縦一七・〇センチ×横一二・九センチで、もとは小四半形の冊子本か。宗長・宗碩両吟の伊勢千句とは違って、古写本には恵まれていないが、古筆切としては永青文庫蔵手鑑墨草叢の伝猪苗代兼載筆切のほか、伝蒲生貞秀筆切、伝尭胤筆切、伝白清筆切が報告されており、少なからず流布していたであろうことが推察される。

（日比野）

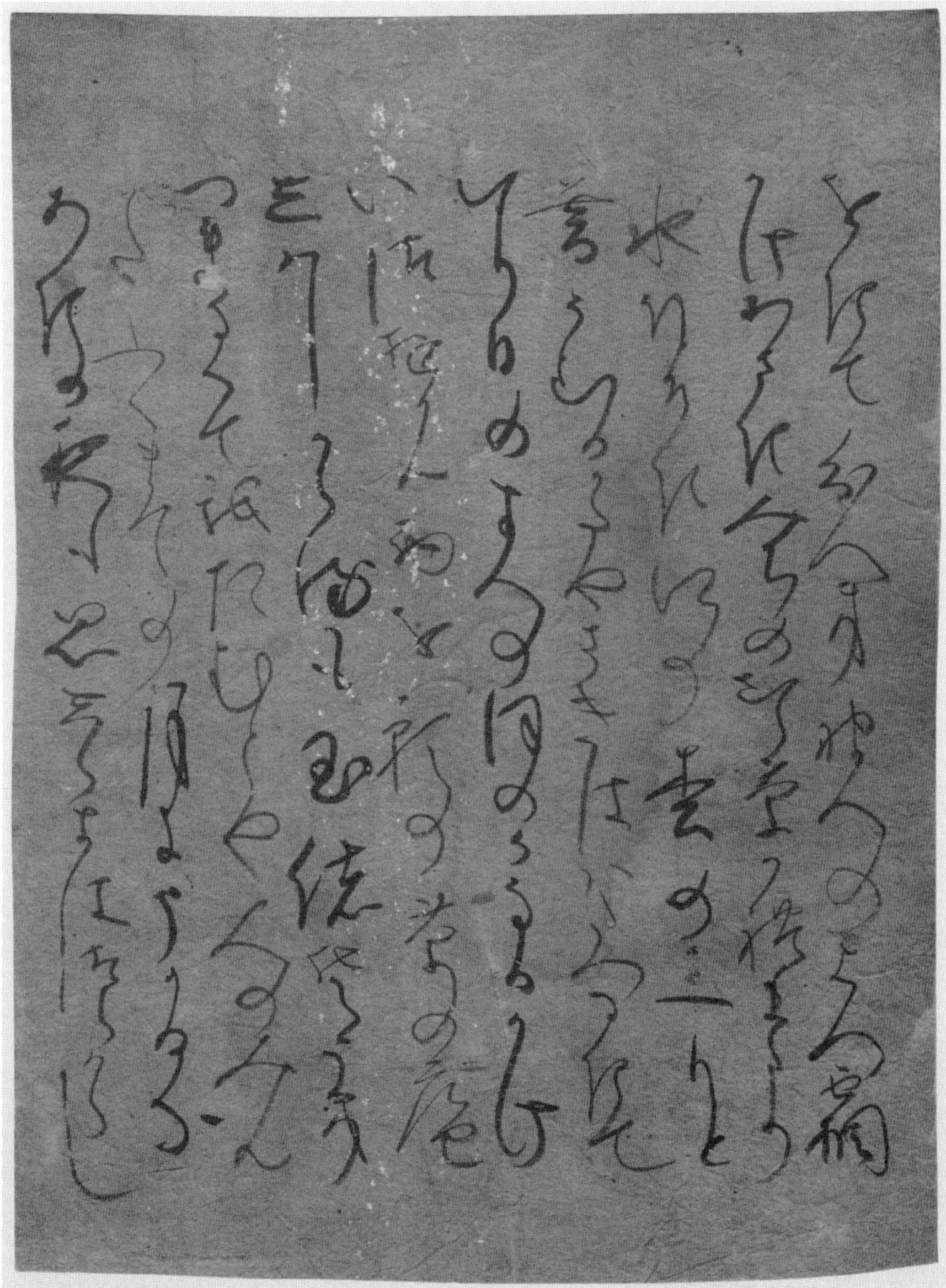

49　宗長　大神宮法楽千句切

50　飛鳥井栄雅　未詳和漢切

はかりことをは

心にそとふ　栄雅

もの丶ふの世をおさ

むるも比なれや　冷

幾山翠戟連　持正

縦一七・一センチ×横一一・五センチ。栄雅（飛鳥井雅親）の真筆資料と比べるに、同筆とみてよさそうである。作者自筆の和漢懐紙として貴重であろう。いずれの連句を書写したものかは不明であるが、雅親が法名栄雅となったのは文明五年（一四七三）のことであるから、それ以後、延徳二年（一四九〇）に没するまでの間に行われた和漢ということになろう。

（日比野）

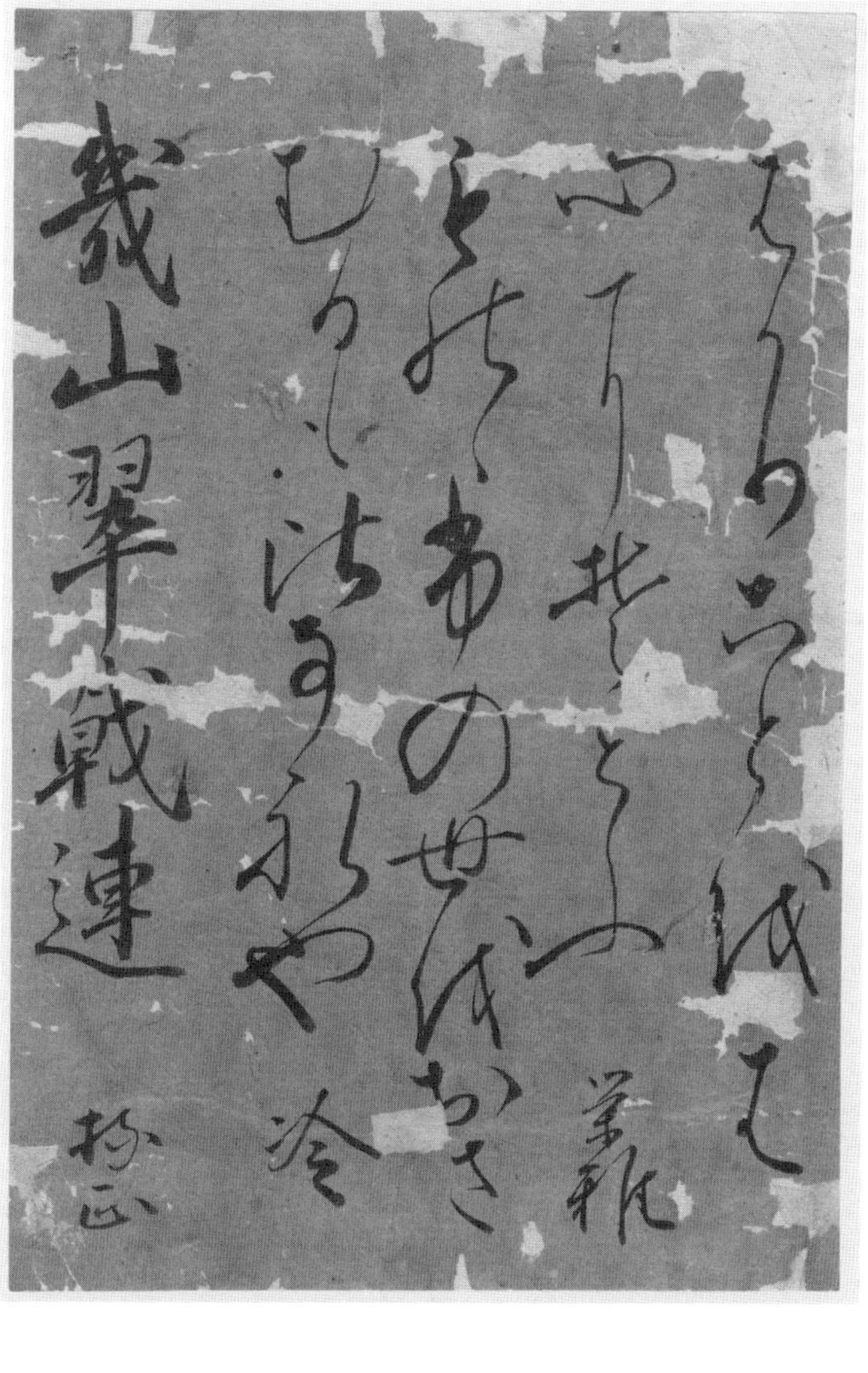

 50 飛鳥井栄雅　未詳和漢切

51 宗碩　永正十二年十一月十一日百韻切

こけのころもそしくにひかたき　清
おとろくやくるゝ日ことの鐘のこゑ　雪
いたつらふしよさやはちきりし　哲
笛竹の夜ふかくなとてかへすらん　長
とゝろきゆくや月の小車　仲
秋の野の錦あかすもうち出て　雪
つまとふ鹿そたちとうかるゝ　運
常よりも山かきくらすはつ時雨　碩
雲となりけむゆくゑかなしも　長
浦嶋かよはひもかきりある世にて　清

永正十二年（一五一五）十一月十一日、聴雪・宗長・玄清・宗哲・宗碩・宗仲・魚純・等運・底阿・宗牧によって興行された山何百韻の断簡。縦一七・三センチ×横一八・九センチで、もとは横長の冊子本であろうか。六行目行頭に「三ノウ」とあるのは、この句がもとの懐紙の三折の裏に当たることを示すのであろう。静嘉堂文庫蔵本では一行目「しくに」が「しつく」、四行目「かへす」が「かへる」、七行目「鹿そ」が「しかの」、「たちと」が「こゑや」のようにある。また、七行目の句の作者を「魚純」とするが、断簡では「運」すなわち等運となっているなど、わずか十句の中にも異同が少なからず見受けられ、当該百韻の享受本文を考える上で看過できまい。

（日比野）

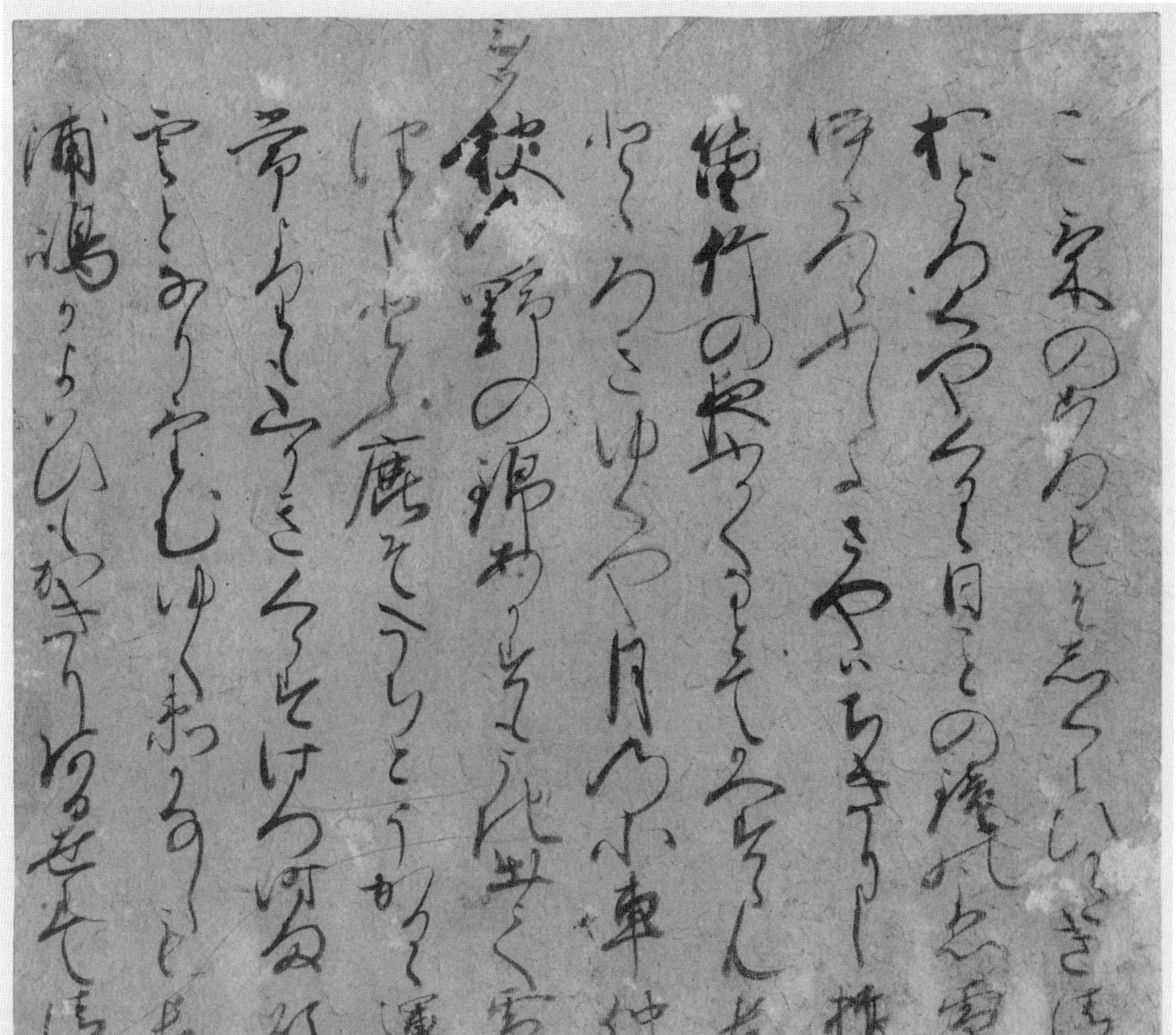

51 宗碩　永正十二年十一月十一日百韻切

52　橋本公夏　十花千句注切

此事続斉諧記ニ見タリ西晋ノ武帝大康八年ニ二百
廿二年ノ間ヲ経テ帰シ也是ヲ書タル後ノ江相公ノ文
章朗詠集ニ在
誤入仙家雖為半月之客恐帰旧里纔ニ逢七世之孫
和漢ノ年記ヲ勘合侍レハ浦嶋カ子ノ事ハ五百
年以後ノ事也
山や五月ノセミノもろこゑ
涼しさはたゝ秋風ノから衣　聴
後
忘らるゝ身ヲうつセミノから衣返すはつらキ心なりけり
かへす〳〵も恋しきやなそ　真

永正十三年（一五一六）春、宗碩草庵で行われた十花千句の注。三条西実隆・肖柏・宗長・玄清など、当時の優良作者が参加した。施注者は橋本公夏かと推測されている。縦二二・六センチ×横一五・〇センチで、もとは一面十行書の四半形の冊子本。施注者と同じく公夏を筆者と極めるが、公夏の署名入り短冊と比べて、同筆とは思われない。徳川美術館蔵手鑑文車所収切など数葉が報告されている。なお、断簡五・六行目「和漢ノ年記ヲ勘侍レハ浦嶋ノ子カ事ハ五百年已後ノ事也」の一文が、『連歌古注釈の研究』（昭和四十九年　角川書店）所収本文では、二行目の「間ヲ経テ帰シ也」と「是ヲ書タル後ノ」の間にある。

（日比野）

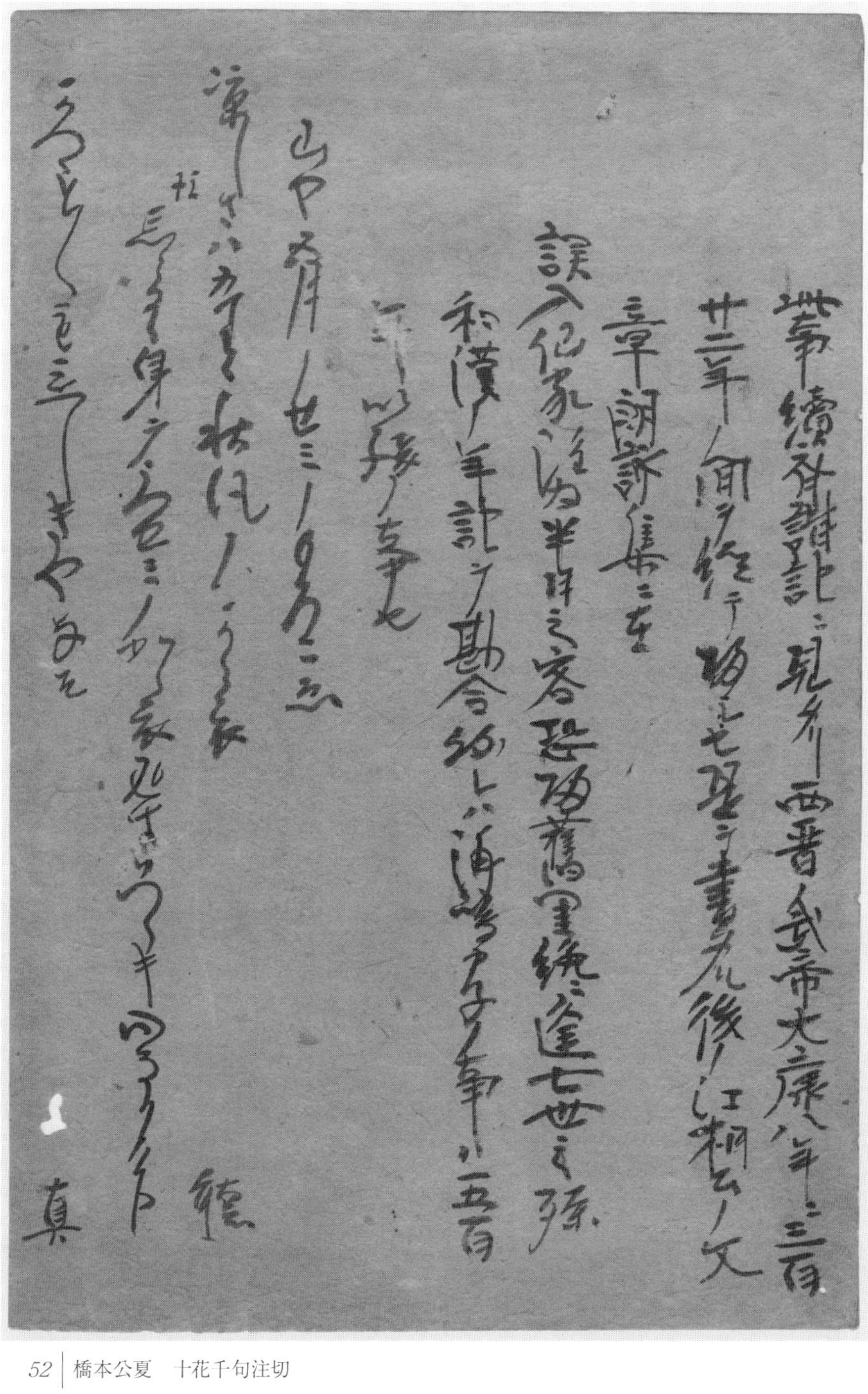

52　橋本公夏　十花千句注切

53 道増　住吉千句切

それとなき虫のこゑ〲ほのかにて　碩
くさのかくれも月に成行　雪
野分せし跡こそとはゝ夕なれ　碩
忘られかたき思ひもそそふ　雪
今はとて絶ましきはのあやにくに　碩
後しのへとの情をはみし　雪
花そうき散なむ物の匂ふらむ　碩

大永元年（一五二一）十一月に三条西実隆と宗碩によって興行された住吉社法楽千句、いわゆる住吉千句の断簡で、縦一二・六センチ×横八・九センチ。料紙の左右の文字が詰まっており、裁断があるようである。もとの形態は冊子本であったとは思われるが、詳細は不明。道増の筆跡を襲ったような字形ではあるが、真筆か否かの判断は避けておきたい。宗碩を示す「碩」の他にも、「雪」とする作者名がみえるが、これは実隆の号聴雪からの一字名である。なお京都大学蔵本では、実隆の作者名はその法名尭空の「空」となっており、異同が見受けられる。「一覧」によれば、やはり道増を伝称筆者とする個人蔵の断簡が報告されているが未見。また、他にも当該千句の古筆切として伝宗周筆切や伝称筆者不明の断簡もあるらしい。

（日比野）

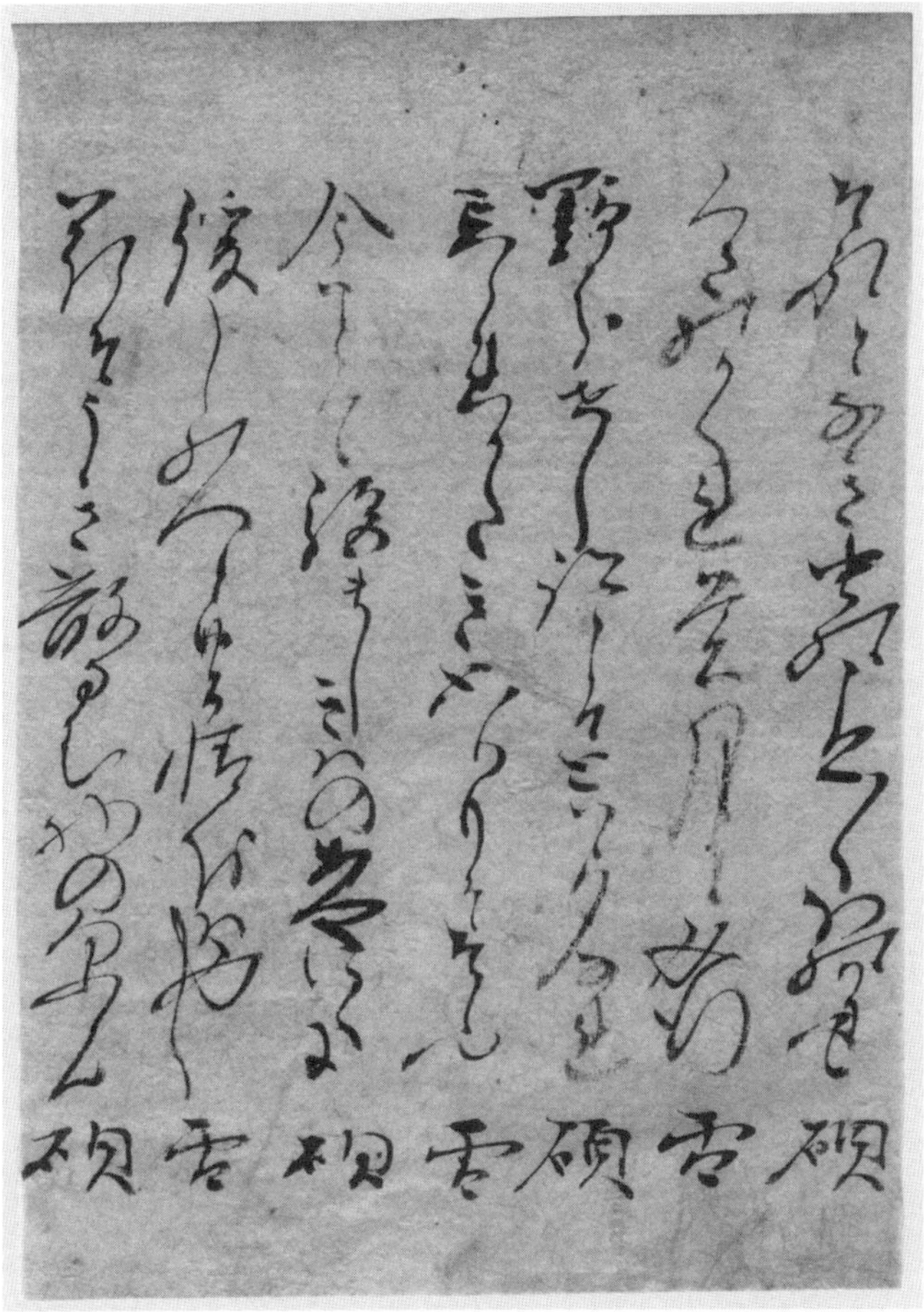

 53 道増　住吉千句切

54 筆者未詳　伊勢千句注切

いくゆふへむなしき床になかむらん　同
とはれぬ床のむしろに秋風吹てかなしき様也
　身こそ捨をく海士のつり船　長
むなしきは捨舟の事也船にも床あれは也
　たゝよへる沖津塩あひのからき世に　碩
是若年にして庵主にはなれたると云心を捨舟といふ也
されとも長公に望《懇》して道の成たると云心を下
含て柴屋への会尺也沖の塩合とは公界の事
成へし猶卑下の心にや和歌の浦や沖津塩合に
うかひ出る哀我身のよるへしらせよ柴の風成へし
　いつか御法の海はわたらむ　同
□海也渡りかねたる義也

伊勢千句は大神宮法楽千句ともいい、大永二年（一五二二）八月、宗長と宗碩の両吟。掲出断簡は縦二六・一センチ×横二〇・三センチで、もとは大形の冊子本。図版では判りにくいが、七行目、宗長の言説を示す「長公」の中央に朱引き、九行目「和哥の浦や……」の歌の引用には右肩に朱点が、それぞれ「長公」「和」のように施されている。第五百韻の一部で、注がある。『連歌古注釈の研究』（昭和四十九年　角川書店）に翻刻があるが、これとは別注。同書によれば、第七種注まで分類されている。そのいずれに属するかなど検討すべきではあるが、ここでは掲出に留め、向後の課題としたい。

（日比野）

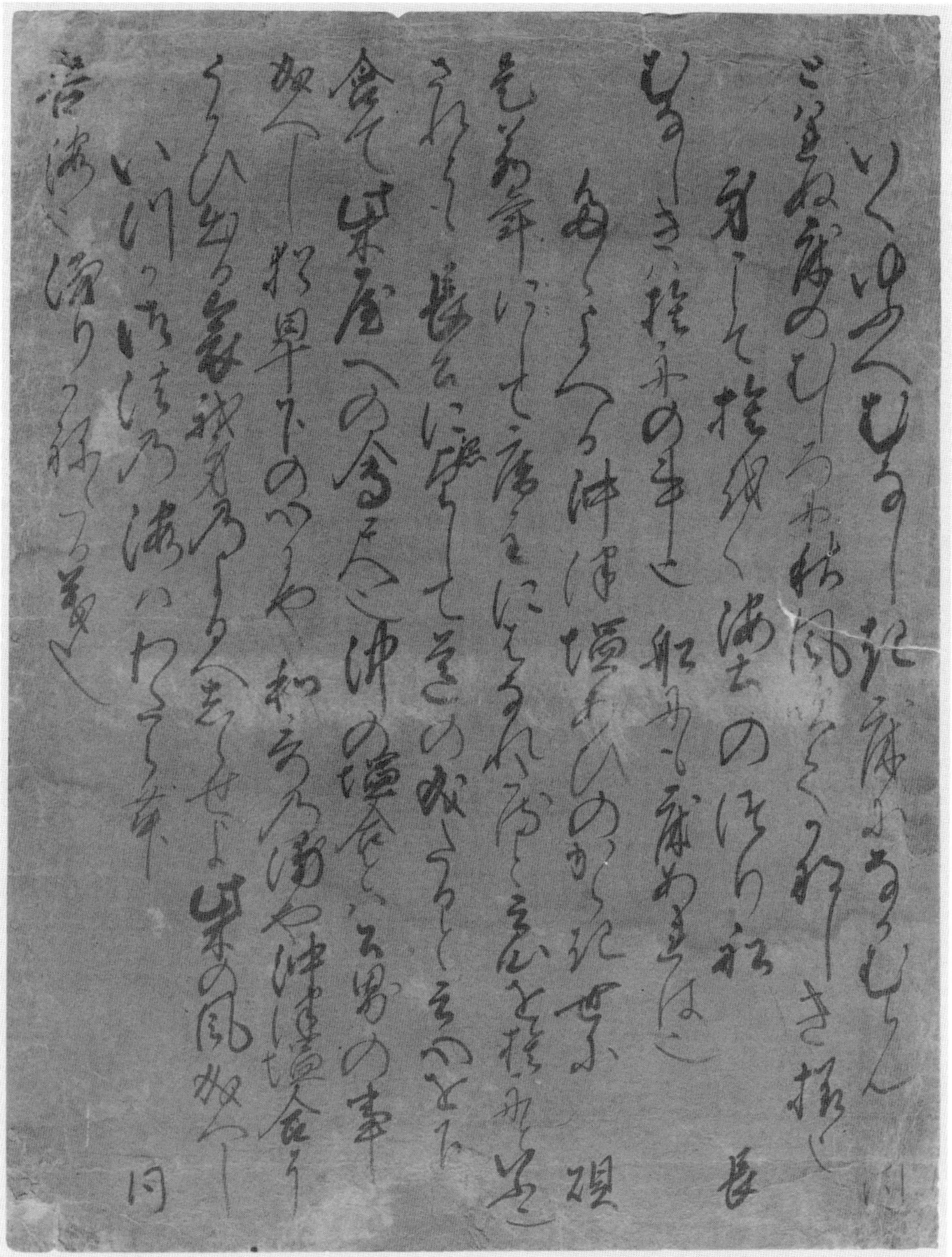

54 筆者未詳　伊勢千句注切

55 覚阿　未詳百韻切

行すゑもたのしみ多き此宿に　世
よもかはらしな万代の友　澄
めくりくる酒のさかつき数副て　元長
風あをやかにさやく竹の葉　興

縦二三・九センチ×横一〇・二センチ。金銀泥で雲と篠笹の下絵を施した料紙を用いる。いずれの連歌を書写内容とするかは現時点では不明。ただし、「世」「澄」「元長」「興」とある作者名のうち、元長は甘露寺元長であろうか。とすれば、その没年の大永七年（一五二七）以前となる。

（日比野）

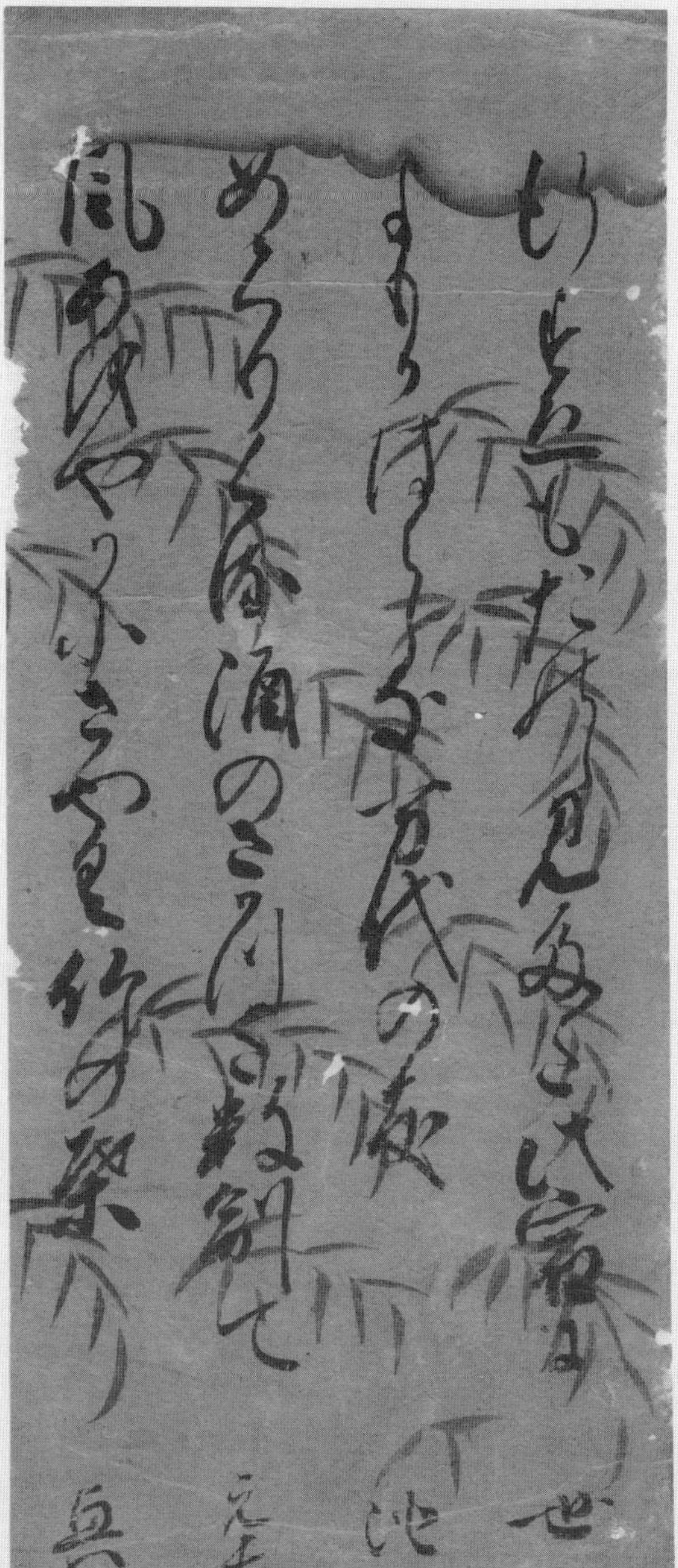

55 覚阿　未詳百韻切

56 宗長　未詳百韻切

いはぬうらみに
むせふたまくら　宗牧
つらさをはなかむる
月もことはらて　左
袖はこゝろと
老そ露けき　宗長

連歌懐紙の断簡で縦一七・八センチ×横一一・四センチ。青雲紙を用いる。おそらく百韻の断簡であろうが未詳。ただ宗牧と宗長が同座していることから、大永（一五二一～一五二八）頃の作であろう。二句目の「左」が誰であるかは不明。

（日比野）

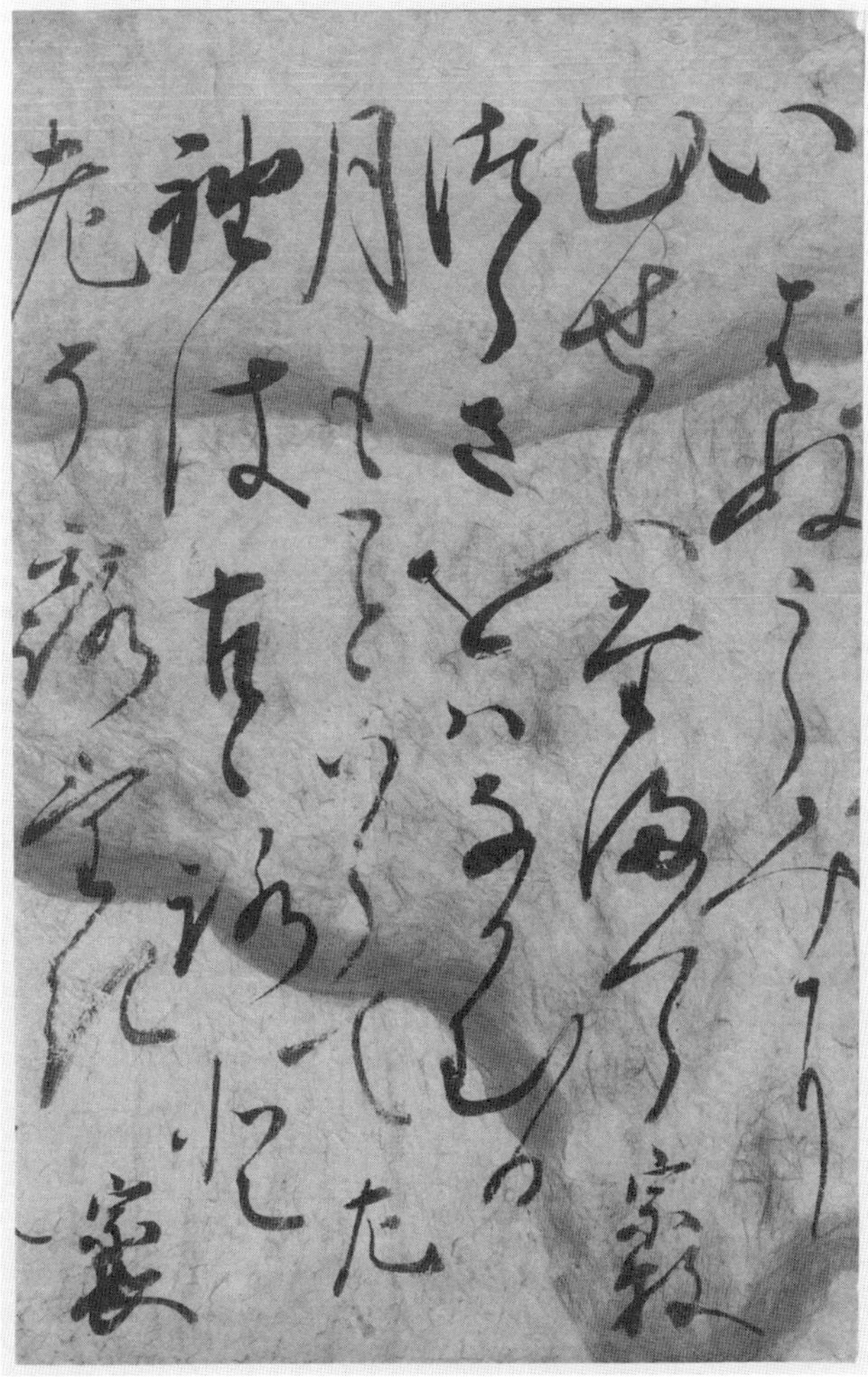

56｜宗長　未詳百韻切

57 後奈良院　宗碩独吟百韻切

あしの丸やに浪のよる見ゆ
誰となくさし捨小舟たゝよひて
袖うちはらふ雪の帰るさ
立いつるあたりの原の冬かれに
煙もとほし松葉たくらん
わひ人の朝夕風になれ〱て

享禄元年（一五二八）九月二十六日の宗碩独吟百韻。縦一八・一センチ×横一二・六センチでもとは小四半形の冊子本。一面六行書。後奈良天皇の真筆と比べて、同筆とは思われない。行の下部を揃えるためであろう、所々、文字と文字の間を大きく空白とするところに書写上の特色がある。

（日比野）

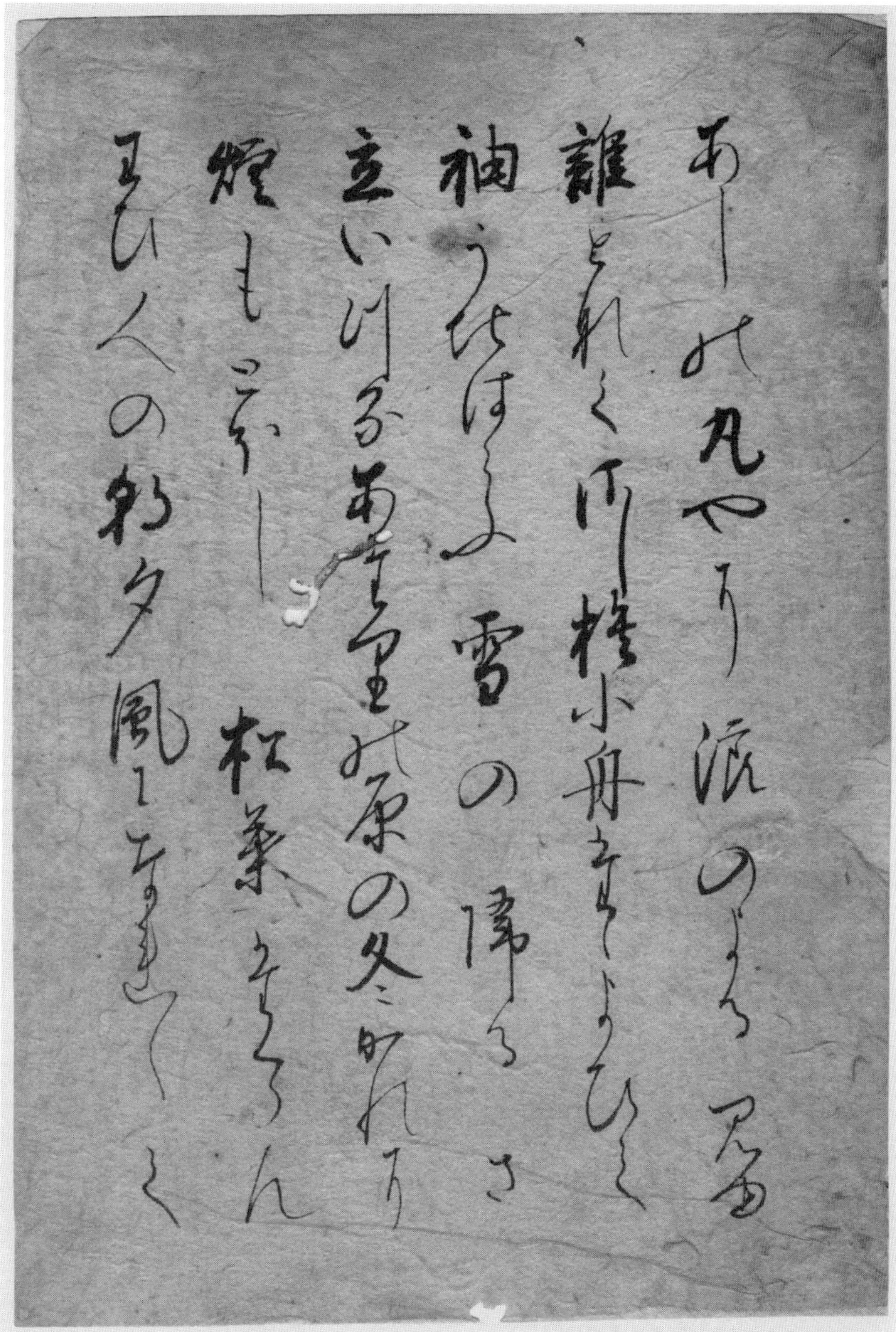

57 後奈良院　宗碩独吟百韻切

58 宗牧　未詳句集切

すてはやのうき身なからのやすらひに
いく暮ならしむすほゝれぬる
したひもを花にゆるさぬ霜さえて

宗牧を筆者と極める断簡で、縦二〇・四センチ×横五・五センチ。宗牧の署名入短冊と比べると、似たところが無いわけではないが、同筆と断ずるには至っていない。内容的には連歌が三句書かれているが、現時点では、いずれの句集かは不明といわざるを得ない。

（日比野）

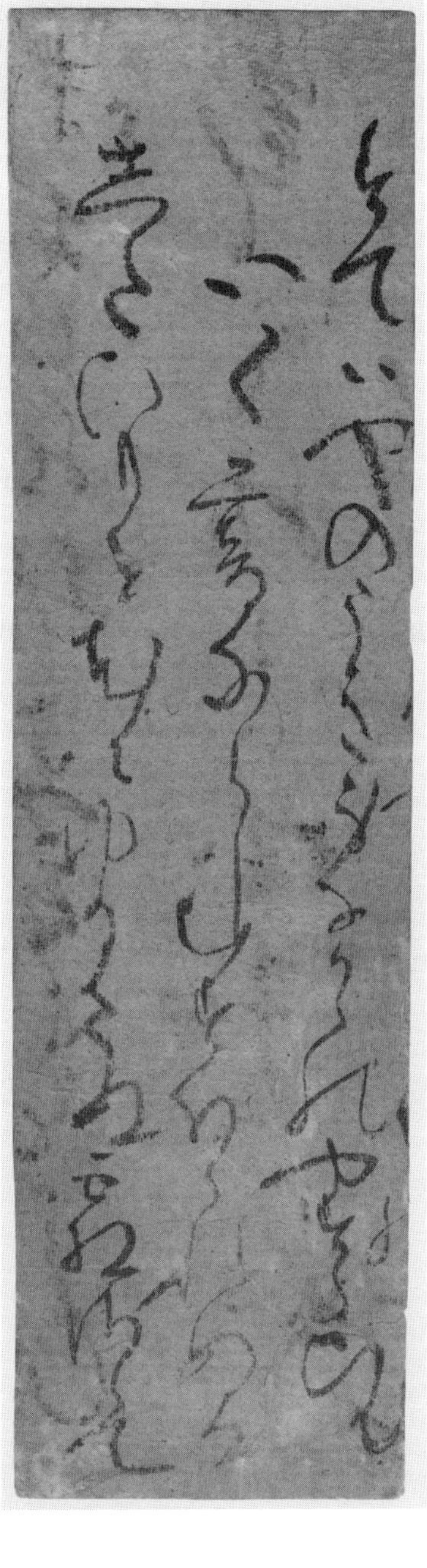

58 宗牧　未詳句集切

59 安宅冬康　弘治三年五月三日百韻切

君まさてたにふるあとの松　養
風吹は草葉の露もあはれにて　慶
なれもおしけによはるむしの音　康
人はこてかたふくまゝの月の本　養
たのむともやは思ひねのゆめ　慶
床は霜袖は氷にとちはてゝ　康
よらぬ日をふる浪のあしろ木　養
暮て行かけはふもとの早瀬川　慶

一九・四センチ×横一二・〇センチ。もとは四半形の冊子本であろう。冬康の真筆たる確証はないが、弘治三年（一五五七）五月三日興行の百韻。作者名の「養」「慶」「康」はそれぞれ宗養・三好長慶・冬康にあたる。

（日比野）

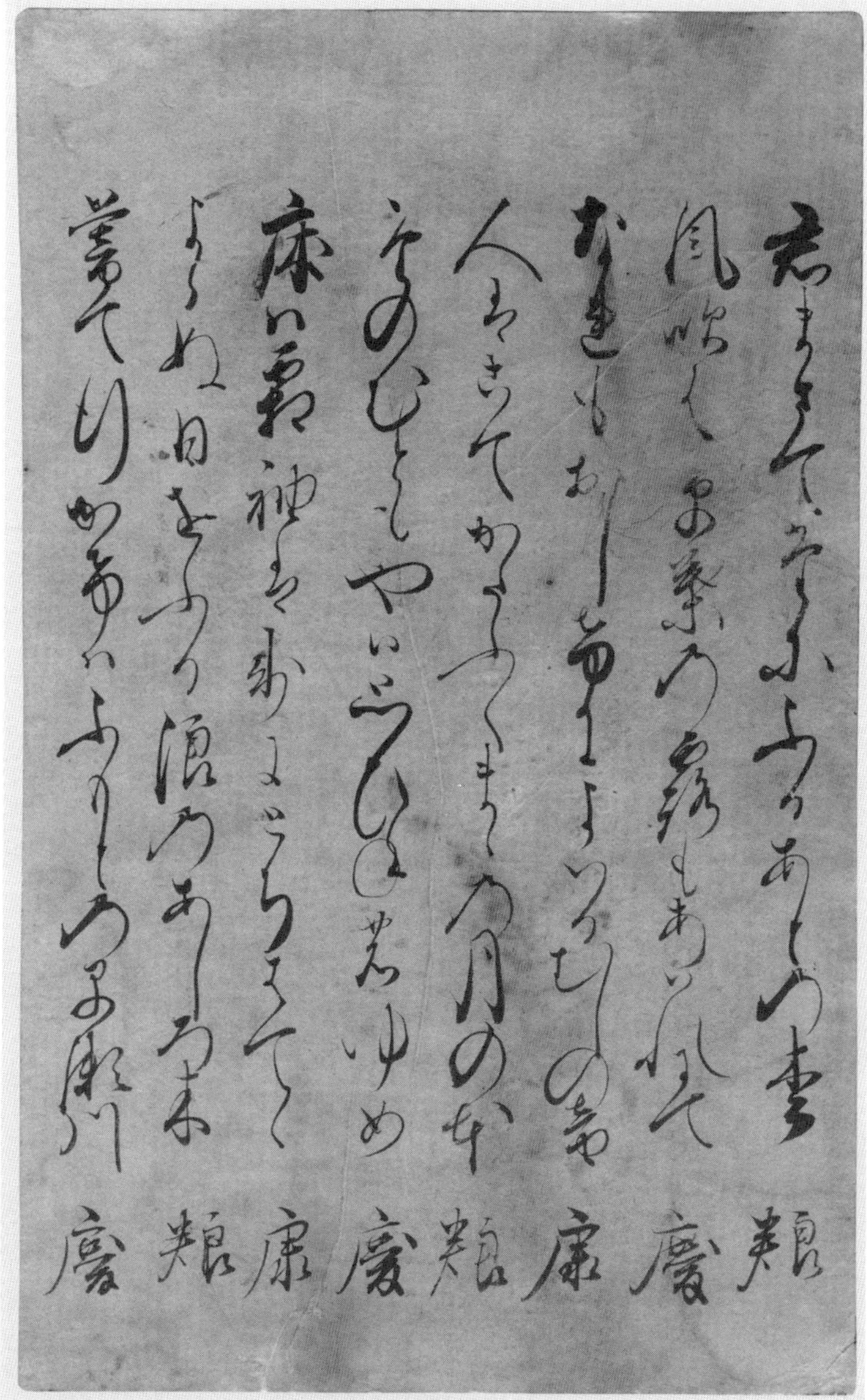

59 安宅冬康　弘治三年五月三日百韻切

60 西室公順　未詳千句切

一むらはあし火
たきぬるかたにして　三
たひのやとりを
もとめよる暮　四
俄にも雨に
なりたる雲ならし　五

縦一七・一センチ×横一二・〇センチ。懐紙の断簡であるが、内容は未詳。書写年代は江戸期にまで下る。句の下に作者名として順番に「三」「四」「五」の数字が記されるのは、「一《いち》二《に》三付《さんづけ》」といい、一巡目には作者名を記すが、二巡回以後は数字で示したもの。連歌が儀礼化・形式化し、作者を明確に問わなくなったためらしい。連歌享受史的に興味深い現象の一つといえよう。この一二三付は、『連歌辞典』（平成二十二年　東京堂出版）によれば、祈禱連歌や一日千句において用いられたとされるところから、当該断簡も千句の断簡と考えておくこととする。

（日比野）

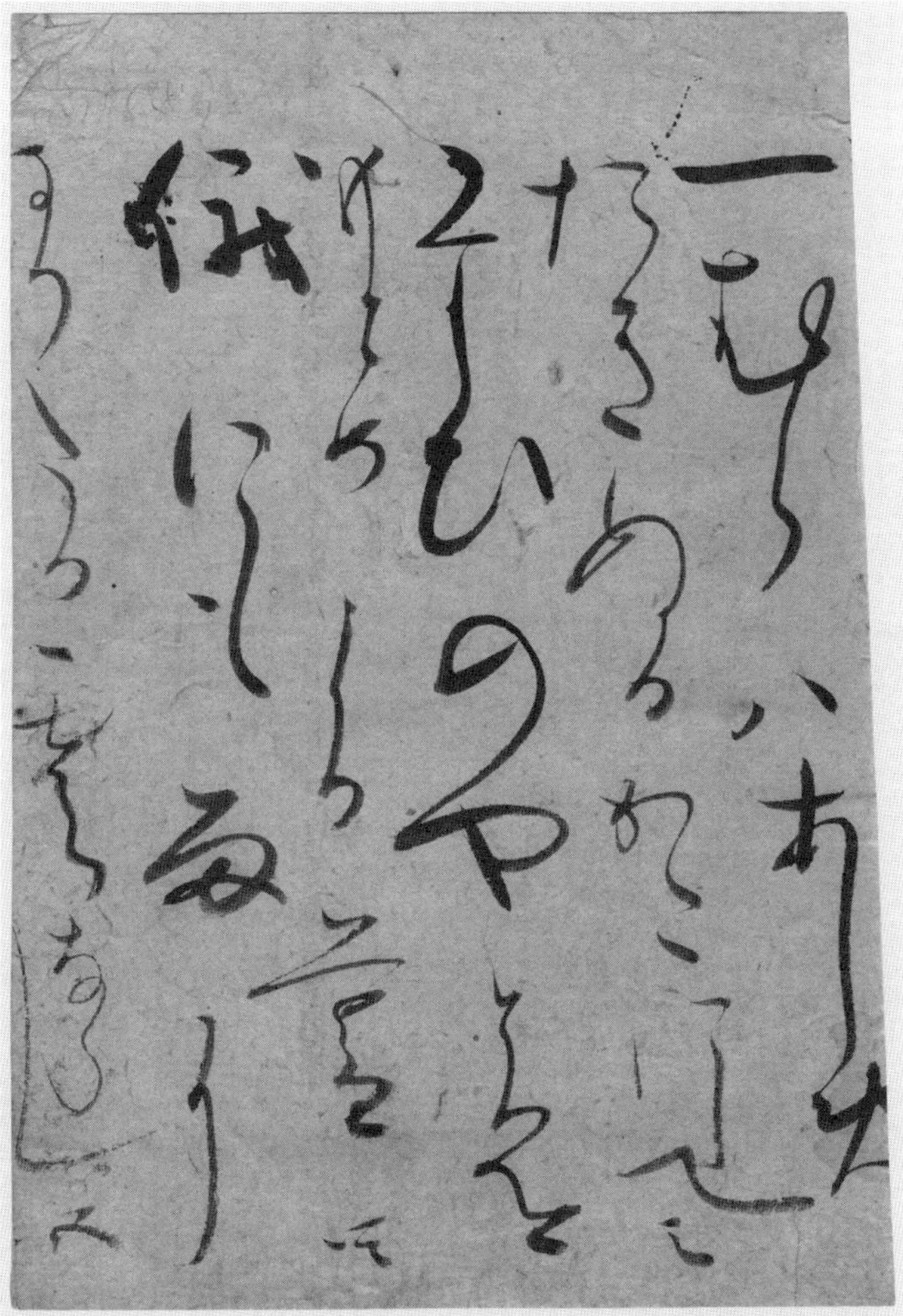

61 筆者未詳　称名院追善千句切

おほえすしほる衣手の露
暮て行空や哀をすゝむらん
けふりにまかふ雲のひとすち
をちこちに離てたてる浅ま山
野辺よりや先雪のけぬらむ
松かけの草はの色は若みとり
わきてなかれに春そうかゑ《へ》る
ふしつけや氷にかゝるいつみ川
ところ〳〵にむもれ木のえた
山鳥雲のそこより啼《■き》いてゝ

称名院追善千句は、永禄六年（一五六三）、三条西公条の薨去に際しての、紹巴の独吟千句。掲出断簡は縦一七・九センチ×横一三・五センチで、もとは四半形の冊子本であろうか。一面に十行を書写している。四行目「離」、六行目「若」に、それぞれ「はなれ」「わか」と傍書があり、それを白墨で塗り消しする。さらに後者はその白墨を擦り消しているらしい。ただし、七行目「ゑ」の傍書「へ」と最終行「啼」の左側に「なき」らしき傍書があるが、これらは塗り消さずに残されている。ツレの断簡は管見には入っていない。

（日比野）

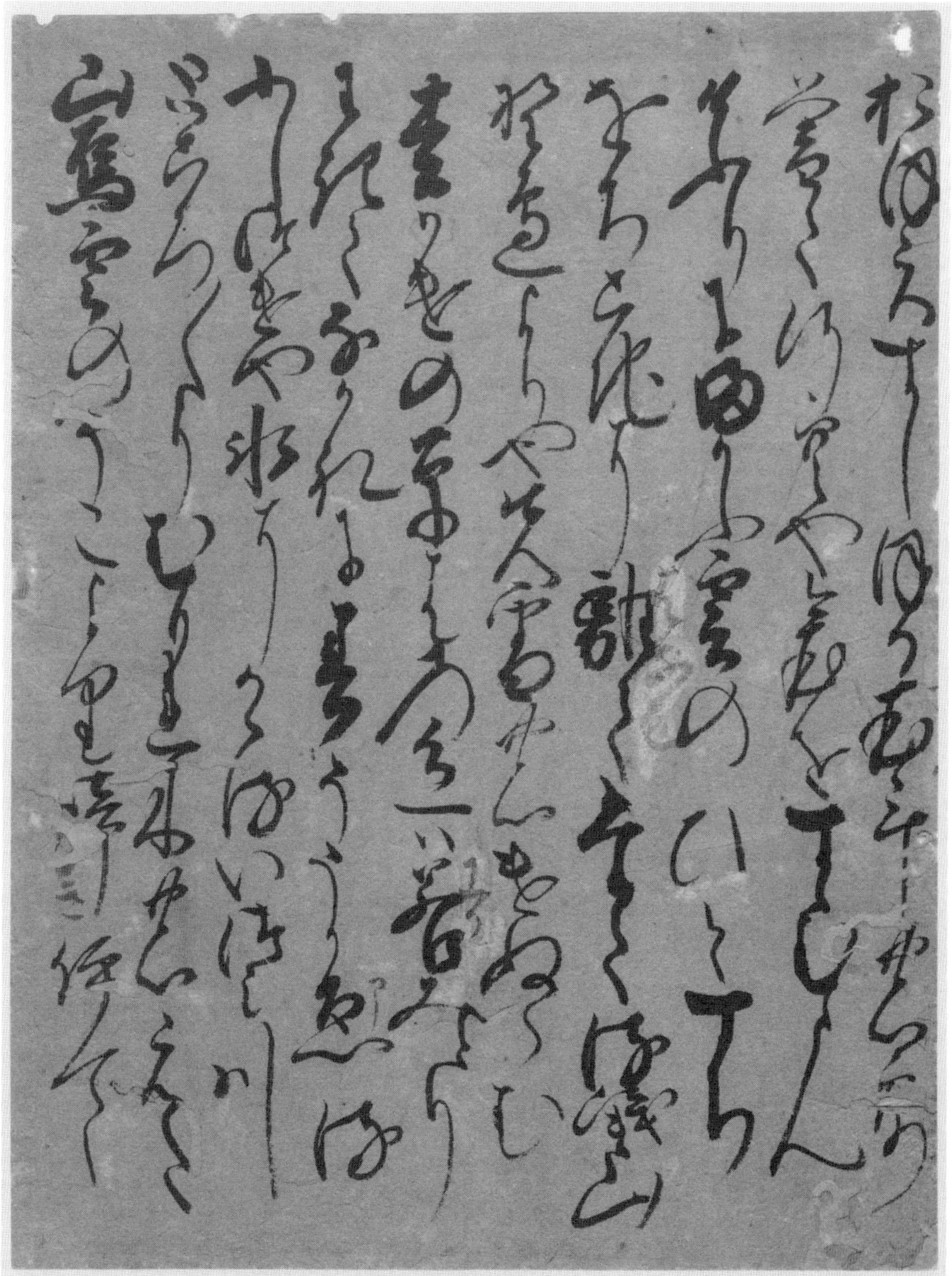

61 筆者未詳　称名院追善千句切

62 尭孝　称名院追善千句注切

両三句こと成儀なし
　我のみのちきりとなに〻思ひけん
暮はて〻人の通路となりたると也恨たる心也
　あたしこ〻ろをしらてしもこし　やり句也
　又も世にむまれん事はなをかなし
見性成仏せすして輪廻する事は我心を不知故也
　子ゆへにそ身のくるしみもそふ
又子かむまれてはくるしみそはんと成へし
　四
　住かへん宿はあかしの浦なれて
源氏物語明石ノ中宮むまれ給へる故に明石をは

紹巴の初期の代表作として重んじられる称名院追善千句は、紹巴自身の指導用としてであろう、自注が施された。掲出はその自注本の断簡。縦二六・〇センチ×横一八・五センチ。もとは大型の冊子本であろう。図版では見にくいところもあるが、二・四・五・七・九行目の句頭に朱で○印、一・三・八・九・十行目の行頭に朱点、三行目「也」と「恨」、六行目「て」と「輪」、最終行「に」と「明」の間に朱の句読点、八行目「へし」に朱で濁点を付して「べし」とするなど、朱点を多く施すところが特色となっている。注を高く、句を低く書く書式から、千句そのものではなく、千句注の書としての性格が顕著である。

（日比野）

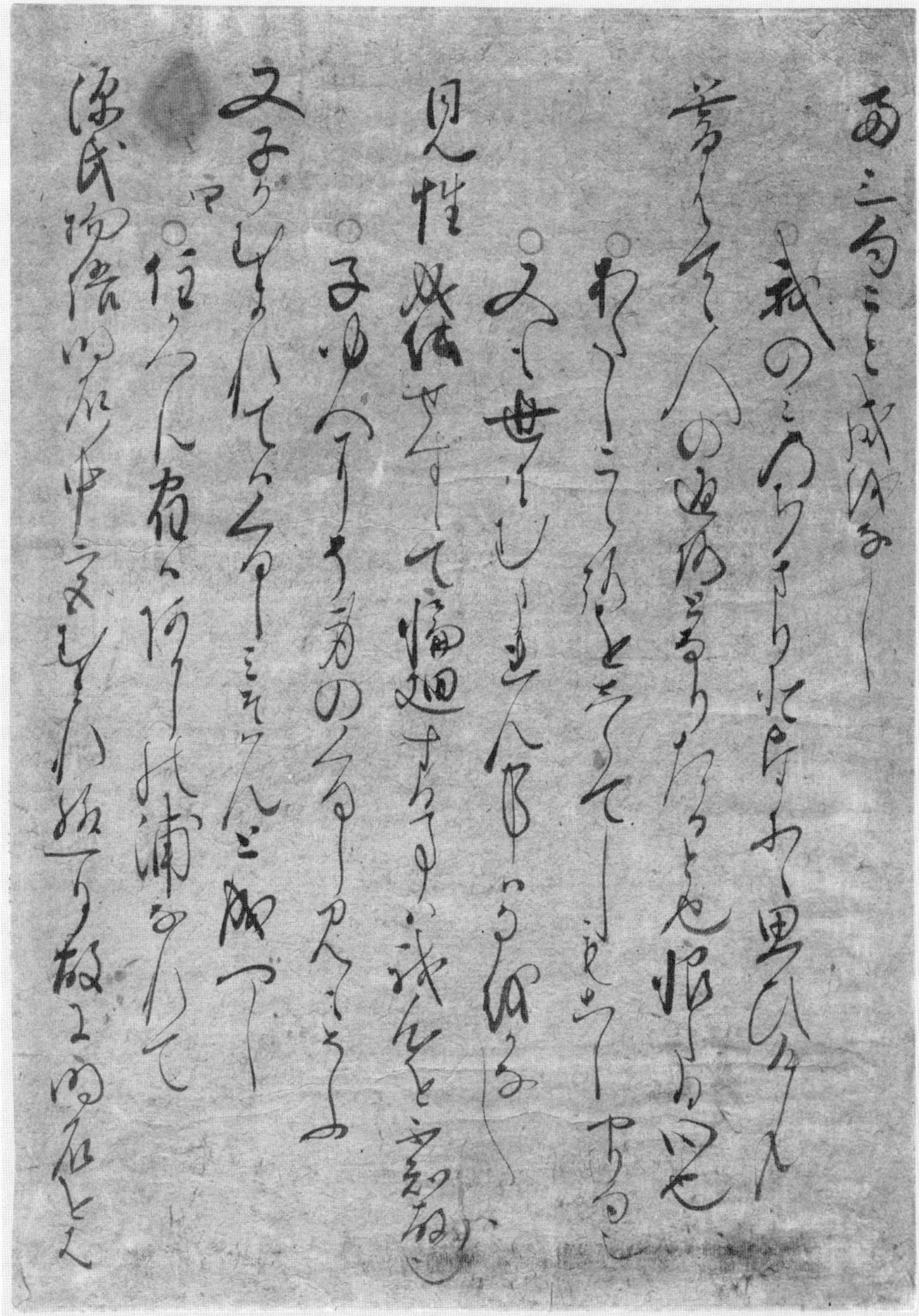

 62 尭孝　称名院追善千句注切

63 尭孝　称名院追善千句注切

ふもとかすめるおく山の里
深山の深き方は返す時節いたらさるへし
たえたるを雪のわたせる梯に
麓のかすめるに奥山里の橋は雪残ると也
月は冬木の中にすむかけ　月の雪そ

前項（62）掲出切のツレ。縦二六・九センチ×横九・八センチ。尭孝を伝称筆者とするが、尭孝は康正元年（一四五五）に没しており、永禄六年（一五六三）の当該千句の筆者たり得ない。ツレの断簡は十葉ほどが報告されている。一・三・五行目の句頭に朱の○印、二行目「さるへし」を「ざるべし」とする朱濁点がある。

（日比野）

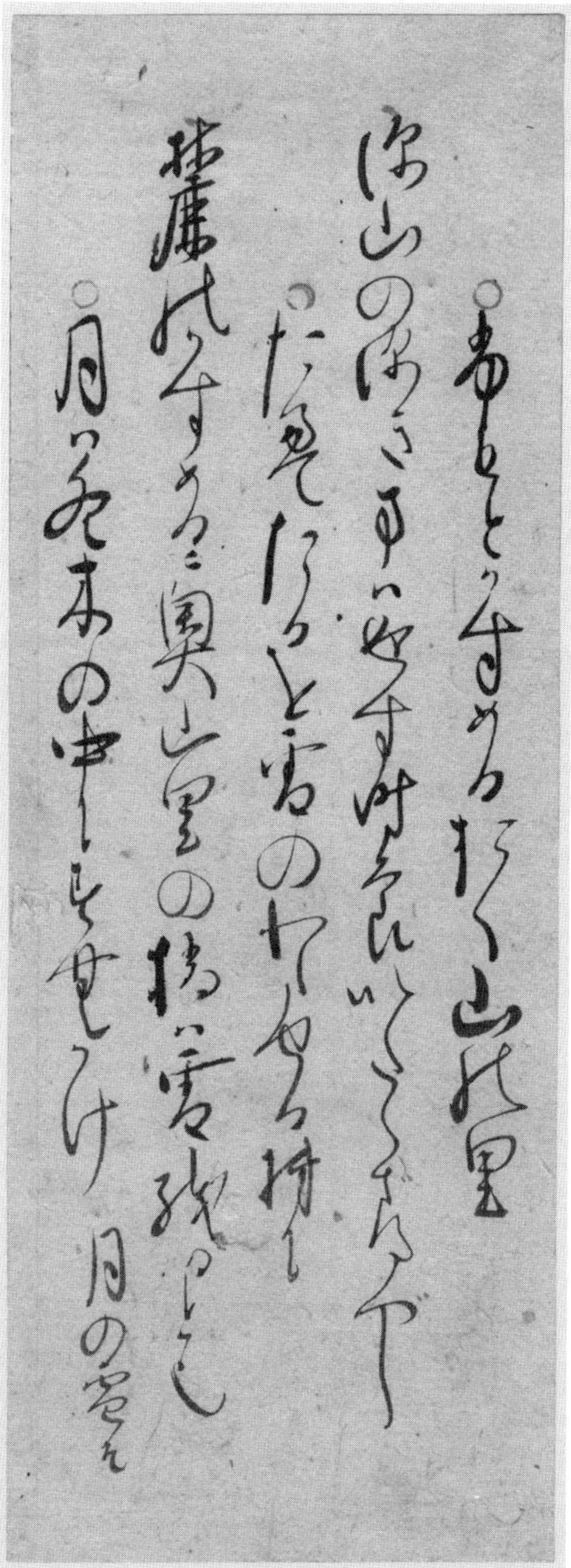

 63 尭孝　称名院追善千句注切

64 宗養　未詳百韻切

夜をかけてはしゐ
もとむるすゝしさに　唯禅
しつかに成ぬ
遣水の音　保綱
小車のすき行
かはらとゝろきて　宗坡

縦一八・三センチ×横一四・一センチで、青雲紙に金銀泥で下絵を施した料紙を用いた懐紙切。作者のうち、宗坡は宗祇門下の連歌師。他は未詳。未知の連歌断簡はまだ多い。

（日比野）

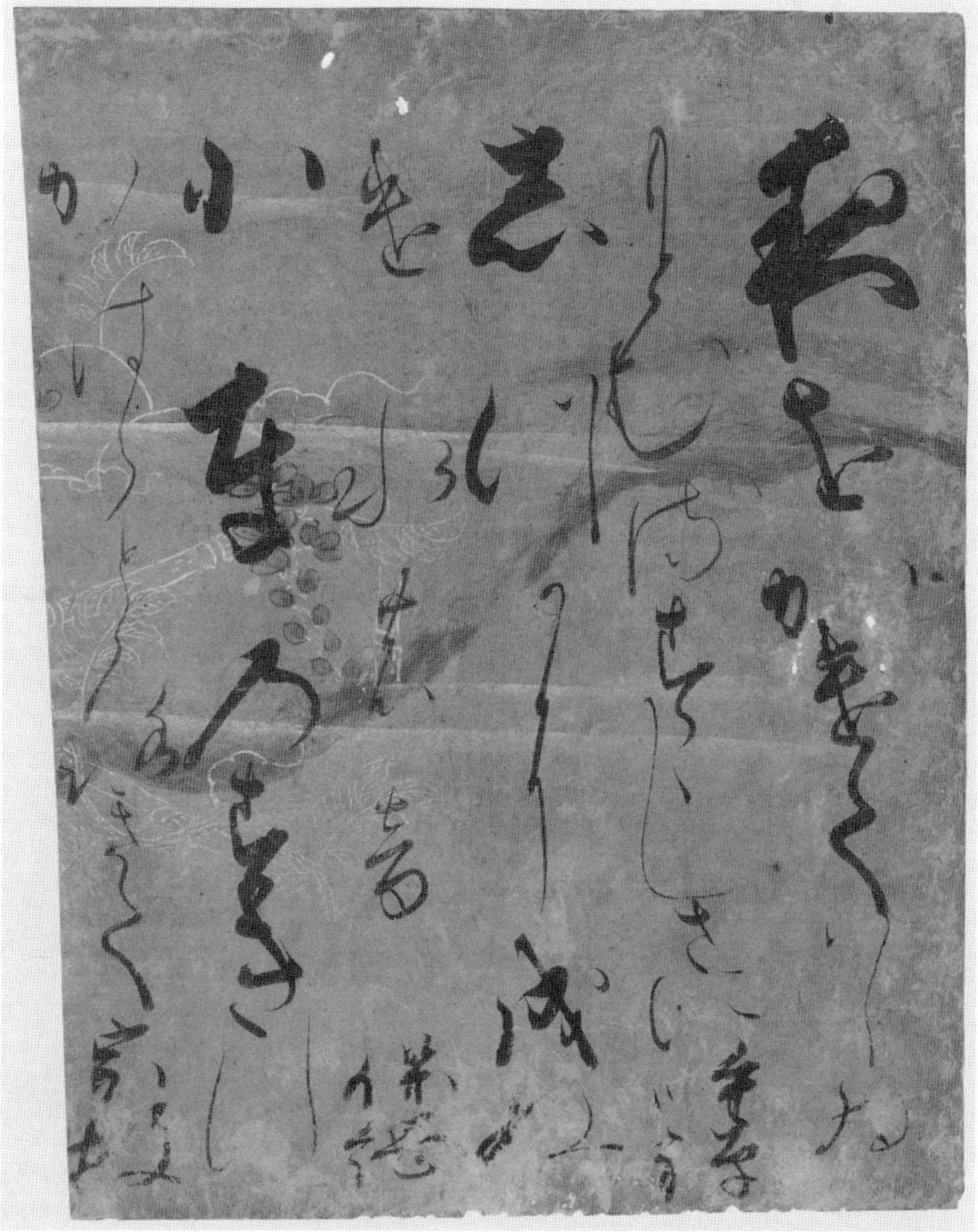

64　宗養　未詳百韻切

65 紹巴　五吟一日千句切

かけはしは山の
あはひにはるか也　前
引すてにたる
かつらきの雲　吒
ちりにける中よりも
さく花の色　巴
かたへのさくら
かけのやとり木　秀
はこ鳥の春に
なくさへものさひ□　巴

縦一七・三センチ×横二一・〇センチで、もとは懐紙の断簡。料紙に朱と薄緑で草花が描かれているが、いわゆる後絵である。紹巴の署名入短冊と比べると類似しており、その真筆の可能性は十分にある。書写内容は天正九年（一五八一）十一月十九日五吟一日千句で、作者名の見える「前」「吒」「巴」「秀」は、それぞれ心前、昌吒、紹巴、明智光秀らであろう。作者紹巴の自筆懐紙の可能性もあるものとして、注意すべきであろう。なお、最終行「さひ」の後、左に寄せて一文字（「て」か）書かれていた痕跡がある。

（日比野）

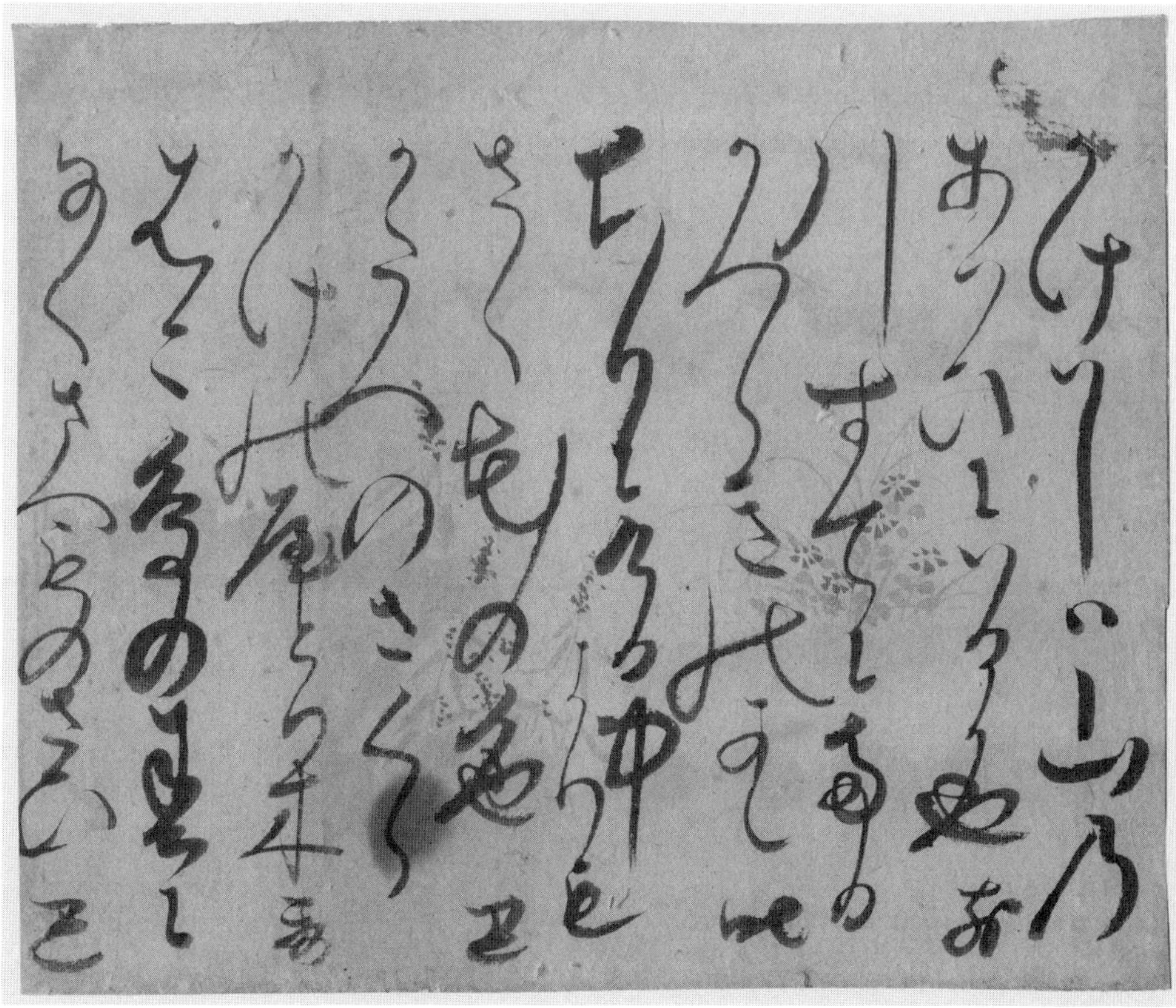

 65 | 紹巴　五吟一日千句切

66 良恕法親王　慶長五年十月二十五日和漢切

暮てゆく春に
をくれぬ時鳥　照高院准后
空に小雨の
そゝきすてつゝ　前左大臣
欄外出雲月　南化

慶長五年（一六〇〇）十月二十五日興行の和漢の断簡。縦一六・八センチ×横一〇・七センチの懐紙切。『慶長・元和和漢聯句作品集成』（京都大学和漢聯句研究会　平成三十年　臨川書店）に翻刻がある。同翻刻本文では「照高院准后」を「准后」、「南化」を「化」のように、二度目以降の作者名を省略しており、わずかながら違いがある。良恕法親王の署名入短冊と比べると、同筆と認めてもよいように思われる。

（日比野）

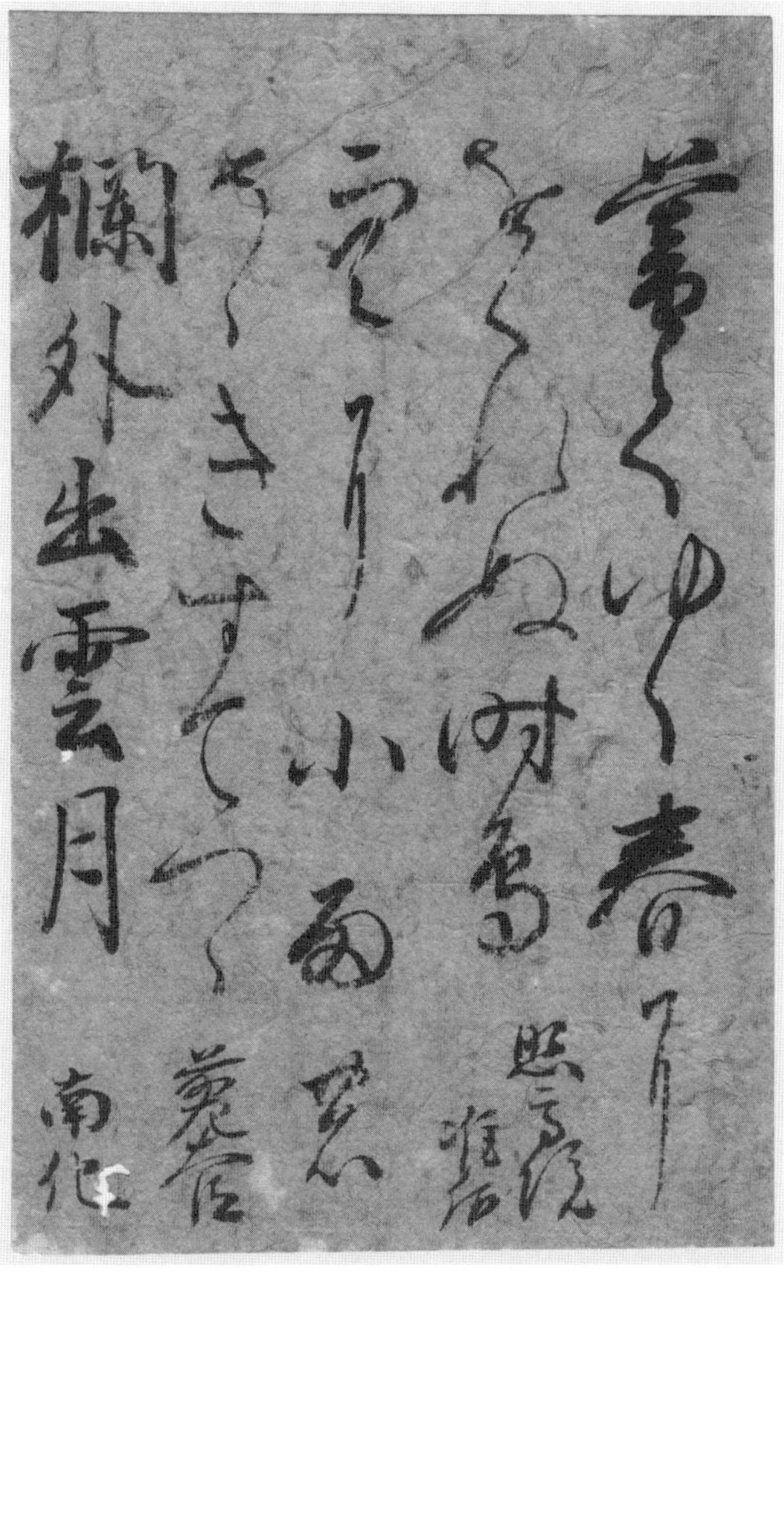

 66 | 良恕法親王　慶長五年十月二十五日和漢切

67 永閑　未詳百韻注切

にて程なくうつりゆくことを思ひ
つゝけ侍るよし也
■かきくつしかたるにいく世うつるらん
埋火のもとにて思ふとち昔
のことを思ひ出てはかたりなくさむ
うちにいく世のことかうつるらんと也
かきくつすとはいか程もとり出て

縦一二・一センチ×横九・六センチの、もとは冊子本。一句毎に付注するところから百韻の注か。三行目冒頭には「界」のように読めそうな文字があるが、不明。二行目「よし也」から、師の言説を弟子が回想しながら筆録したものか。伝称筆者の永閑は宗碩門下。仮にその真筆であれば、宗碩の句に永閑が付注した可能性なども想像されよう。

（日比野）

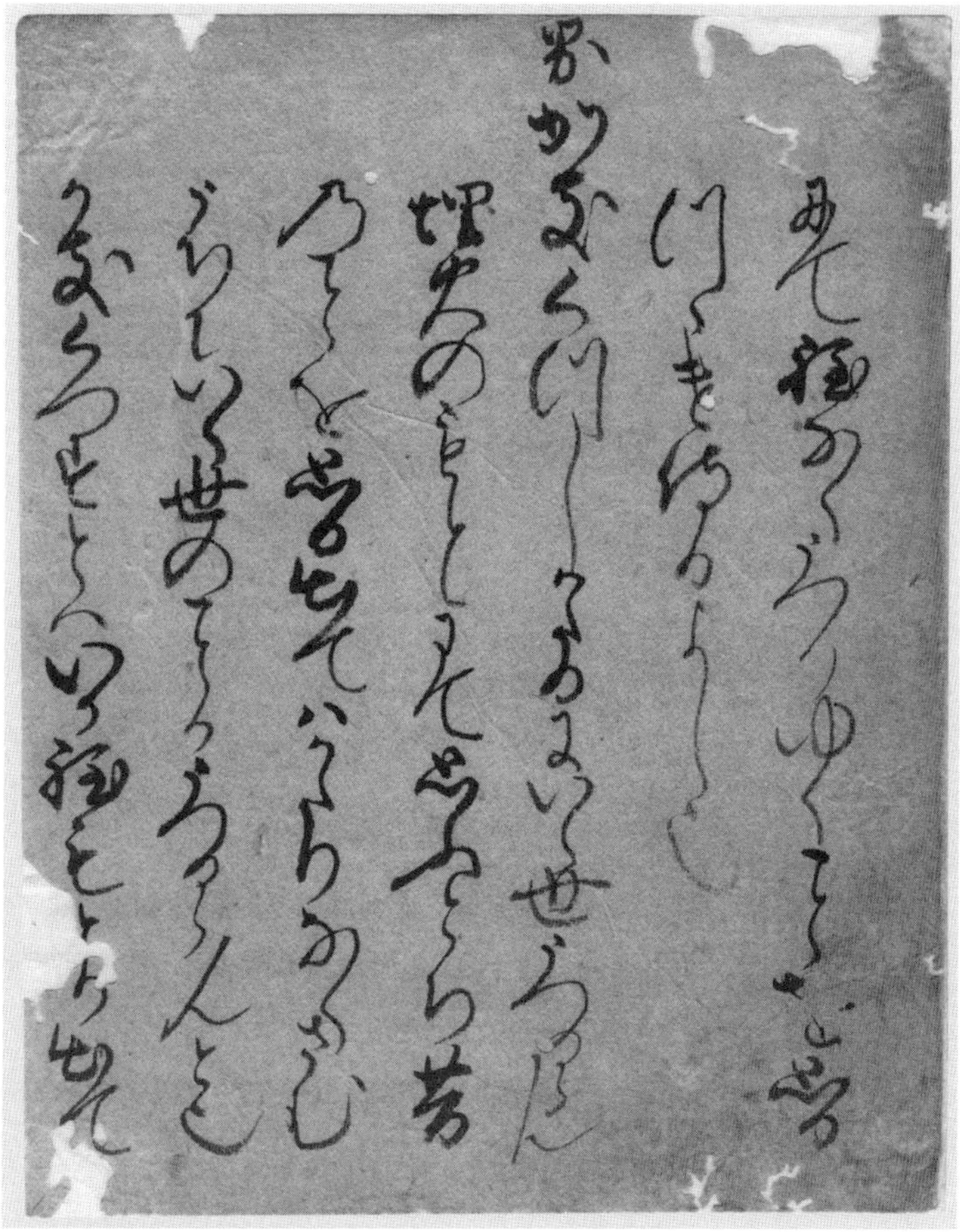

68 西園寺実益　未詳句集注切

今こそ月もかねも有明
夜も明行なと丶おもひておき
行に月も有明鐘も暁きこ
ゆれはさては出丶有し時は
夜ふか丶りけるよと今知たり
とひたる事成へし相坂の夕
付鳥も今そ鳴都の空はよふか丶りけり
草の花さく野へのほそ道
夜半の月あらぬくま丶て露分て
いかなる草かれまても月のくま
なく露見えたる也ほそ道大事
なるを露分てなと丶いへは
付ぬるにや

縦一四・四センチ×横一五・六センチで、もとは横長の冊子本。実益の短冊と比べて同筆とはいえない。句集の注かと思われるが未詳。六行目に朱点を付して引用される「相坂の夕付鳥も今そ鳴都の空はよふか丶りけり」は拾遺風体和歌集に藤原基政の歌（二六一）として採歌される。今のところ、それ以外の歌集には見出されない歌だけに、拾遺風体和歌集の享受資料としても興味深い。また、二句目「夜半の月……」について、『中世文学資料と論考』（昭和五十三年　笠間書院）所収の神宮文庫蔵連歌集の宗長句集に、

かきつはたさくかけそうつろふ
夜はの月あらぬくままて露分て

のような句があるが、前句が異なるため偶然の一致としか言えまいが、同一作者の作風の反映といえようか。このこともまた、当該断簡を興味深いものとしている。

（日比野）

今こそ月も...かけも...明

秋を...

...月と...

...月と...

...

...今...

...相坂の夜

...今鳴く都の...

...月めぬる...

...七月の夜

...

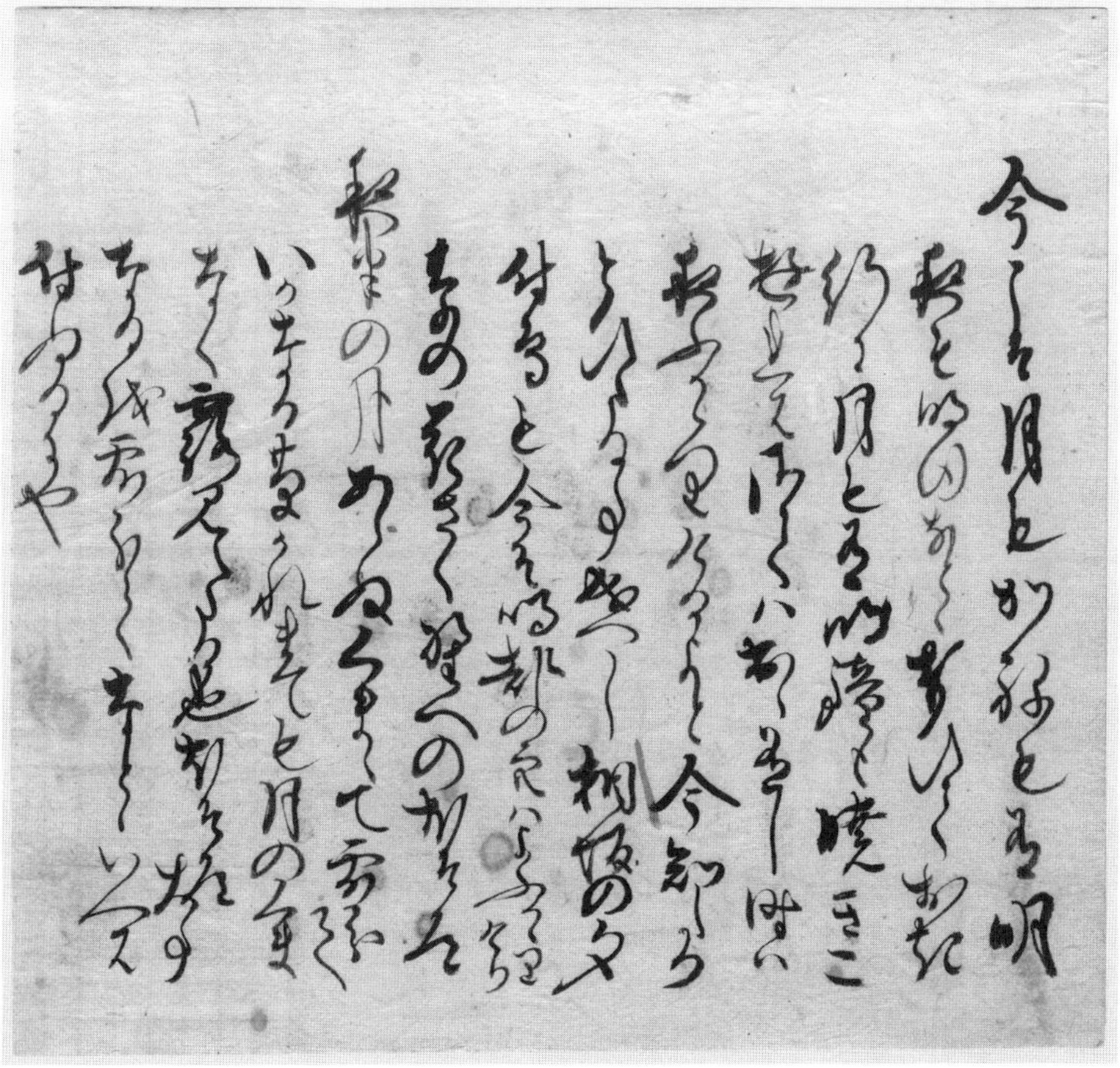

69 良恕法親王　未詳百韻切

めくみなきとて
つかへさらめや　　玄仍
ふたりとはたのまぬ
君か世をしりて　　昌叱
なに人つまに
かこちかけゝむ　　玄旨法印
笛の音も琴の
しらへに忍ひより　紹巴法橋

もとは懐紙の断簡で縦一七・六センチ×横一六・四センチ。良恕法親王の署名入短冊と比べると、よく似ており、その真筆の可能性が高そうである。いずれの百韻を書写したものであるのかは、現時点では詳らかではないが、作者のうち最年少の玄仍の活躍が確認できる最初期の天正九年（一五八一）から、紹巴が没した慶長七年（一六〇二）までに催行された百韻とみられようか。もっとも、三十七歳で早世したかとされる玄仍が十代で昌叱や玄旨、紹巴らと同座したと考えるのもいかがであろう。玄仍三十代頃として慶長七年以前の慶長年間頃と比定してみてはどうであろうか。

（日比野）

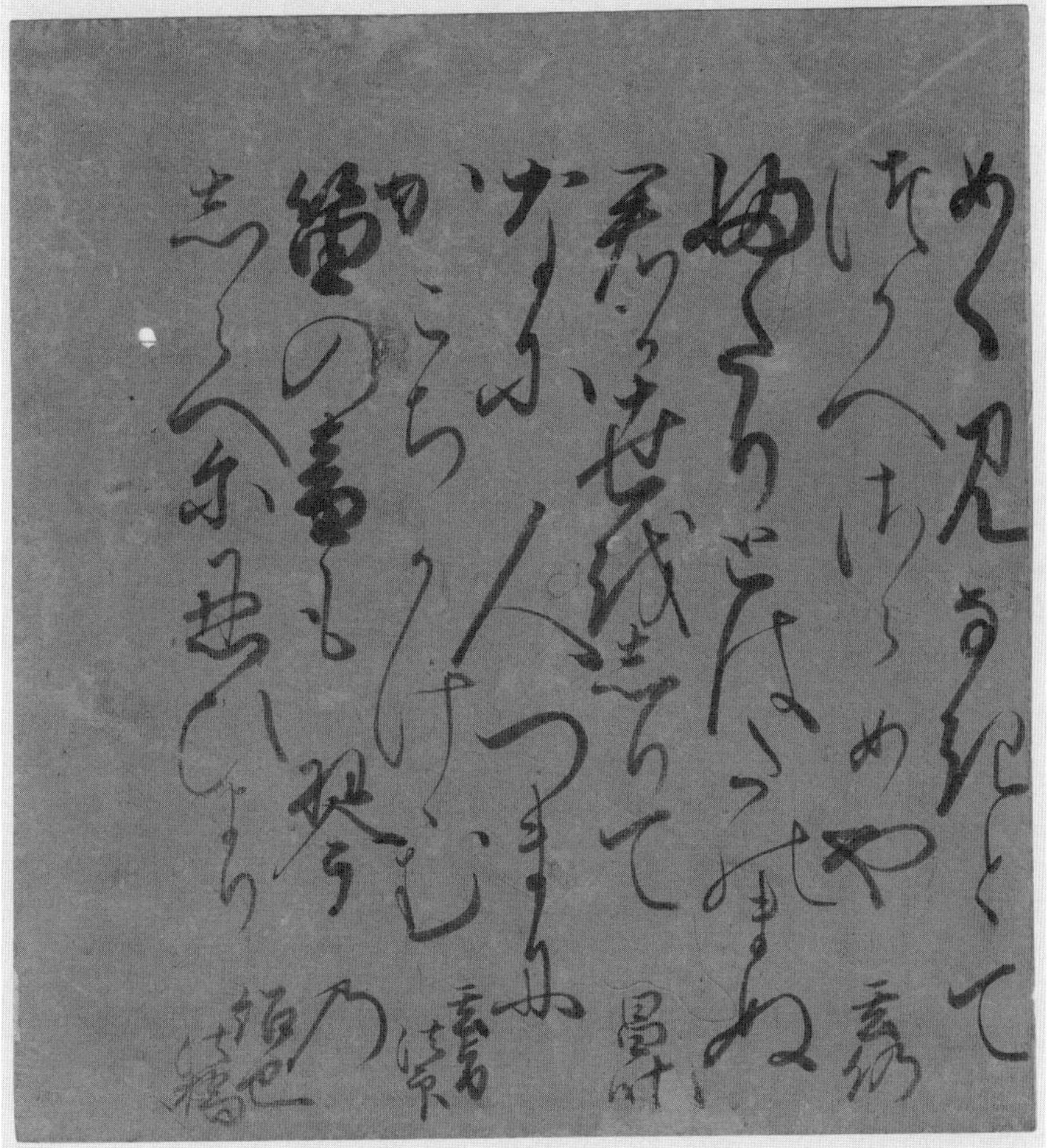

69 良恕法親王　未詳百韻切

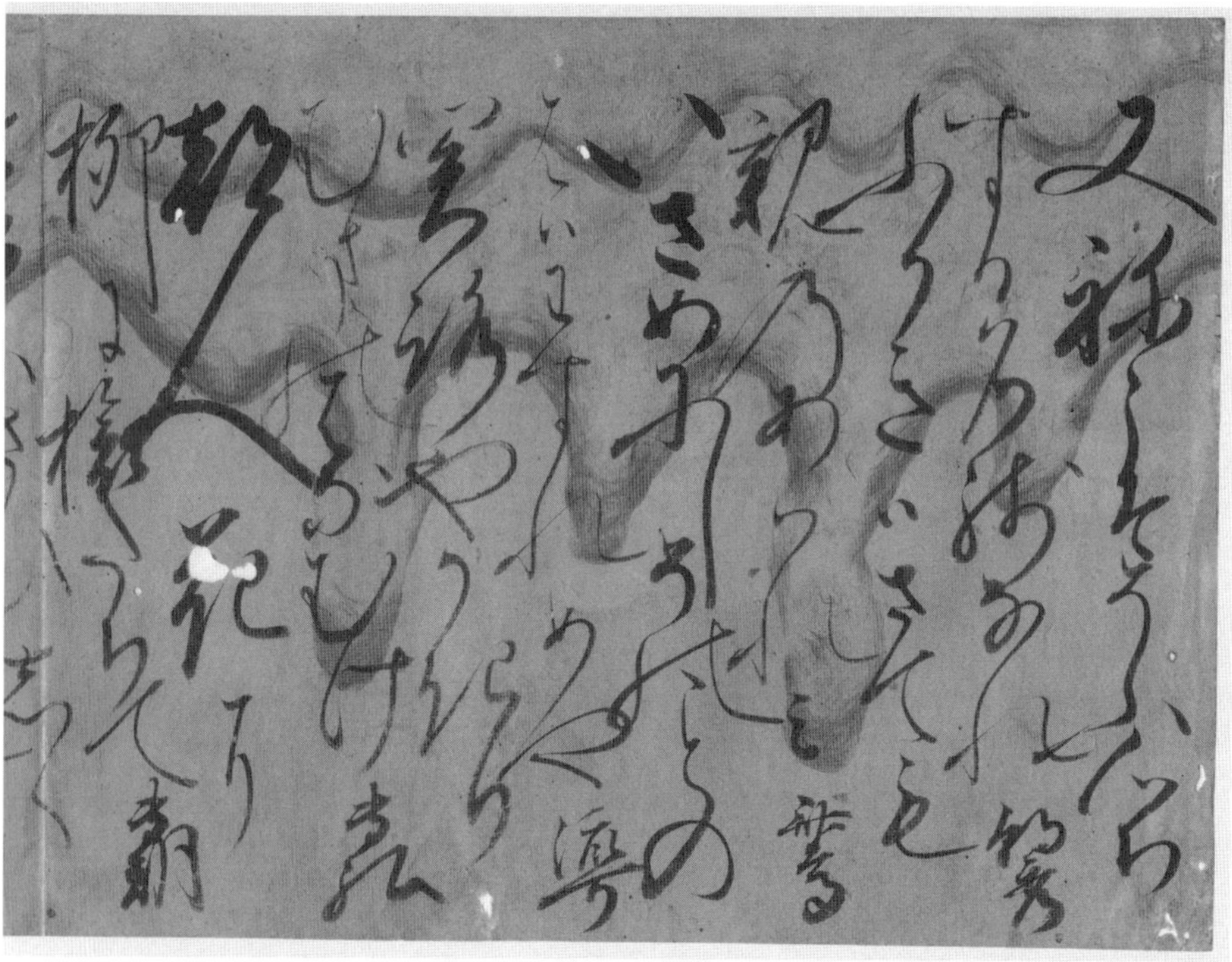

70

筆者未詳　未詳百韻切

又ねこそそふ心ち
する名残なれ　朝秀
ふかきはさても
親のあはれみ　齋尊
いさめにしそのことの
ははわすれめや　流可
関路やかきり
むまのはなむけ　専弘
都人花に
柳に旅たちて　専朝
春はさひしく
くれもこそすれ　長盛
鐘かすむ声は
いつくの寺ならん　惑儀
雲にはなれて
出る三日月　流可
あつさはた残りし

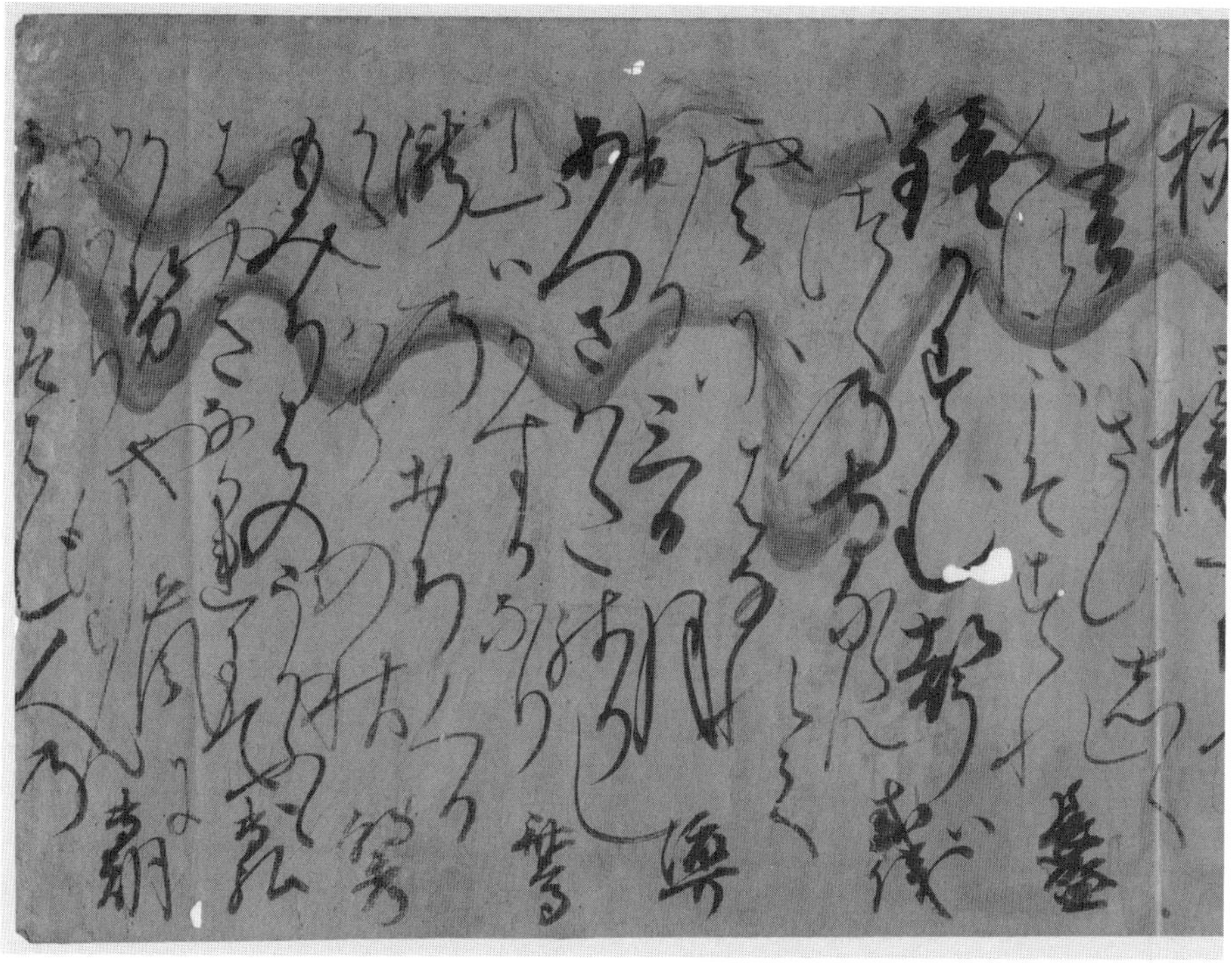

山はかすかなり　　　齋尊
瀧のおちくる
かたはらの秋　　　朝秀
もみちはのうかふも
はやきなかれにて　　　専弘
かせや嵐に
かはり行らん　　　専朝
うちそはむ人の

縦一七・七センチ×横四五・一センチの懐紙切。青雲紙を用いる。十四句二十八行のうち、三行が裁断されているようである。いずれの百韻かは未詳。ここには朝秀・齋尊・流可・専弘・専朝・長盛・惑儀（人名としては存疑ながら「惑儀」と読んでおいた）の六名の作者名がみえるが、これら連衆のうち、流可・長盛は『連歌総目録』（平成九年　明治書院）に名前が見える程度。このような未詳連歌懐紙も多数存する。

（日比野）

71 筆者未詳　未詳百韻切

隣なる花のさかりによひもせす
たゝ独りのみ見る岩つゝし
たんくに人をさそふもむつかしや
月は八嶋の浦のあはれさ

縦一五・六センチ×横一〇・一センチ。書写年代は室町後期頃であろうか。書写の形式からは百韻懐紙の一部かと考えておくこととするが、一行目「隣なる花のさかりによひもせず」のような「花盛りに呼びもしない」という内容からは、俳諧であろうとも考えられる。

（日比野）

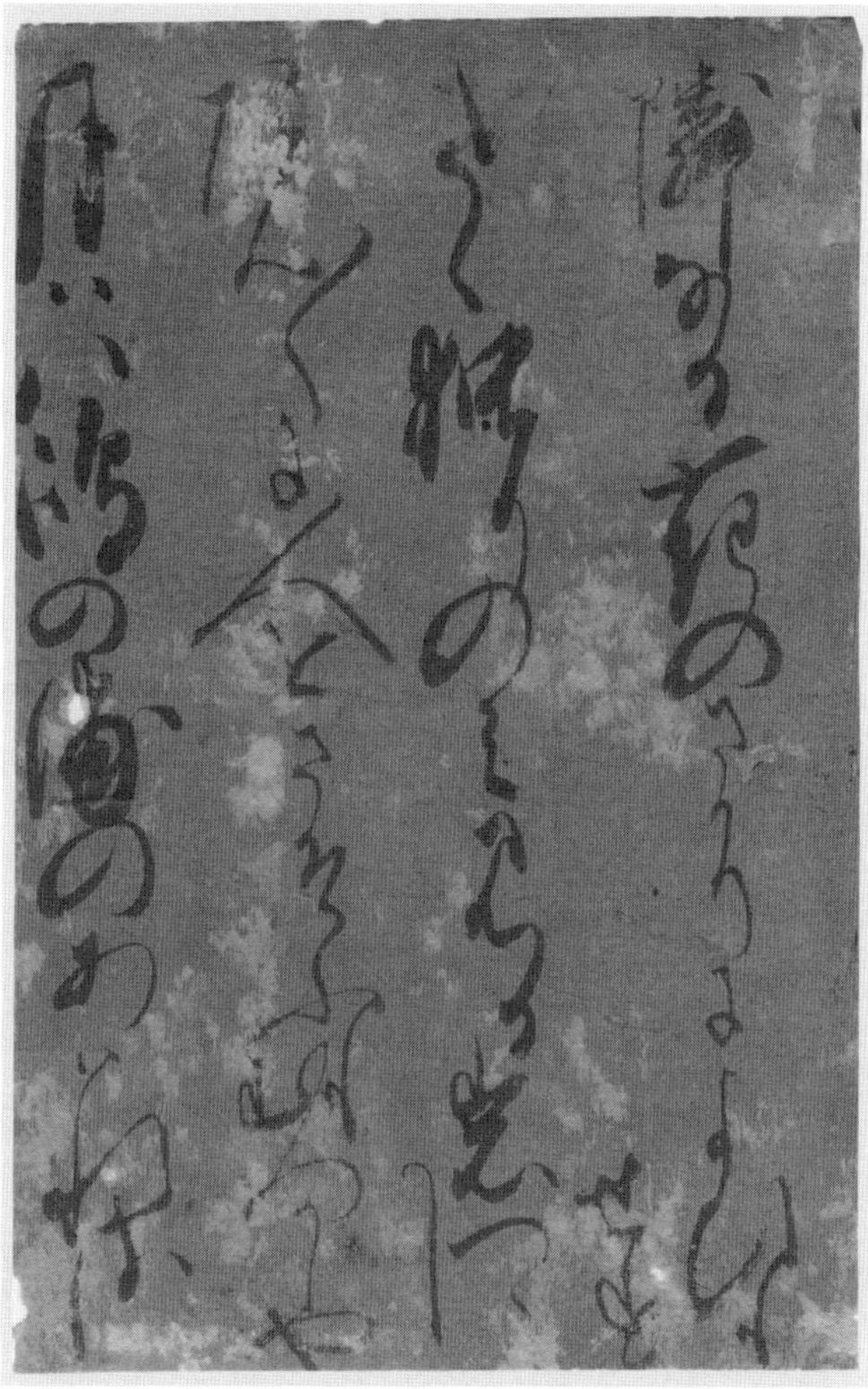

72 筆者未詳　未詳句集切

いかてかく夏冬の空かはるらん
月やまた雲のはつかに残るらん
しくれつくせるあかつきの秋
こすゑはなれぬうくひすの声
住すてし跡のみかすむ宮の内
はかなき事そ世のならひなる

縦二一・二センチ×横九・二センチ。もとは冊子本で、室町後期頃の書写かとみられる。六句が書写され、個人の句集と思われるが、現時点ではいずれの句集かは未詳。解明には向後を俟つよりほかないが、このような未詳の連句集は少なからず存する。

（日比野）

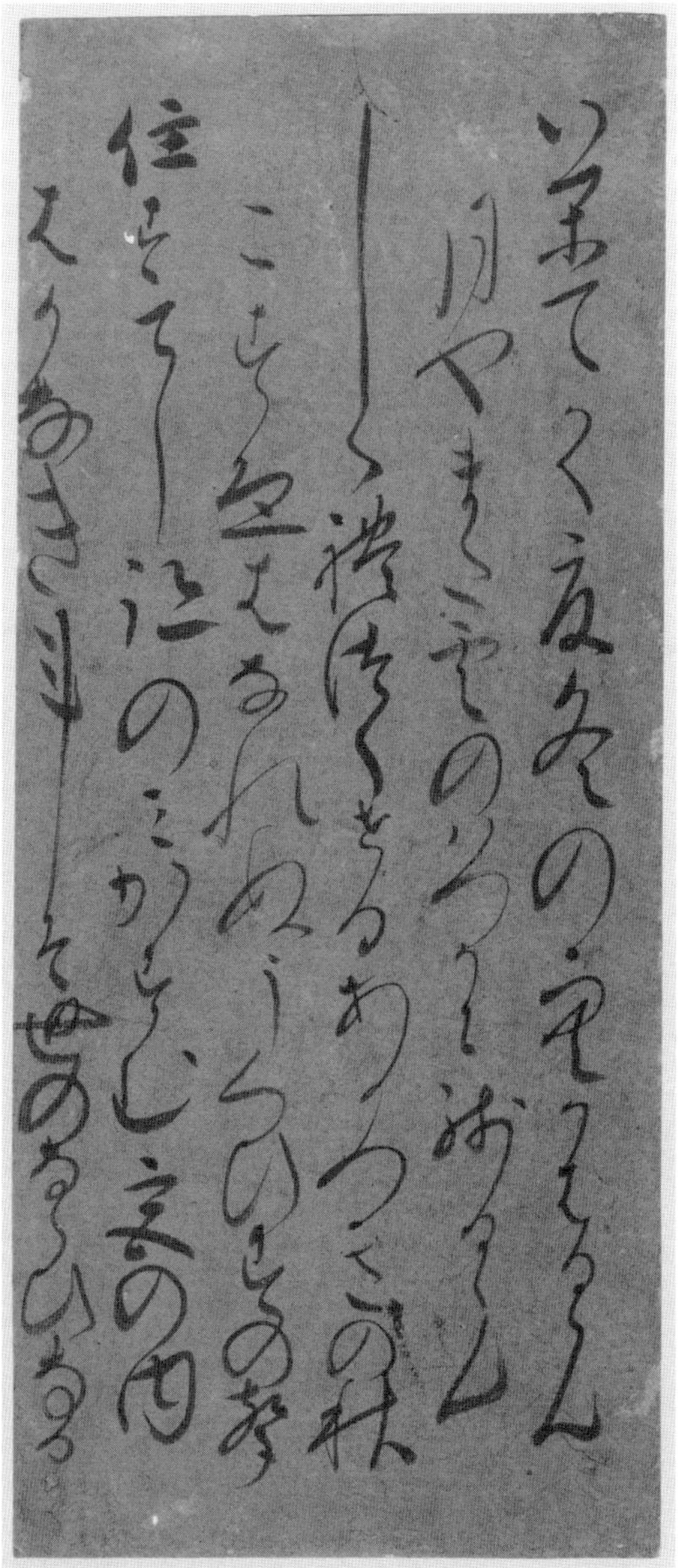

72　筆者未詳　未詳句集切

73 円雅　未詳句集注切

らるへし

たもとにかゝる浪のうき舟

あま人の花の名しらぬふち衣

花の名しらぬとはへたのすましきなり

文のつかひのかりのひとつら

えたをゝる人は花にや帰るらん

やす〳〵として心のある句也すへて〳〵わつら

はしきにあらす

縦二六・二センチ×横一二・八センチ。句が低く、注が高いその書式から、句集注であることは認められるが、どのような句集に注を付したものかは不明。円雅の署名入り短冊と比べて類似する字形もあり、真筆の可能性もなしとしないが、断定は避けておきたい。料紙左側の余白から、おそらく冊子本の断簡と思われるが、大振でなかなかに立派な断簡であり、わざわざ注を付されるに足る、然るべき人物の句集であったと推測することが出来よう。

（日比野）

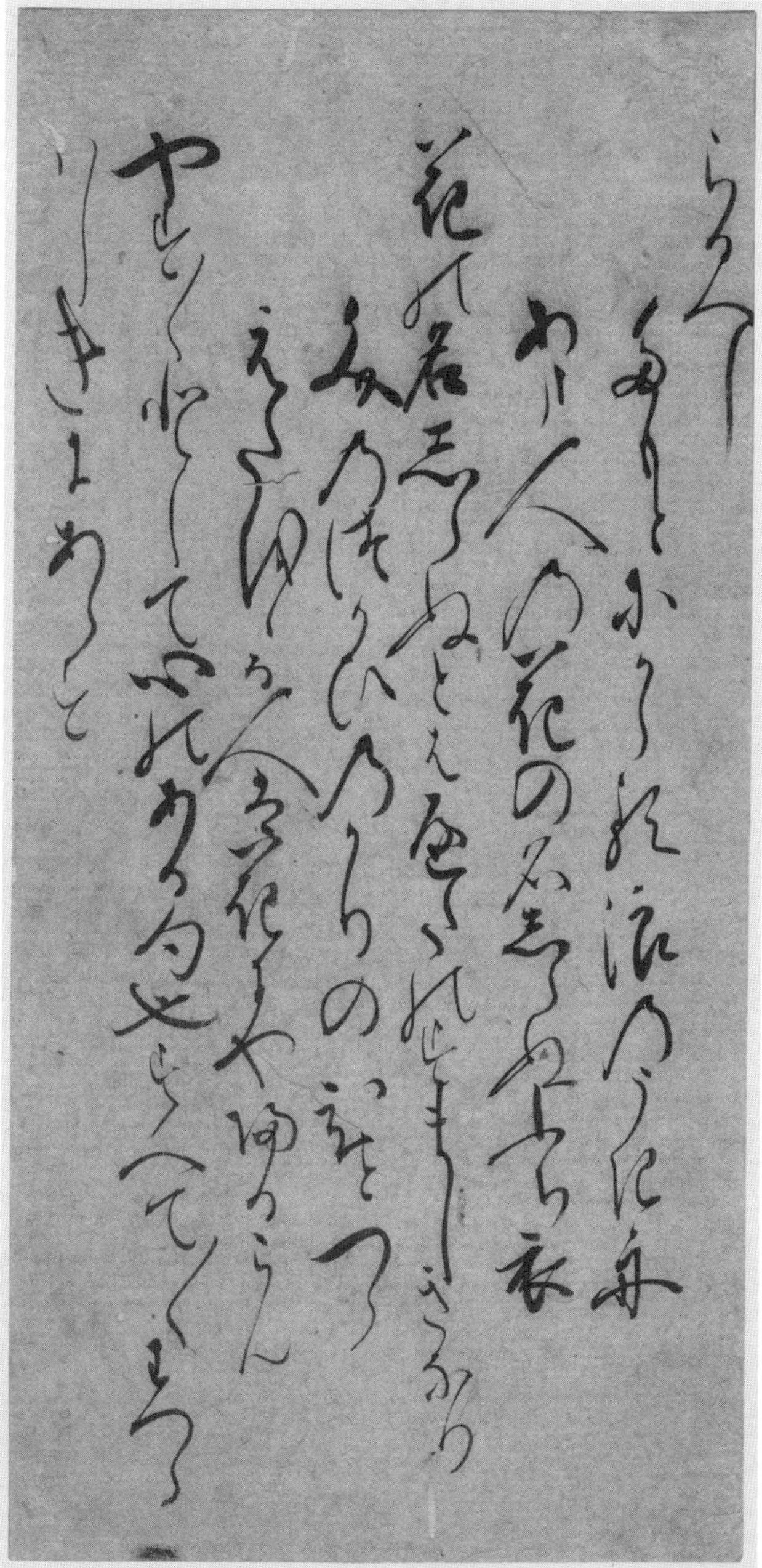

73｜円雅　未詳句集注切

74 専順　未詳句集注切

たてる松こそからさきの神
船よせはしほのからろのみをしるし
一句は付候へ共五文字少し心にかゝり候
雲も浪まにくるゝとをうみ
松かせもいまは聞えぬ仲つ舟
ことに仲にてはきこえしと覚候
いかゝおりなす錦なるらん

縦一九・〇センチ×横一三・九センチ。もとは冊子本。未詳句集の注。「一句は付候へ共五文字少し心にかゝり候」は連歌指導者による句評であろうと推測されるが詳細は不明。

なお、五・六行目「仲」と読んでおいた文字は、内容的にも「沖」とあるべきであろう。

（日比野）

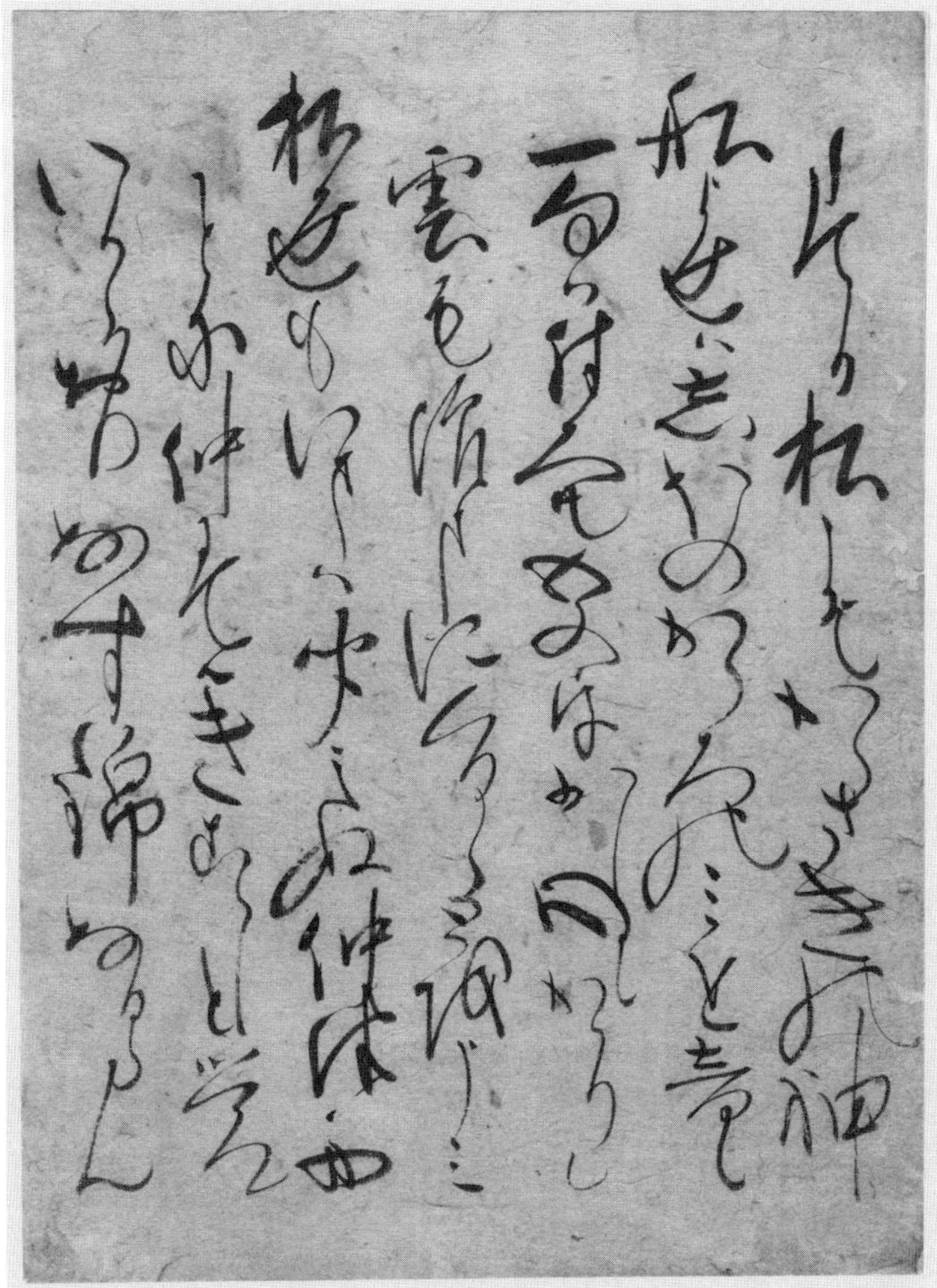

74 専順　未詳句集注切

75 杉原賢盛・宗祇　未詳句集注切

となり三たひの跡そかしこき
さ夜ふかく仏をおかむ主やたれ
　源氏夕かほの巻の事也推量也
三たひは三礼の心にいへるにや

縦二五・八センチ×横一一・五センチ。筆者を杉原賢盛と極めているが、「宗祇加筆アリ」とも記されている。しかるに、四行のうち右二行と左二行とが別筆であり、伝賢盛筆の連歌部分は、賢盛（宗伊）の真筆資料と比べると、比較できる文字が少なく、断定は差し控えたいが、真筆の可能性も無しとしない。伝宗祇筆の注釈（加評というべきか）部分も、やはり宗祇の筆跡と比べると類似した特色が見られる。他にツレも見当たらず、わずかな情報からの推測に過ぎないが、普通の書写本では句と注（評）とでわざわざ筆跡を変える必要はない。賢盛の自詠自筆の句に宗祇が乞われて加注（加評）した、あるいは、そうでなくとも、加注（加評）のためのスペースを残して句のみを書写したものに、加注（評）者が直接書き込んだ自筆原本とみられ、資料的価値が極めて高い。筆跡・内容ともに、ツレの出現を俟って改めて考えたい。

（日比野）

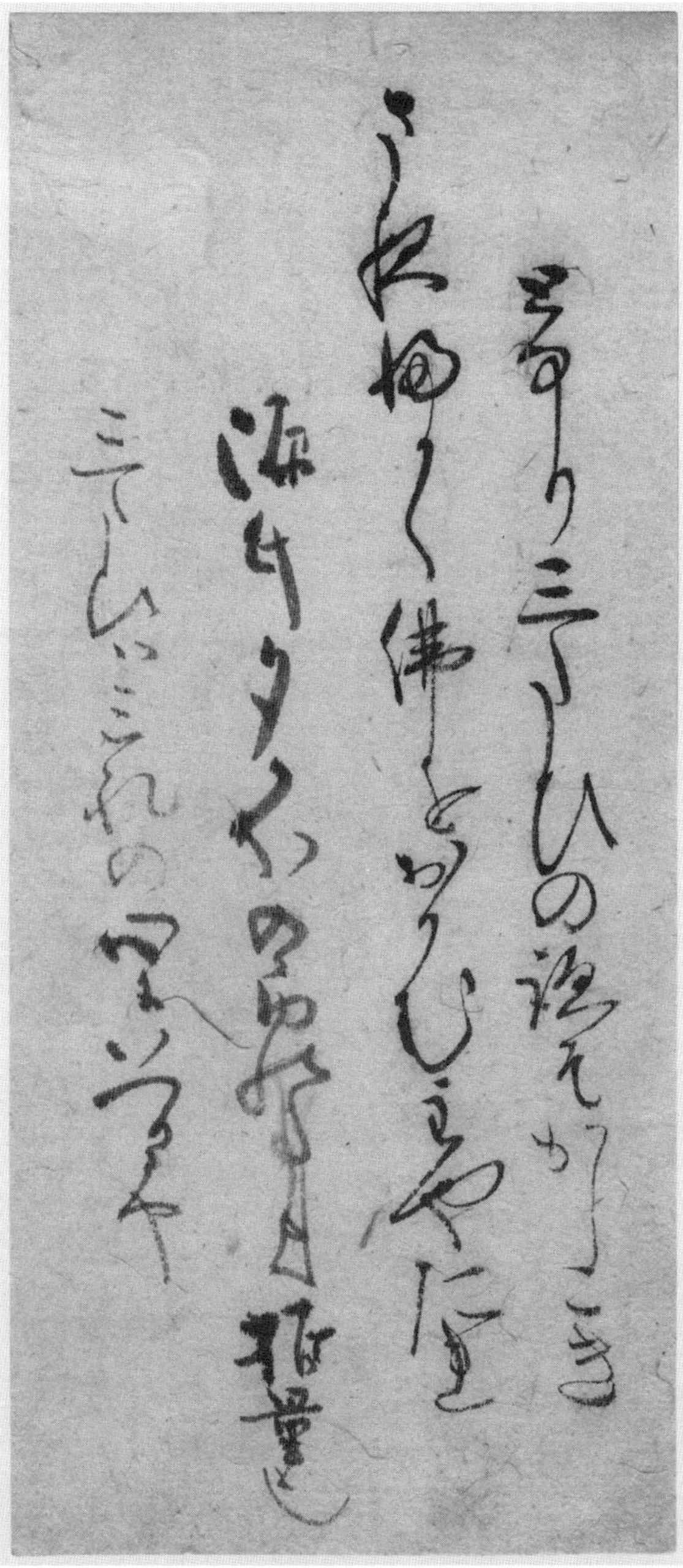

75　杉原賢盛・宗祇　未詳句集注切

76 霊元院　宗長百番連歌合切

一むらのはやしの賤士屋花咲て
　此つかひひとむらの林の花ま
　ことにならふかたなくや
　左の句もさる事と聞えなから林
　のしつ屋まことにさひしけに侍り
　まさるへく候哉

　宗長が永正五年（一五〇八）に連歌合としてまとめ、三条西実隆と肖柏に判を求めた宗長百番連歌合の断簡。書陵部本、柿衞文庫本と比べてとりたてて異同はない。掲出断簡は縦二五・七×横一三・三センチ。霊元天皇の和歌懐紙と比べるに、自ずと書写態度も異なり、比較できる文字もさほど多くはなく、断定は避けたいが、類似した癖は見受けられるように思われ、霊元院真筆の可能性もなしとしない。

　なお次項参照。

（日比野）

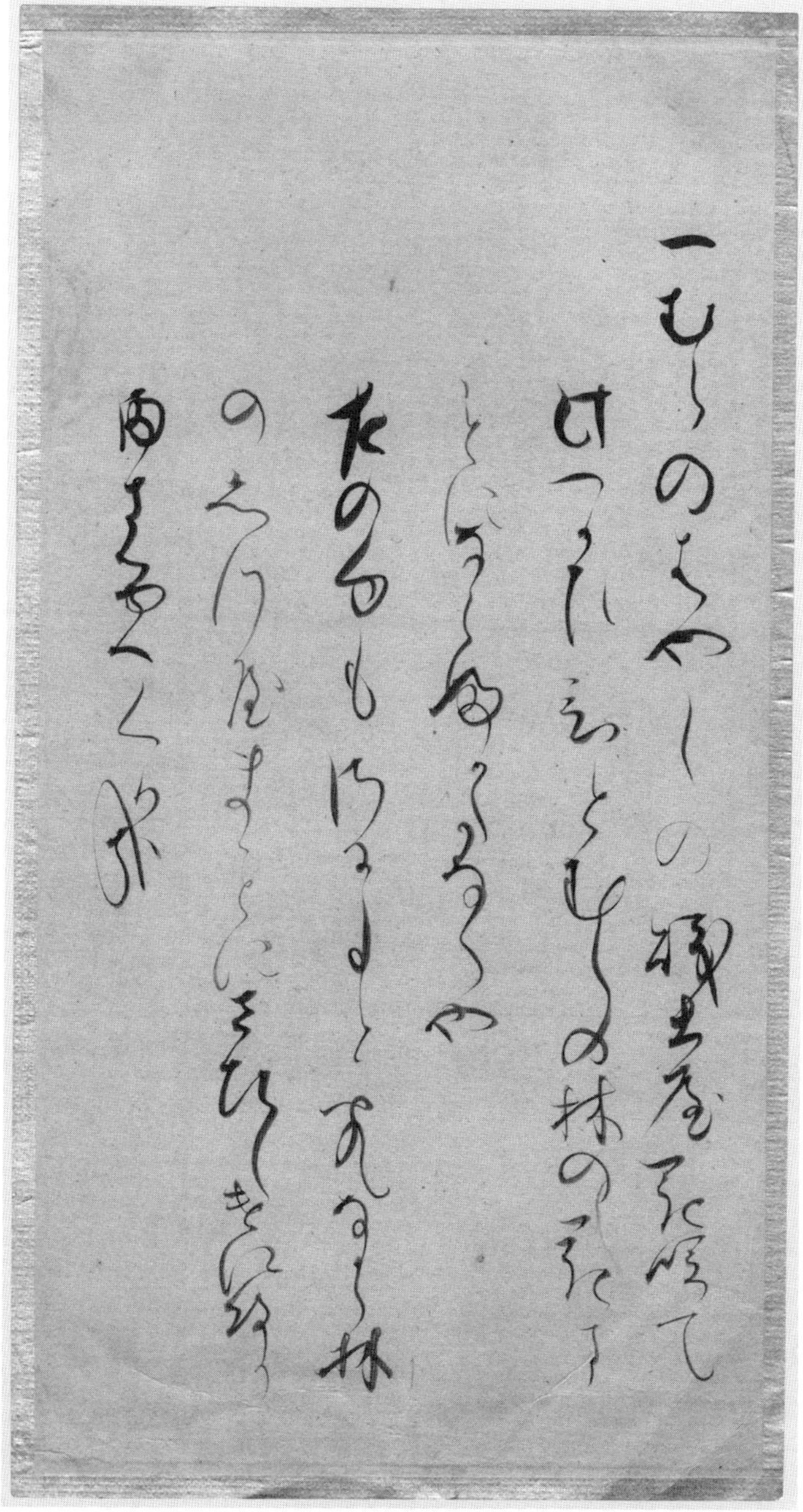

76　霊元院　宗長百番連歌合切

77　霊元院　宗長百番連歌合切

左

あやなおほくのうらみをそをふ
ほともへすちる世に花の開そめて

右

身をなくさむも心なりけり
よしやすめ花なき里はちるもみし
左無常の観念にことはりて学
者の用心殊勝に侍り右は花を思
ふあまりに花なき里の物をおもへる

前項（76）掲出切に直接するツレ。縦二七・七センチ×横二〇・九センチ。料紙の左側の余白からも大型の冊子本であったことが判る。九行を書写するが、二行目に一行分の文字を擦り消した痕跡がある。また四行目と五行目、左の句と「右」の間に料紙を継いだ形跡があり、次丁を継いで左右の連歌合一番分の形式に整えたことがわかる。『大阪青山短期大学所蔵品図録　第二輯』（平成十一年）に「霊元天皇　連歌合切」として、ツレとみられる連続する見開きの二葉分が掲出されており、これによれば、一面八行が本来の書写形式だったようである。

（日比野）

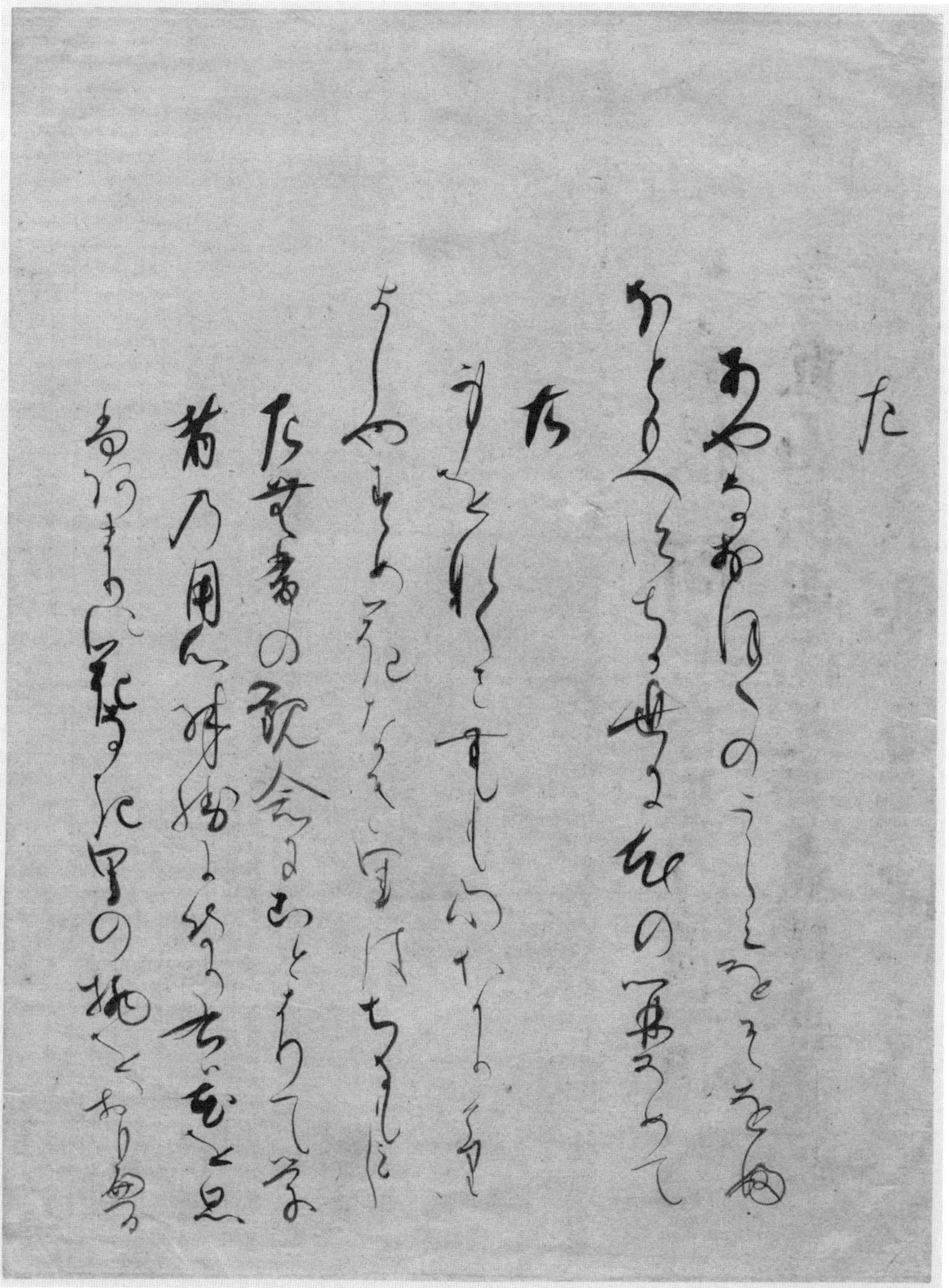

 77 霊元院　宗長百番連歌合切

78 滋野井季吉　未詳連歌評切

薪にかよふ谷の巌かと　季吉

右両句なから被惜付次に可候[redacted]

右之句執筆代候

縦一六・六センチ×横六・一センチ。始めの二行と後の一行とでは筆跡が異なる。句を含めた二行は、季吉の署名入短冊と比べると、右に傾いた「の」などは特徴を同じくしており、また、「季吉」の作者名なども類似しており、真筆の可能性は大いにある。真筆とすれば、季吉が七十歳で没した明暦元年（一六五五）以前の書写ということになる。書写内容は未詳ながら、句と評語が別筆ということは、単なる転写本ではない。他者に評や判を乞うために、季吉が自詠の句と自評を、書き入れの為のスペースを空けて書写し、そこに評者が評語を書き入れた原本と考えられよう。自詠に署名が付されるのは、他作者の前句・付句と自詠句を区別するためと考えれば不自然ではなかろう。

（日比野）

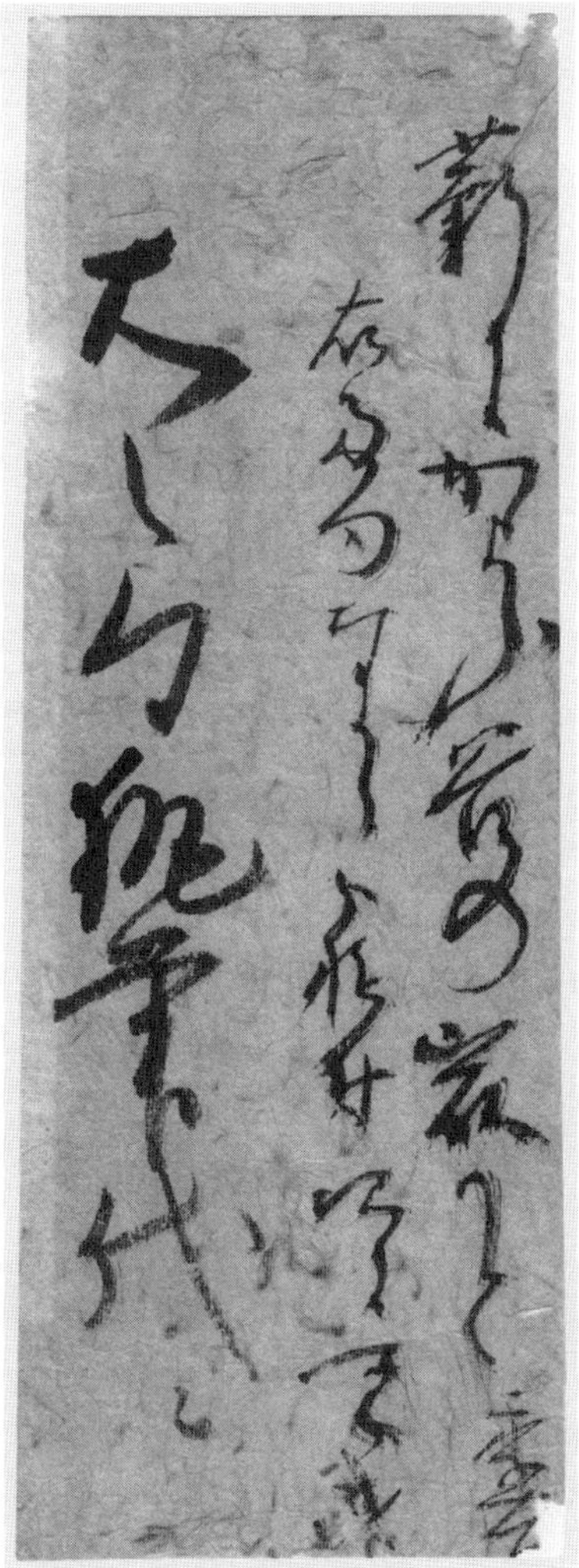

79 宗祇　連歌新式切

船にては是を可付こかると云字かはる故也
煙と云句に里と付て又柴たくなと薪の
たくひを付へからす他准之

縦二三・二センチ×横六・〇センチで、もとは四半形の冊子本。宗祇の真筆ではなさそうである。連歌新式の二項目「輪廻事」の条であるが、この項は僻連抄・連理秘抄以降、応安新式までそのまま踏襲されており、当該断簡も厳密には同定出来ない。また、一条兼良の連歌初学抄の「式目篇」などにそのまま引用されており、判断は難しいが、享受の様相などを推測的に鑑みるに、一応、連歌新式の断簡と考えておくこととする。

（日比野）

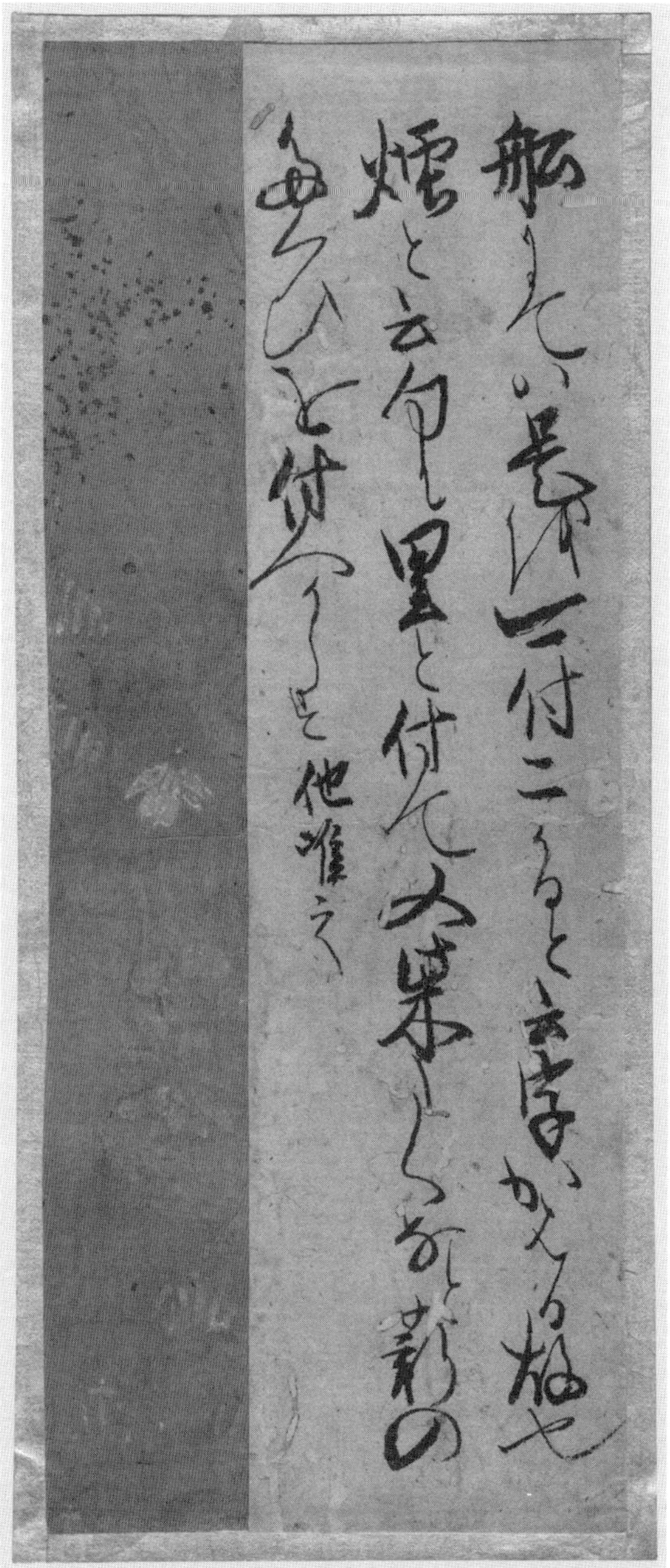

79 宗祇　連歌新式切

80 宗祇　連歌新式切

草枕過ては 花の草庵花の草枕 各■詞をかへてすへし　野宮 神祇可嫌

とよのあかり 非夜　涙の時雨 雨の間に一　埋木 植物に打越 可嫌之

なる神 神の字に 不可嫌之　貌鳥 春也　山鳥 雑也　立田姫

佐保姫　山姫 非神祇　佐保姫衣 衣裳不可嫌之

須磨の長雨 夏也　宇治河嶋 非山　流洲 水辺 躰也

■■ 木の字打越 ■■■　松の花 春也 さひしく　さひしき 二 すへし

前項（79）伝宗祇筆切のツレ。二二・〇センチ×横一一・一センチ。もとは四半形の冊子本であろう。宗祇真筆との確証はないが、書写年代は室町前期頃であろうか。連歌新式の「新式追加条々」の部分。最終行、裁断されて半分不明の文字は「木枯」。割り書きの左行には「可嫌之」が入るか。

（日比野）

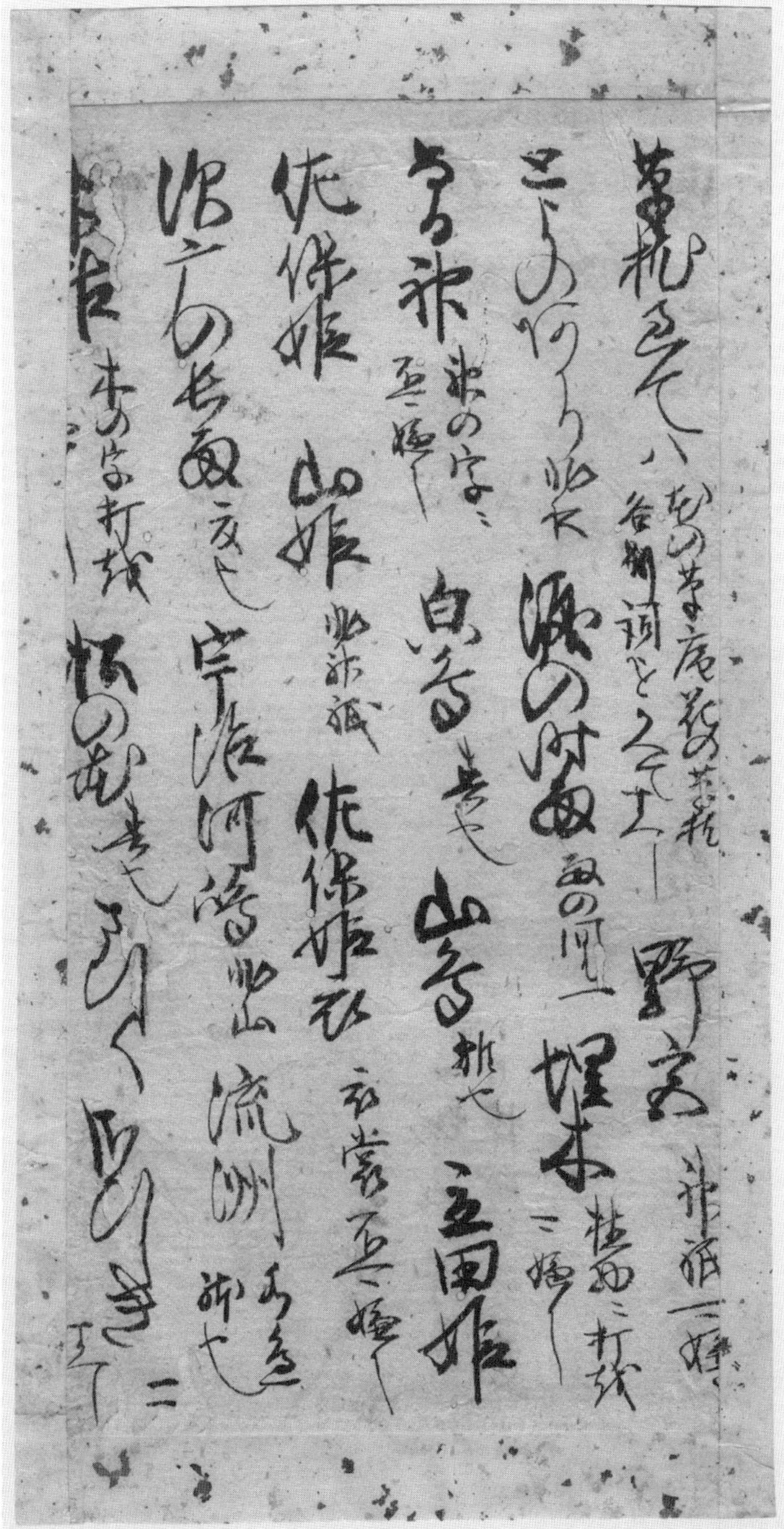

167　*80*｜宗祇　連歌新式切

81 筆者未詳　連歌新式切

とて或《アルイハ》一用《モチヱル》之此外は不可用之ねかひかな替懐《カヘテクワシ》紙《ヲ》可用之
一輪廻事《リンヱノコト》
薫《タキモノト》と云句《ヱウク》にいかると付て又紅葉《モミシ》を付《ツク》
へからす舟《フネ》にて是《コレ》を付へしこかると云字《ヱウシ》
かはる故也煙《ケフリ》と云句《ヱウク》に里と付て又柴焼《シハタク》
なと薪《タキ、》の類《ルイ》を付へからす他准之《タシヱンス》夕立《タチ》に
雲《クモ》を付て打越《ウチコシ》に電雷《ナルカミカラス》不可《ヘ》然《シカル》雪に

縦一八・八センチ×横一二・六センチ。もとは四半形の冊子本。連歌新式の初項「韻字事」から二項目「輪廻事」にかけて。筆者未詳ながら室町前期頃の書写とみてよかろう。所々に朱点が付されている。なお、片仮名での振り仮名を多く施しているが、「モチヱル」「ヱフ」のように「イ」とあるべきところを「ヱ」としており、また、「リンヱ」「シヱンス」のような「ヱ」の用い方をしているのは、違和感はあるが、特色の一つを成しているといえようか。

（日比野）

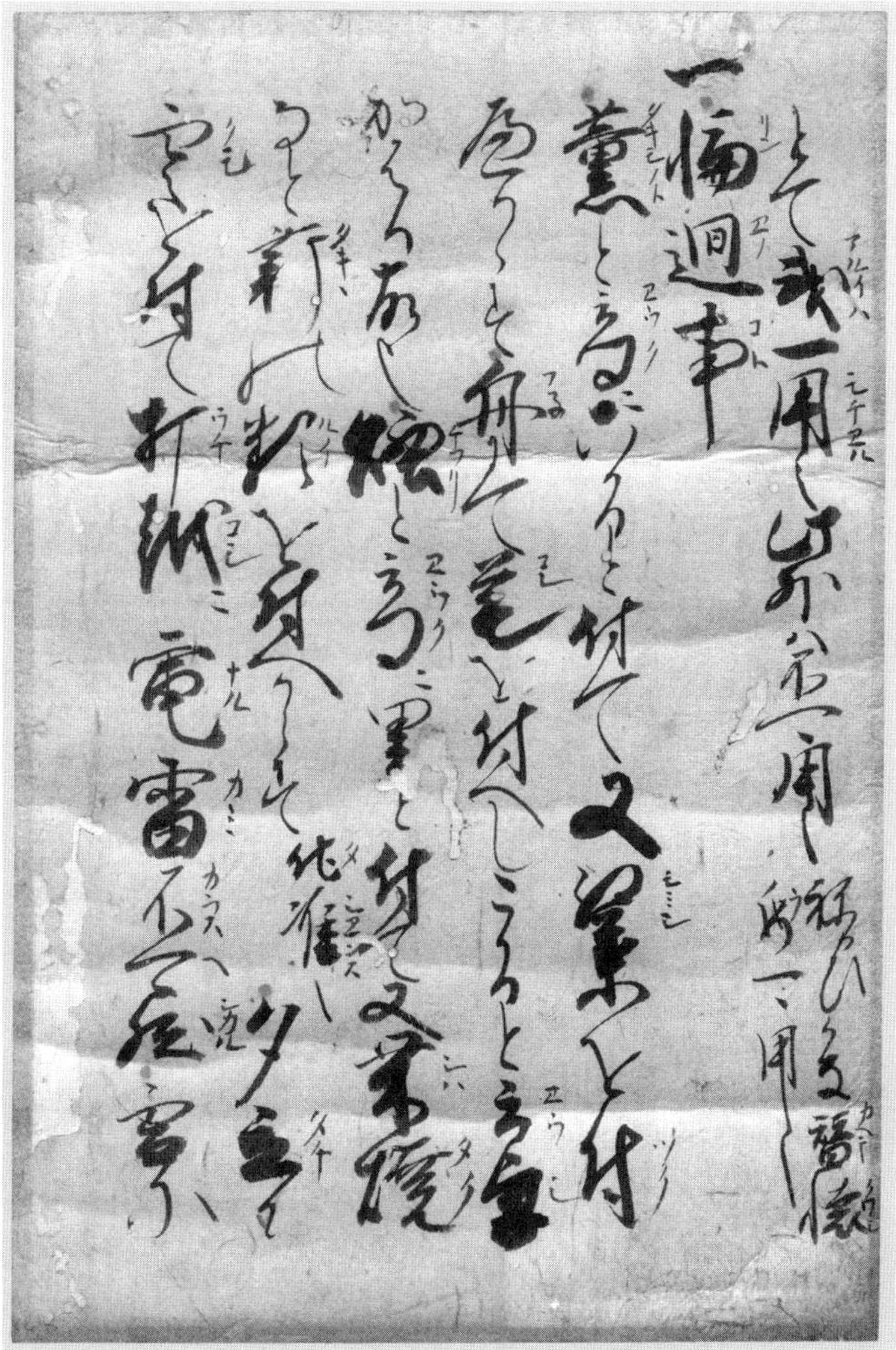

82 蜷川親孝　連歌新式紹巴注切

かる丶なとは面歟青に緑家風に嵐木枯野分
しまきふ丶き等也居所に家の風二句也木曽に木
字岐岨と書也袖中抄廿帖在之如二哥林良材ノ一抄也野辺山へに
ほとり頭《ホトリ》天に空二句天四前注之淡路に道山路と
云ては五句船路波路等如此しては道にも五句也淡路嶋非山類水辺嶋国之
類也有明有字二句晨明と書明字には五句
非時分月の名也入相に入字逢字二句晩鐘と書
荻の声風躰に二句声の字なくても音も同
焼原にも可嫌云々歎を木によそへたらん植物に

応安新式は連歌運用の根本規定であり、長く重用された。しかし、時代と共に連歌の実態との隔たりが生じ、各時代の然るべき作者によって、改訂増補が行われた。二条良基が「新式追加条々」「又追加」を付加し、宗砌が「北野会所連歌新法」を、肖柏が「新式今案」を作ったが、それ以後は式目そのものへの改編は行われず、式目注として運用の実態に応じている。掲出は紹巴注で「可嫌打越物」の部分。志香須賀文庫旧蔵で「一覧」にも掲出されている。縦二四・九センチ×横一七・九センチで、もとは四半形の冊子本。一面九行書。四行目「頭」の右に「ホトリ」と傍書する。親孝が没した大永五年（一五二五）の翌年に紹巴は生まれており、親孝は、紹巴注の筆者たり得ない。

（日比野）

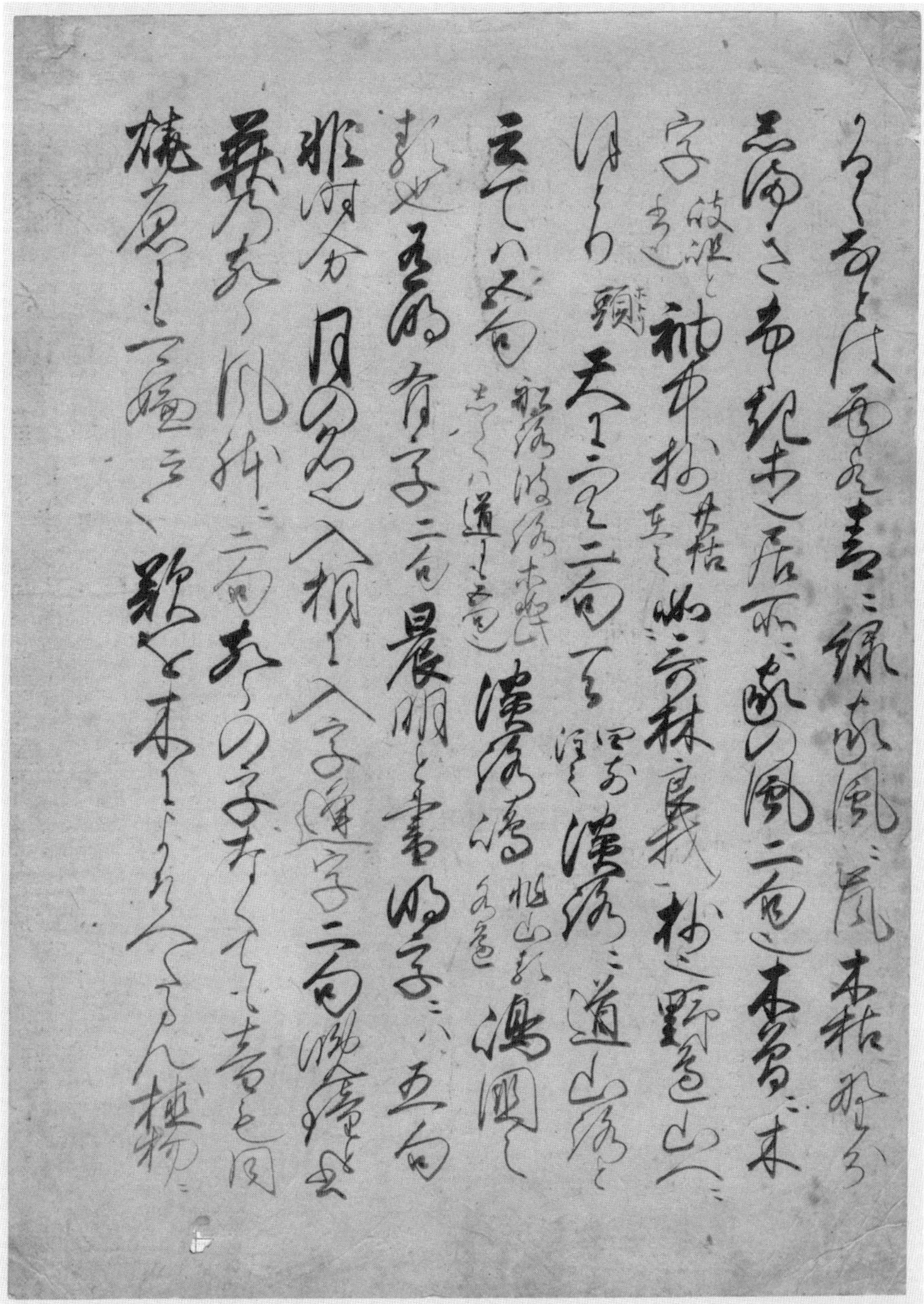

82　蜷川親孝　連歌新式紹巴注切

83 尊朝親王　連歌新式心前注切

男 只一かつら男なと云て一　佐保姫橋姫之類 如此二句之物懐紙を替
てすへき也　なりにけり　おもひしにものを 如此詞をき所
をかへて二句　恋しく　こひしき　うらみ　うらむ
如此いひかへて二句他准之但不及云替也　時雨 秋に一冬に一　朝 只一けさと云て一
鶴 只一たつ一　名残 恋に一花なとに一　おも影 只一花月なとに一
さひしき いひかへて又一　玉緒 命と懐紙をかへてあるへし虫の命なとは其外なるへし
梢 只一花とも松□も云かへて一木すゑの秋此中にあるへし　稲葉 をしねと云かへて又あるへし

縦二二・〇センチ×横一五・八センチで、もとは四半形の冊子本。一面七行とみるべきであろう。紹巴の弟子心前によって記された心前注を書写内容としており、その「一座二句物」の部分。

（日比野）

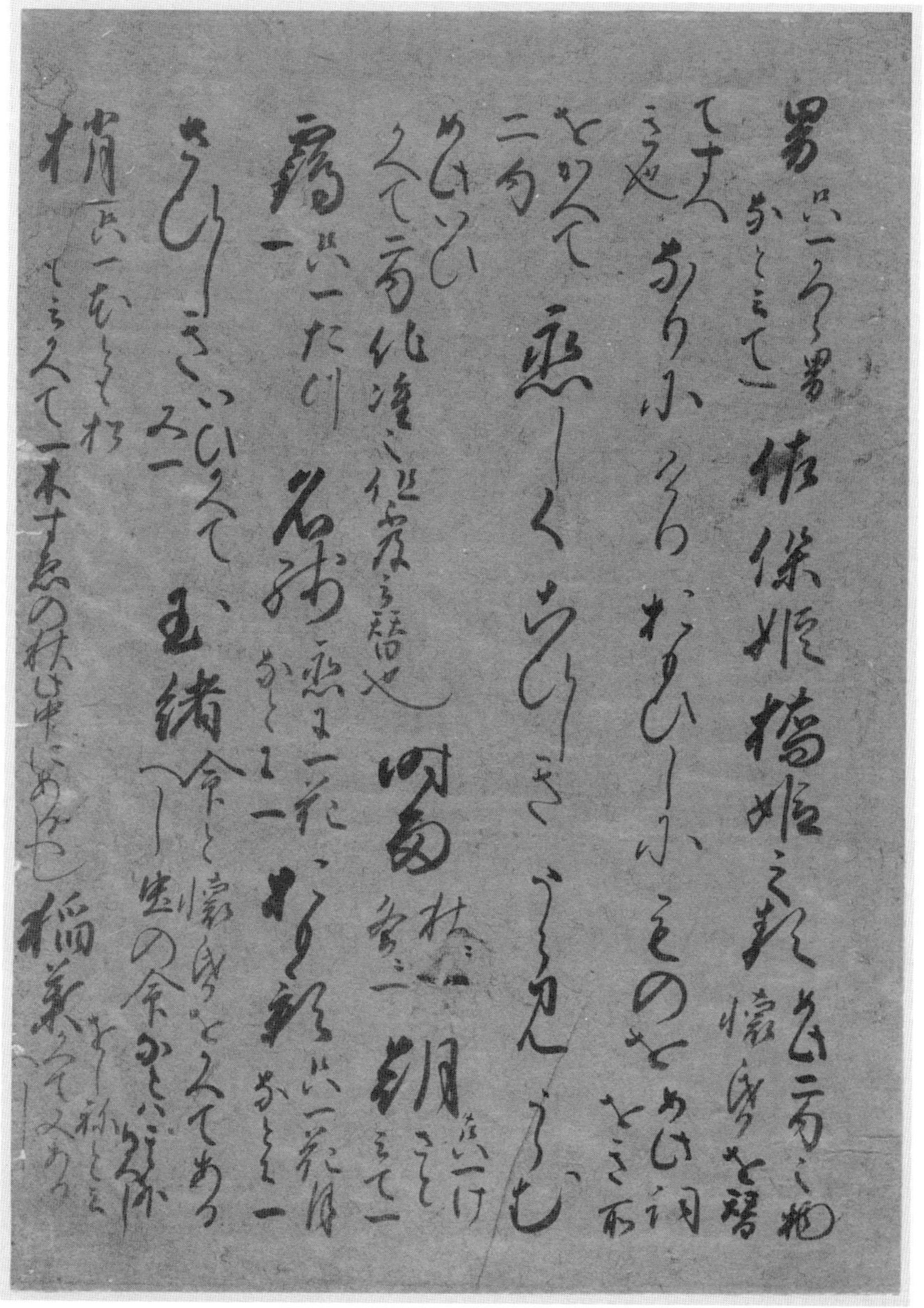

83 尊朝親王　連歌新式心前注切

84 筆者未詳　式目歌切

衣《ころも》きや竹田《たけた》の船《ふな》路夢涙《ゆめなみた》
　月《つき》と松《まつ》とは七句さるへし
同《おなし》 文《も》字《し》植物《うへもの》衣類《いるい》うこき物《もの》
　浦山《うらやま》かけて五ツ隔《へたて》よ
三ツ嫌《きら》ふ物はふりもの聳物《そひき》
　さては草木《くさき》か中《なか》とこそきけ
述懐《しゆつくわい》や神祇《しんき》尺教《しやつけう》恋《こい》無常《むしやう》
　五か中を五ツへたてよ
かくれ家《か》や洞《ほら》や関《せき》の戸《と》炭竈《すみかま》も
　栖《すみか》も居所《きよしよ》に二句《く》嫌《きら》ふへし
曇《くもる》には雲《くも》をそ嫌《きら》ふ明《あけ》に暮《くれ》
　竹《たけ》に草木《くさき》は二ツさるへし
さきちる《ち》と花《はな》に詞《ことは》をかわすへし
　桜《さくら》は一木《き》名《な》は二ツなり

連歌式目の内容を和歌にした式目和歌のうち、最も早期とされるのが宗砌によって作られたとされる十二首で、その後も増補がなされた。掲出の断簡は縦一三・三センチ×横二〇・三センチの横本の断簡で、式目歌を記す。五首目の「かくれ家や……」は宗砌作の十二首には見られない歌で、当該断簡は増補された系統の一つと思われる。また、七首目「さきちると花に詞をかわすへし」の第二・三句が十二首本では「こと葉をかへよ四方の花」とあるなど、異同も存する。なお、漢字の傍らに多く振り仮名が施されているが、この六首目の三文字目「ち」は、「ち」と振り仮名を付すところから、漢字「地」として書写されているようであるが、混乱を招かぬよう、仮名として翻刻しておいた。

（日比野）

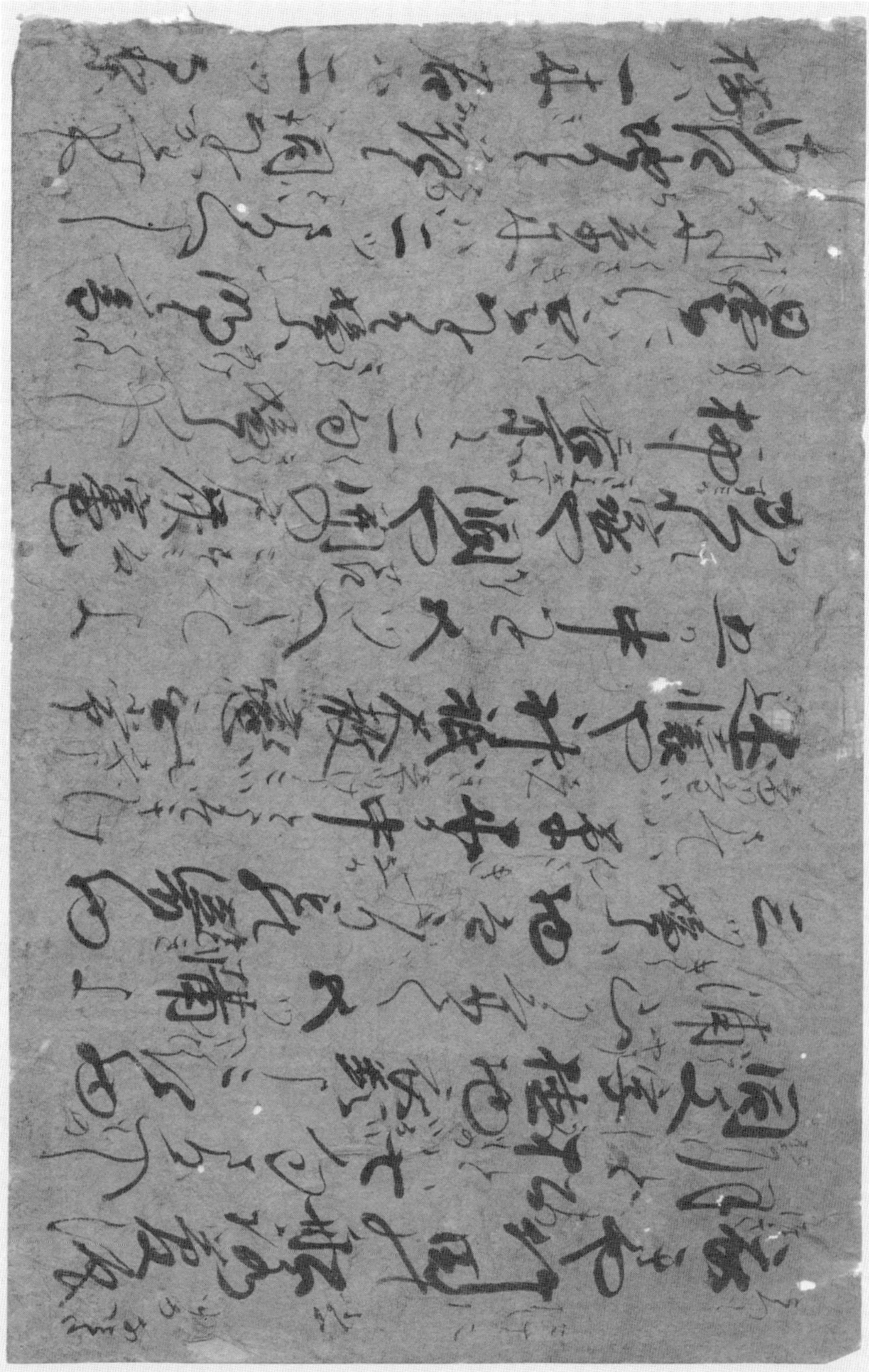

 84 筆者未詳　式目歌切

85 筆者未詳　式目歌切

釣たるゝ魚あみひむろあか結ふ
　かけひもおなし躰用のほか
ちゝはゝの身の友は誰我と人
　関守ぬしも人倫そかし
花の山こえて旅にはよもならし
　しかのやまこえよるは旅なり

縦二二・七センチ×横一一・六センチもとは四半形の冊子本か。断簡五行目で文字に掛かって料紙が切れ、継がれている。これには合理的な理由が見つからない。内容的に式目和歌であることが判る。断簡一首目「釣たるゝ……」の歌は、『連歌新式の研究』（平成十一年　三弥井書店）に、「連歌合集本に近い式目和歌と連歌新式」として掲げられた一連の伝本のうち、幾本かの解題で、それらにあって連歌合集本にない歌として取り沙汰されており、ある意味で基準歌となっている。ただ、現時点で式目和歌が容易に披見できるのは前掲書所収の公条・周桂作式目和歌（五百八十八首）程度であり、詳細は今後に期したい。

（日比野）

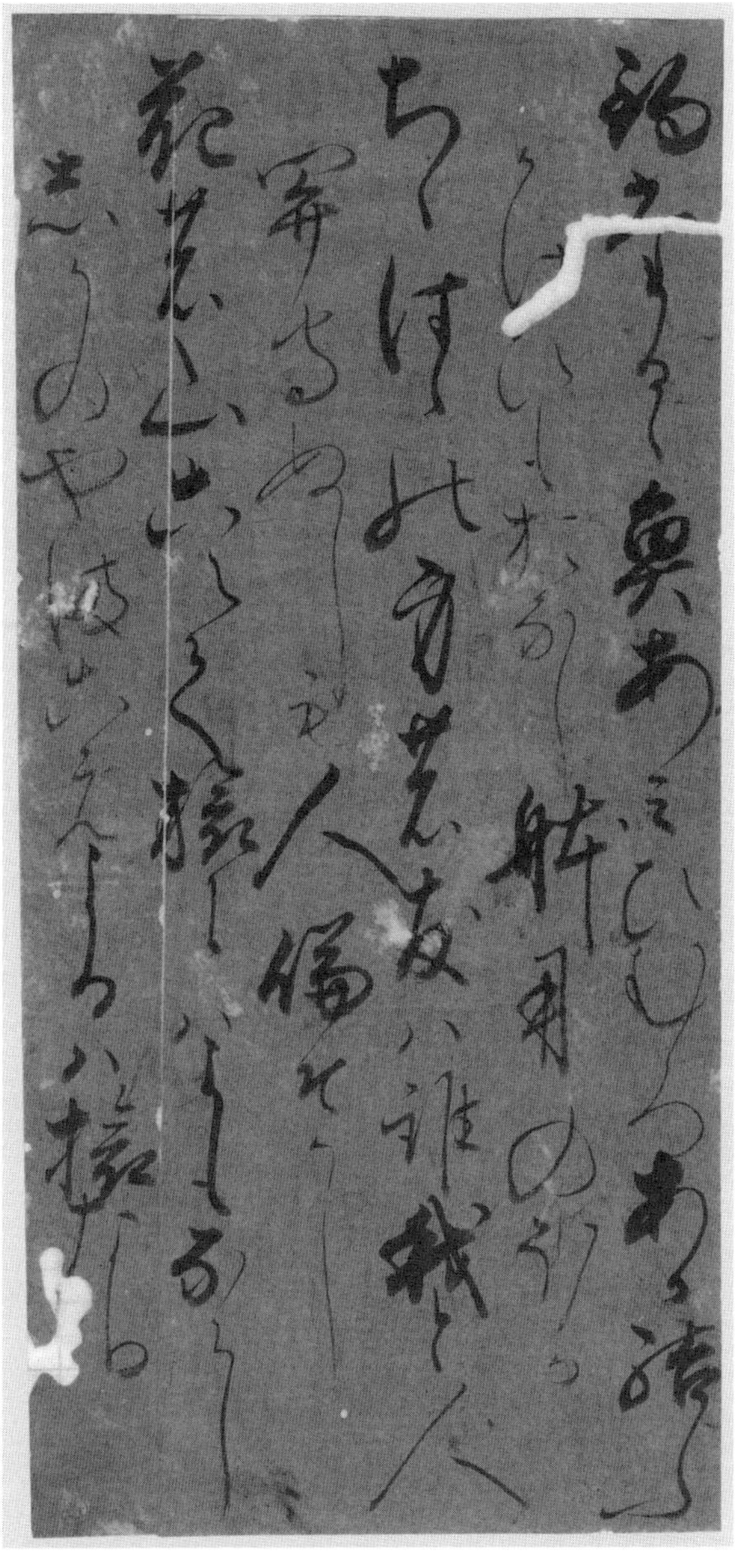

85 筆者未詳 式目歌切

86 増運　連珠合璧集切

拾
桜かり雨はふりきぬをなしくはぬるとも花の陰にかくれん
花トアラハ　初花はなさかり
春のうへ物には梅柳藤桜なと有便似物には雲雪
たきなと可付之ちるうつろふさかり身心なと皆花
によせあること葉也一々にしるすにをよはす
柳トアラハ
いと　けふり　まゆ　玉　川　岸　なひく　かみ
うくひす　みとり　門

寄合は前句の詞に応ずる詞の組み合わせで、連歌実作の基本的技術。初心者はまずこれを記憶して会席に臨んだことであろう。寄合集の最大のものが連珠合璧集である。掲出は、縦二二・六センチ×横一三・一センチ、かなりの裁断があるが、もとは冊子本。一行目「桜かり……」の次に『連歌論集　一』（昭和四十七年　三弥井書店）所収本文ではさらに「又やみんかたの、みの、桜がり花の雪ちる春のあけぼの」の例歌がある。増運の真筆ではないが、書写年代は室町中期から後期で、成立からさほど隔たらぬ頃の書写であろう。一行目の証歌歌頭の「桜」、二・六行目の掲出語彙「花」・「柳」の右肩に朱点、一行目の歌句「雨はふりきぬ」「花の陰」に朱引きを施す。ツレの断簡が後掲（87）の一葉の他に、霜のふり葉・善光寺蔵古筆貼交屏風・披香殿などにみられる。

（日比野）

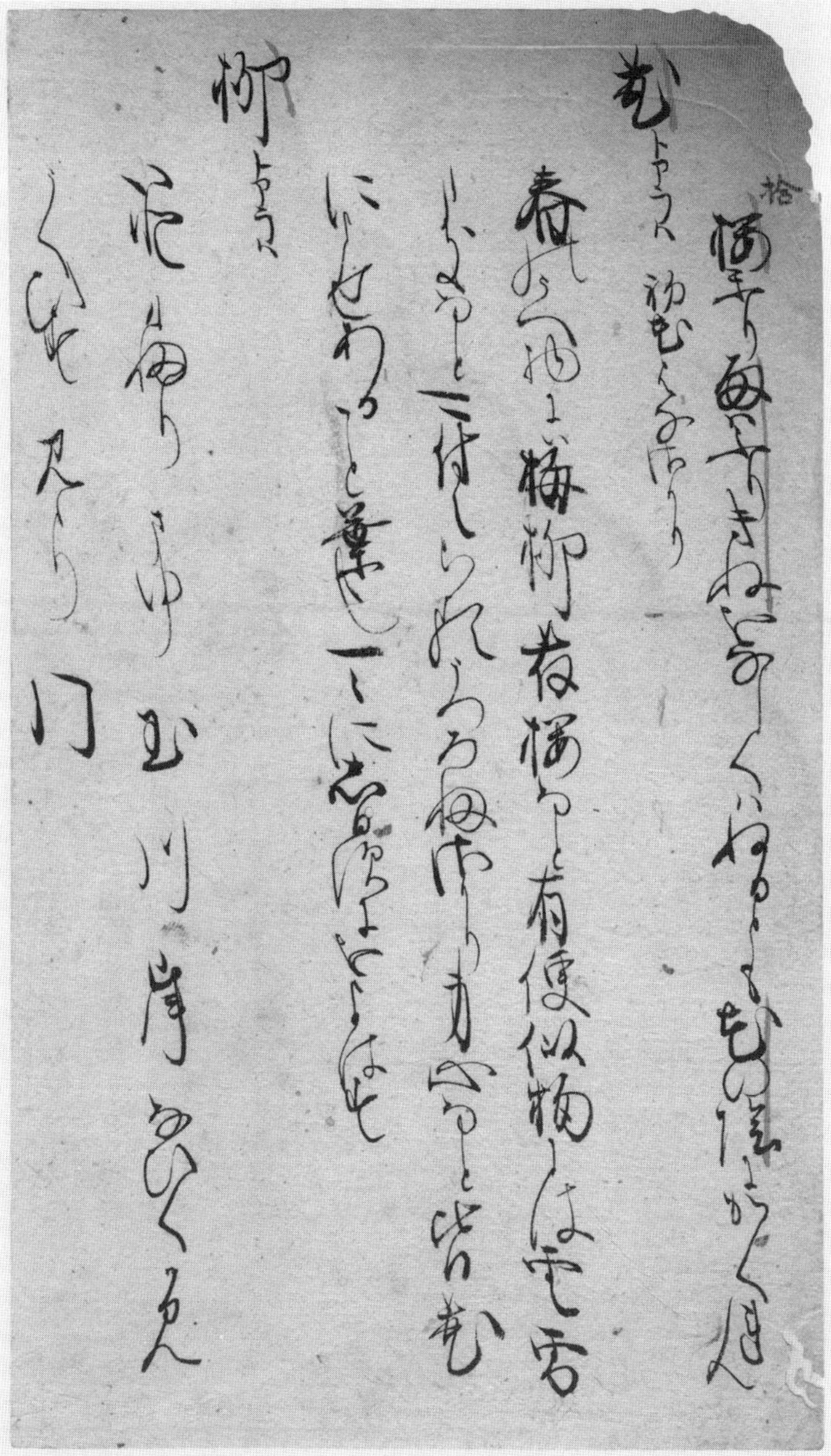

86　増運　連珠合璧集切

87 増運　連珠合璧集切

十九　魚類

たつトアラハ

のほる　たき　雲にすむ　こひ　雨　あをふち万

門　わたつみの底　女

魚トアラハ

ひれふる　池のはちす　水にすむ　恋　あそふ

こひトアラハ

よと川　はしる　たつの門　つなく

前掲（86）伝増運筆切のツレ。縦二四・八センチ×横一八・七センチ。料紙の左右にかなりの余白があるが、紙継ぎなどはなく、左側一行が削り消されているようであるが、これが元来の冊子本の大きさに近いようである。四行目の「女」は墨色も筆跡も事なり、後に付け加えられたようである。一行目の分類項目の行頭、二・五・七行目の掲出語彙「たつ」「魚」「こひ」の右肩に朱点がある。なお、連珠合璧集の断簡としては、他に伝大炊御門信量筆切が比較的多く確認されている。

（日比野）

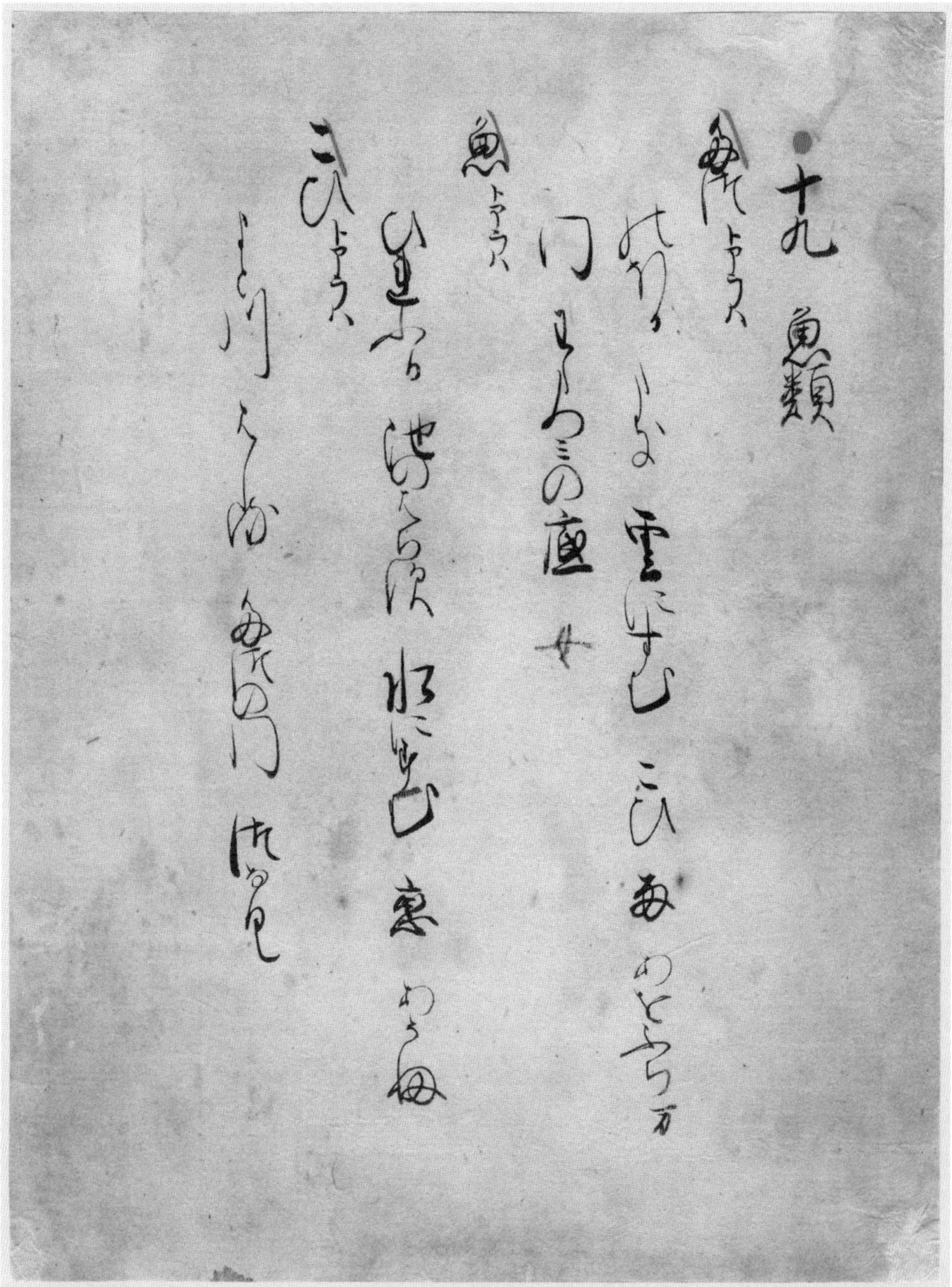

87｜増運　連珠合璧集切

88 筆者未詳　連歌寄合切

一　物を書をもしほ草かくといふなり
吾妻に鳥か鳴あつまとよむ故也其外は
鳥なくと云てよし
住所もとむると付るは伊勢物語に東の
かたにすみ所もとむとてとあり

明応三年（一四九四）九月、宗祇門下の恵俊によって著された連歌寄合と称する寄合書の断簡。縦二一・五センチ×横九・六センチ。五行が残っているが、もとは四半形の冊子本で、四、五行が裁断されているものとみられよう。四行目「住所」と二行目「鳥」の語頭に朱で「△」の点を記す。筆者は未詳であるが、書写年代は室町末から江戸初期といったところであろうか。最終行の「すみ所もとむとてとあり」が『連歌寄合集と研究（上）』（昭和五十三年　未刊国文資料刊行会）所収本文では「住所もとむとて、友とする人ひとりふたりとあり」とあるが、断簡の誤脱であろうか。ツレは、次項（89）の一葉が管見に入ったのみ。

（日比野）

一、音書に馬つ鳴あつまくしし成ゝきかて
馬たくと立てよ
任取り〳〵ひろしけらい伊勢物語ト有
ゝゝふ〳〵取りゝして水あり

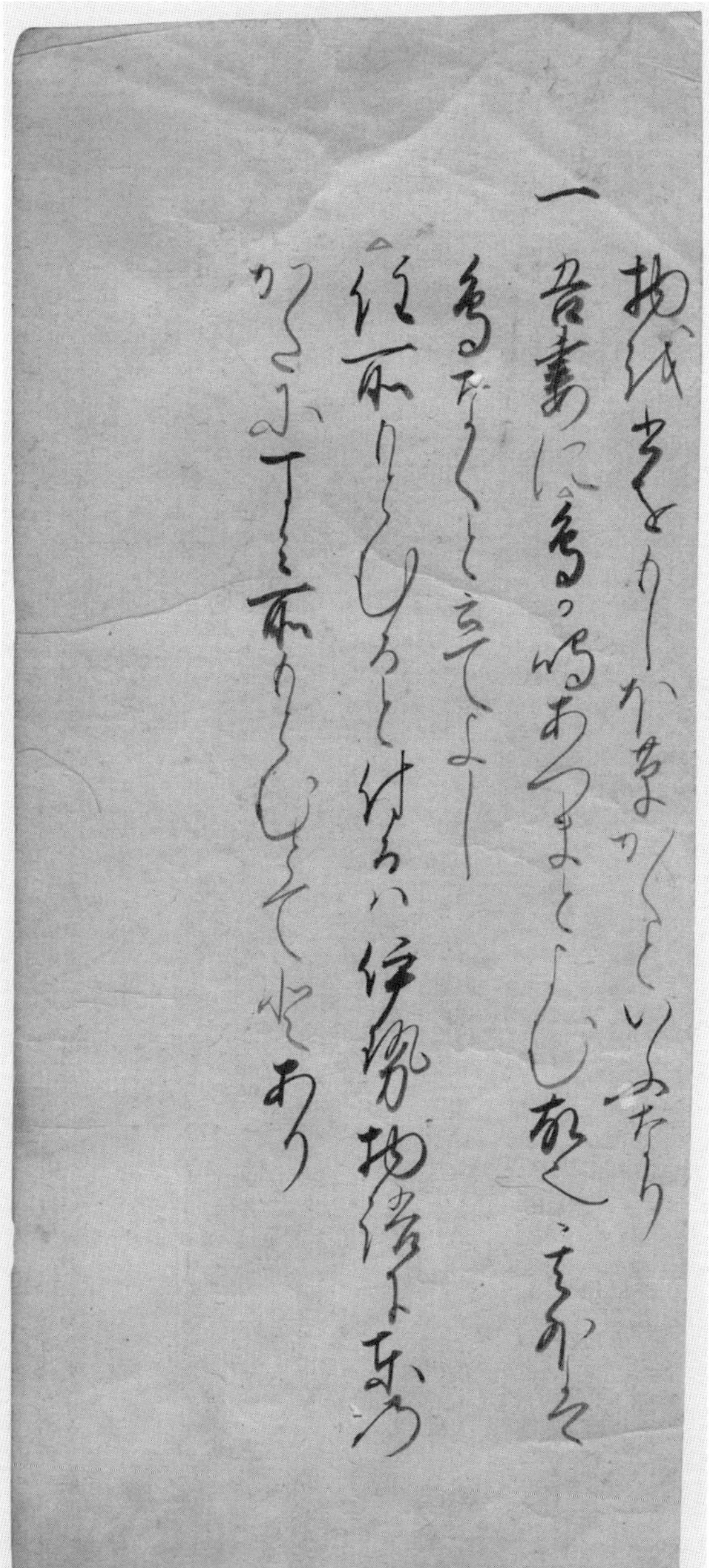

89 筆者未詳　連歌寄合切

めくるもつらし東路の末
もとめしよ思へはかりの住所　　祇
一　めくるに　かさゝき　時雨　車　水の淡
年月　春秋なと
一　いもに　嶋　いもか嶋　形見の浦　紀伊国也

前項（88）連歌寄合切のツレ。縦二二・三センチ×横九・六センチ。三・四・五行目「かさゝき」「時雨」「車」「水の淡」「年月」「春秋」「嶋」の語頭の「△」の朱点に加え、一・二行目の句頭に朱で「前」「付」として、前句・付句の別を示す。最終行「浦」の左側にも、次行に施されていたであろう朱点の一部が残る。『連歌寄合集と研究（上）』所収本では割書とする「年月　春秋なと」「紀伊国也」が本文化しているという違いがある。前掲のツレに直接しており、もともと表裏の一葉だったのを二葉に剝いだものであろう。

（日比野）

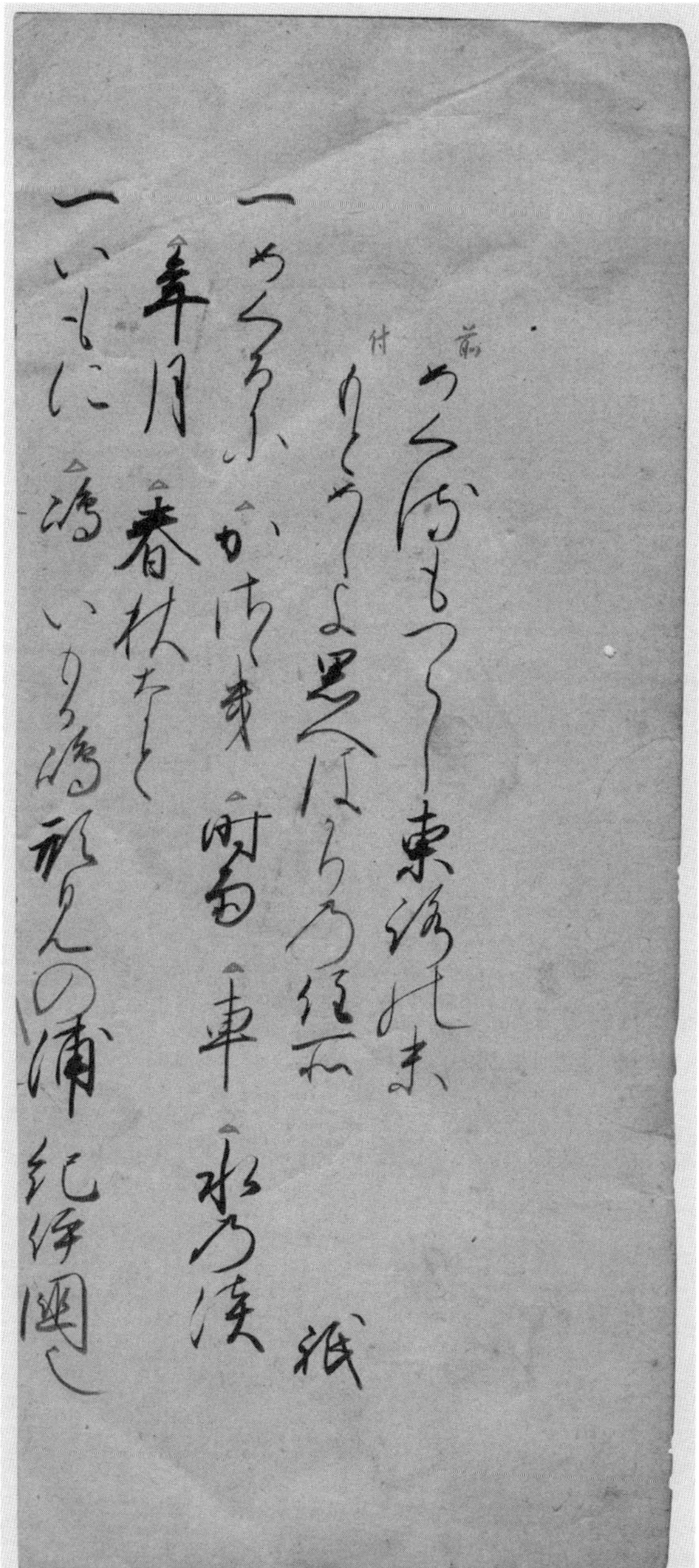

89 筆者未詳　連歌寄合切

90 正広　未詳連歌寄合切

一　箱根　都　旅　みつの御牧

一　東路に苅てふかやのみたれつゝつかのまもなく恋や渡らん　延喜御哥

君いなは月待とても詠やらん東《の》かたの夕暮れのそら

一　東には入ぬと人やおしむらん都に出る山のはの月

一　つくし　箱崎松　むしあけ　舟路　とをき

関戸　かるかやの関　思ひ川　いきの松はら

松嶋　けしきの森

一　絵　黒　生物　草木　獣　鳥　筆

川　水　山　四の時

獣のすかたににたるすみを見よ

絵にあらはるゝ筆のいきほひ

縦二三・二センチ×横一三・八センチで、もとは四半形の冊子本の断簡。正広を伝称筆者とするが、その真筆ではない。三行目「東かたの」の右に「の」と傍書するが、墨色が異なる。寄合を列挙し、和歌三首（新古今集・新古今集・西行法師家集）と連歌（新撰菟玖波集）を例示しているが、いかなる寄合書か、現時点では不明である。二行目「東路に……」の歌の右肩に集付のようなものが見えるが不詳。また六行目の行頭に墨跡が残るのは、書き出しの高さを誤まって「関戸」を書きかけたものが、そのまま残されているのであろう。忽卒の間に書写されたようである。

（日比野）

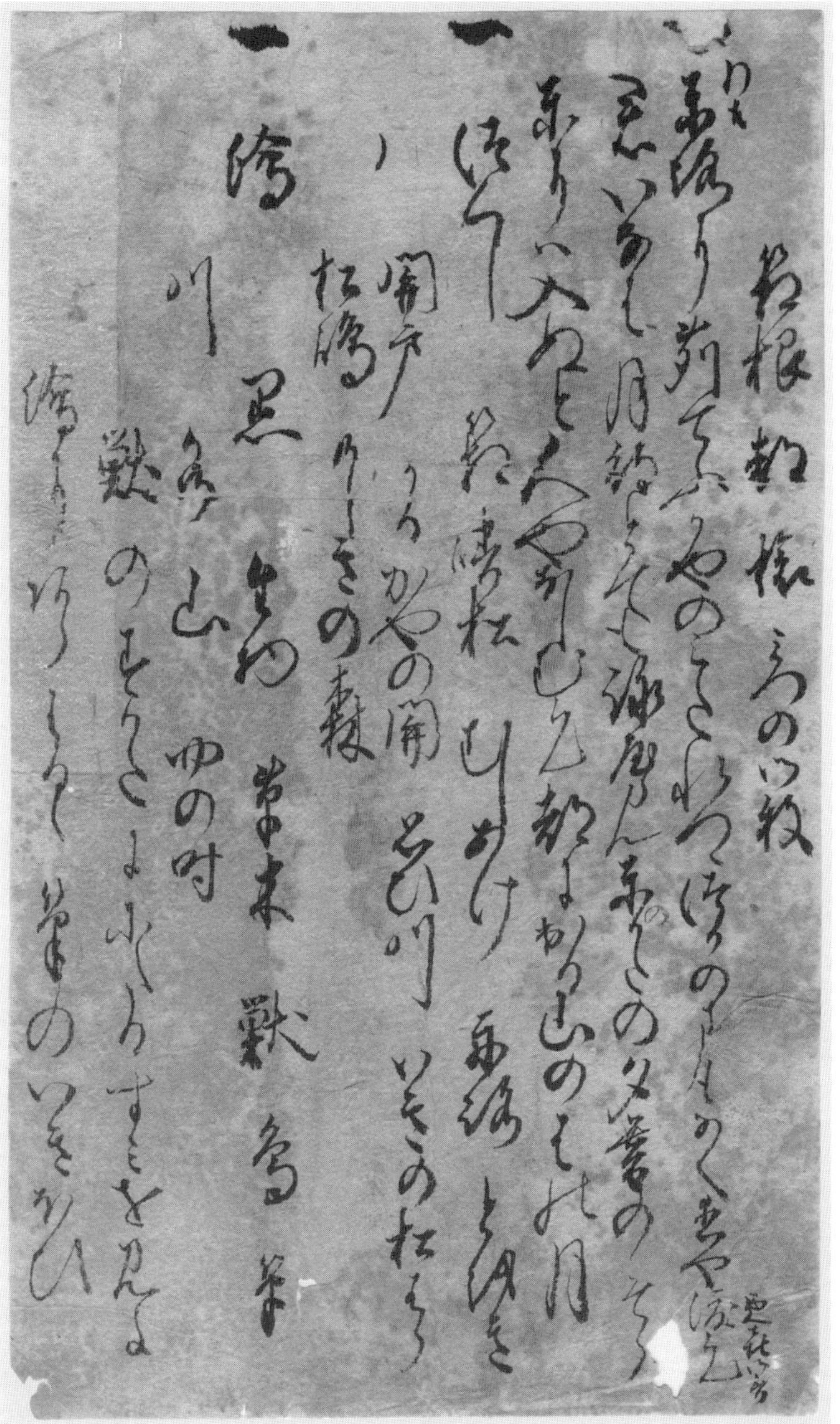

 90 正広　未詳連歌寄合切

91 後土御門院勾当内侍　未詳寄合切

日にもみち水になみいわあらは
水のあやもみちのにしきかさねつゝいわせに
なみのたゝぬ日そなき
秋のゝに月枕そてあらは
そてのうへ枕の下にやとりきていくとせ
なれぬ秋の夜の月

縦二〇・三センチ×横八・七センチで、もとは冊子本の断簡。後土御門院勾当内侍を伝称筆者としている。書写年代は室町中期頃であろうか。書写内容については詳らかではない。拾遺集と続古今集の歌を引用しているが、寄合、あるいは語の組み合わせを列挙し、それらを含む和歌を例示するという形式である。寄合とみて、連歌書として掲出しておいた。

（日比野）

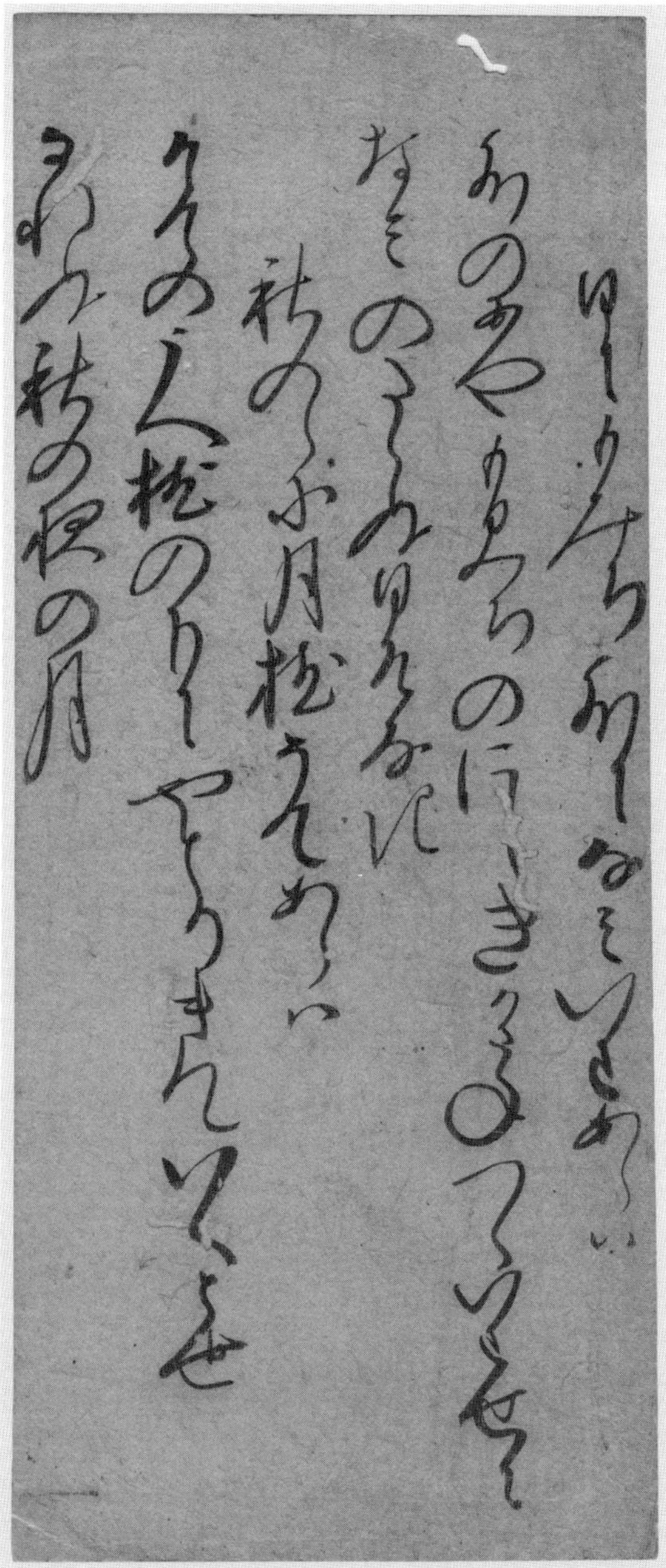

91 後土御門院勾当内侍　未詳寄合切

92　後土御門院　古今連談集切

とり出し候いつはりのかすによせんとて
まさこの霜を思出し候か様の事を
仕たる斗候
かすかにみゆる奥津はや船
暮にけり誰かは宿をかすひかた
かすひかたかしひかた同事にて候香椎と
云てかしひの奥又かすひの宮なと〻申候
宮は八幡にて御入候此一句まつはかしひと
申へき様に聞へ候へともかすかにと侍に
かけ候はんとてかやうにはとりなして候
霧間にみゆる山のうつはり

古今連談集は、宗砌によって文安元年（一四四四）から五年（一四四八）の間に著されたかとされ、連歌学書としては比較的古いものの一つ。掲出断簡は縦二五・四センチ×横一七・六センチで、もとは四半形の冊子本。十一行を書写しているが、料紙の左右が詰まっており、余白の裁断がある。後土御門院の署名入り短冊と比べると、よく似た文字も散見し、その真筆の可能性もあるが、断定は差し控えておきたい。書写年代も室町中期を下るものではなかろう。『宗砌連歌論集』（昭和二十九年　古典文庫）に翻刻があるが、単に転写間に生じたとは思われぬ異同が少なからずある。伝本は彰考館蔵本が知られるのみで、あとは同本を転写した新写本であるらしい。よって、当該断簡は、室町中期以前にまで遡る古写本の断簡であるのみならず、「第二の伝本」の出現として大変貴重である。

（日比野）

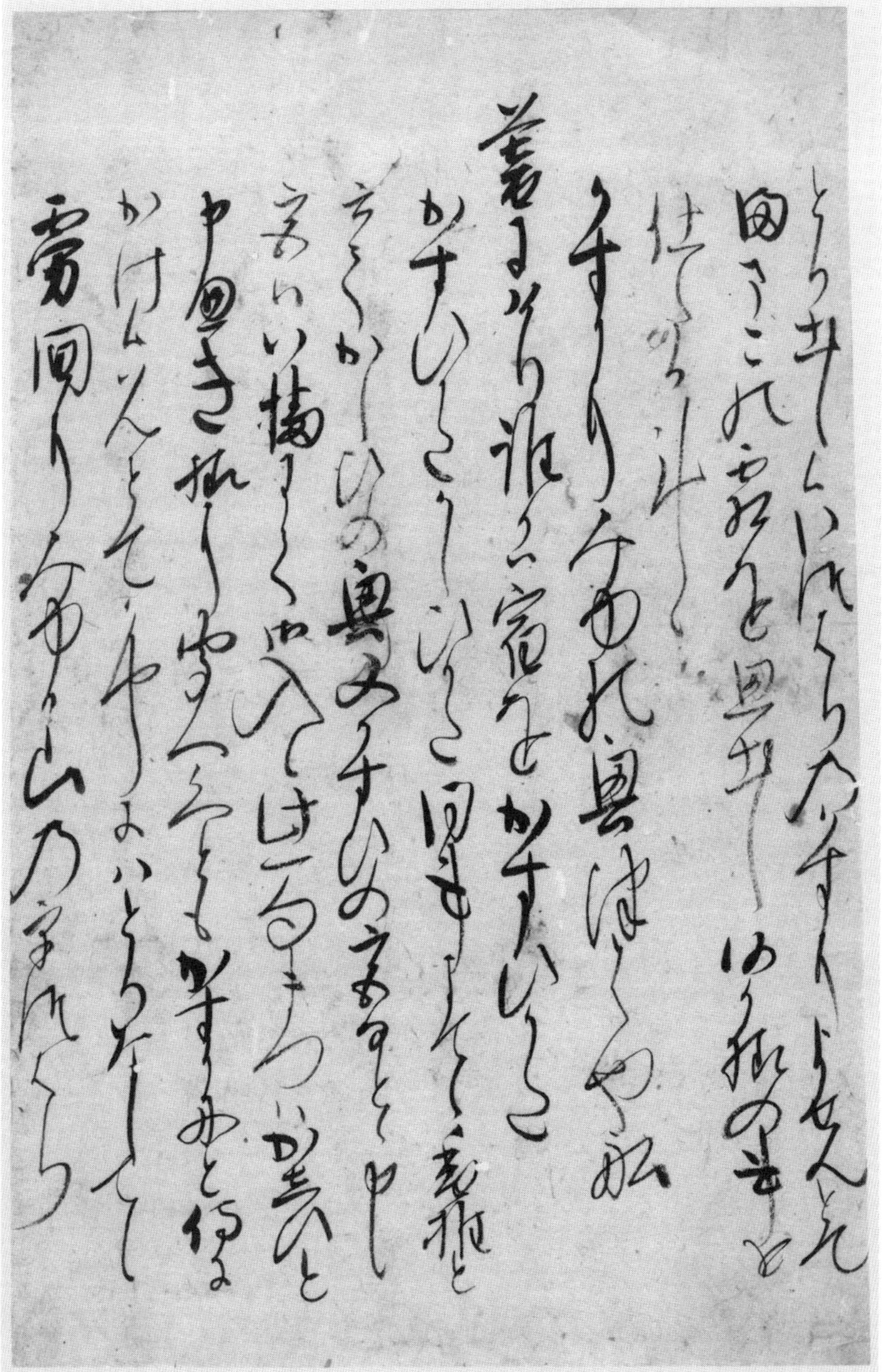

 92 後土御門院　古今連談集切

93 円空　ささめごと切

顔回　鯉なとさへ■幸なり
甘泉早渇　直木先折
美菓樹枯　重荷船覆
よき人たになからへ侍れはありのすさみあるならひ
なるになかいきしてうたてき事おほくみえ侍へし
　老不死賊也といへり
兼好法しか云侍し《り》人は久しく共四十まてと書
ぬるはつかしき詞也
中比頓阿慶運といへる人あり慶運法しは身
のほとや不肖なりけむ毎々述懐をのみせしとなん
新千載集に四首入られ侍るとて撰者を礼拝して
涙をなかし悦侍しに頓阿か哥十余首入侍と聞て

ささめごとは心敬の連歌論書。歌論にも言及があり、心敬私語として日本歌学大系にも収録されるが、連歌論書とした。掲出の断簡は縦二一・九センチ×横一八・六センチで、もとは一面十二行書の四半形の冊子本。四・七・九行目の行頭に朱点がある。ツレの断簡は次項（94）の一葉が確認できるのみ。伝称筆者の円空上人については詳らかではないが、書写年代は室町中期を下るものではないように思われ、成立からさほど隔たらぬ頃の書写本であり、最古写本の一つとして注すべきであろう。

なお、一行目まん中あたりから左斜め下に向って文字が断絶しているのは、料紙がよれて重なった上から書写し、裏打ちの際などに引き伸ばしたためであろう。料紙に断絶はない。

（日比野）

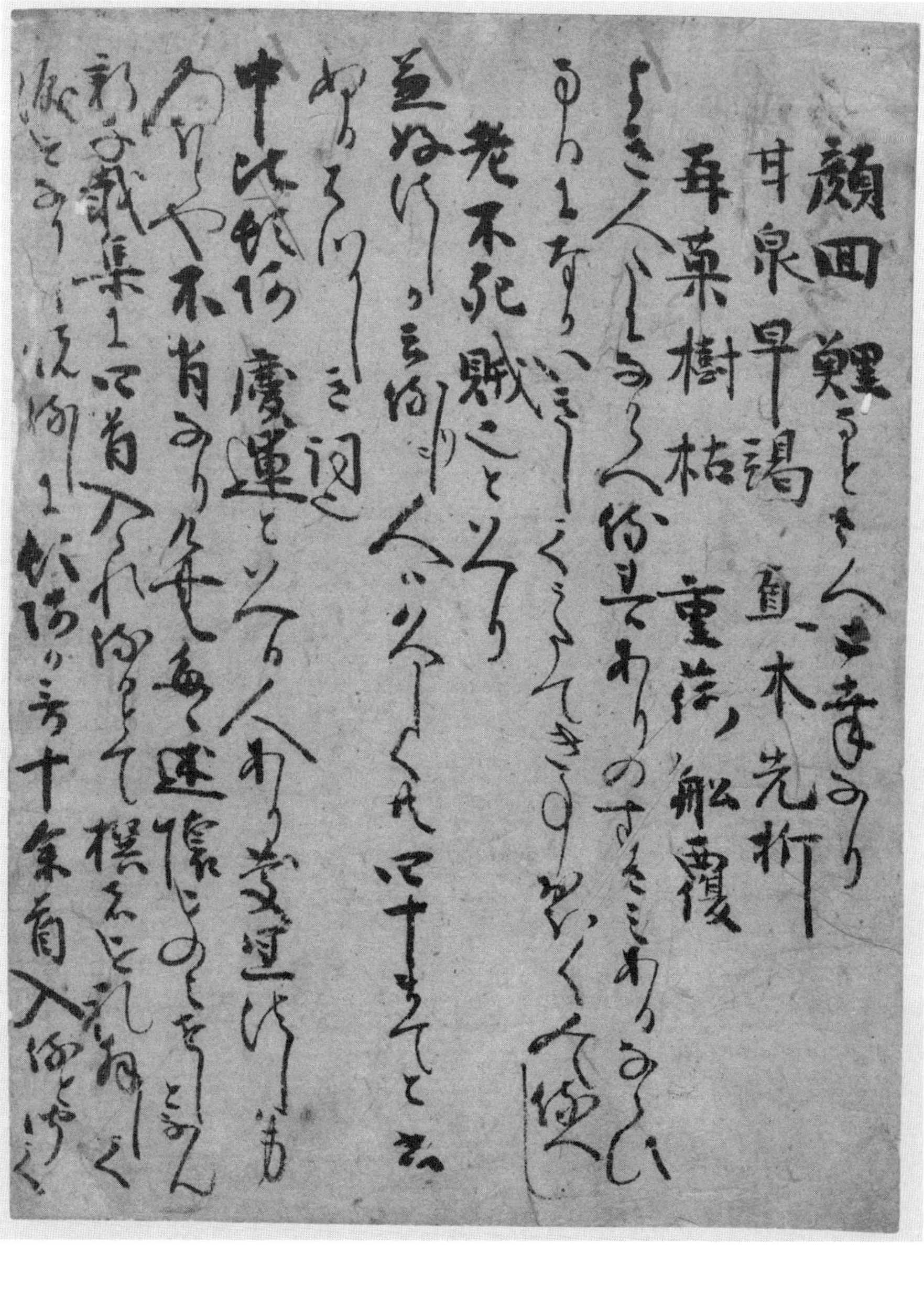

93 円空　ささめごと切

94　円空　ささめごと切

親句は有相　疎句は無相
親句は教　疎句は禅
了義経　不了義経
世諦　第一義諦
有門　空門

様々にわかれたり

さとりに心をかけすはいかてか哥道の生死をははなれ侍らん

空門大悟の心さへ猶有所得と落すされ共
相即空門には十界六凡四聖一相無相と云へり

縦二一・四センチ×横一三・五センチ。前項（93）伝円空筆切のツレ。一面に十行を書写しているが、ツレの断簡に徴するに、二行の切り取りがある。七行目行頭に朱点がある。『一覧』で「親孝〈蜷川〉」「久曽神昇氏蔵」として紹介されているもので、志香須賀文庫旧蔵。稿者が小林氏に情報提供した際に提示した、手鑑に押された状態での写真でも「東大寺円空上人定信　親句は有相」との極札が添付されており、現時点でも同一の極札の添付、「東大寺円空上人」の裏書も確認できている。思うに、やはり志香須賀文庫旧蔵の前掲（82）「蜷川親孝　連歌新式紹巴注切」などと混同されたのであろう。

（日比野）

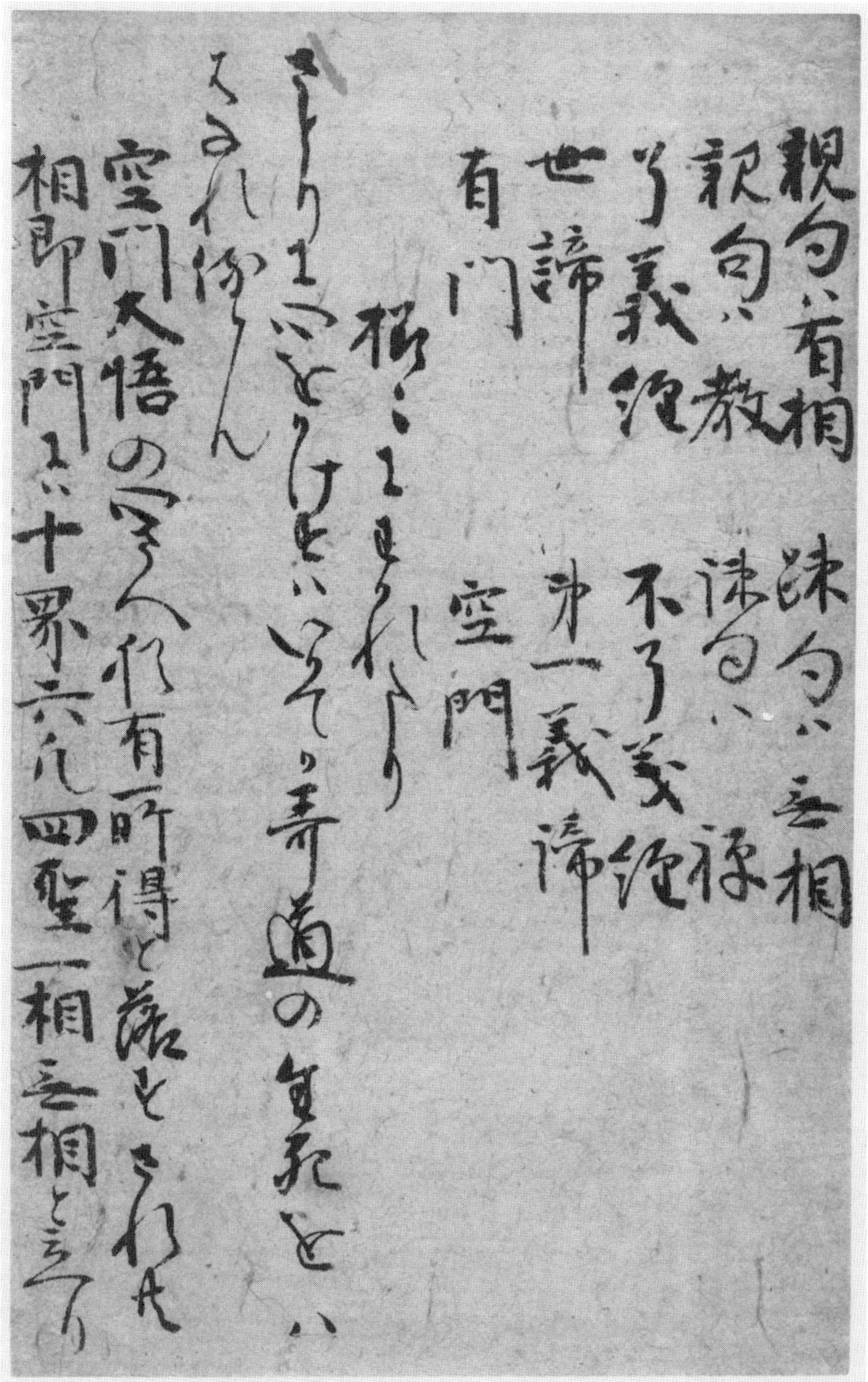
親句は有相　疎句は無相
親句は教　疎句は禅
了義絶　不了義絶
世諦　第一義諦
有門　空門
極ことはれり
されはこそとけといふそ寿道の生死とは
くるし侍らん
空門大悟の人は有所得と落をされたり
相即空門には十界六凡四聖一相無相といへり

95 冷泉持為　ささめごと切

よこしまになりゆきぬることをいかさまに修行
をもかふるへきとて涙にしつみとひ給しに
俊成卿申給へるとなむいかめしくもたつね給物かな
なんちのうたを愚老もより〳〵おもひより侍り
わか哥はすかたはるかにかはりぬそれをはなけき
給ふへからすわれはかなはぬ道にてにくをのみ
よめり汝は天然と骨をえたりなんちの哥
うら山しき事毎々なりされとも八十ちの

縦二六・一センチ×横一六・八センチ。もとは一面八行の四半形の冊子本。三行目、行頭に朱点を施す。料紙右側の余白に綴じ目の跡が複数見られ、何度も綴じ直しが成されたようである。冷泉持為の署名入の短冊などと比べると、癖が強く、よく似た雰囲気の文字も見られるようではあるが、同筆と断ずるには至らない。しかし、書写年代は室町中期頃と思われ、前項伝円空筆切同様、ささめごとの最古写本の一つとして看過できない。一覧では「天理本系統」との指摘がなされている。

（日比野）

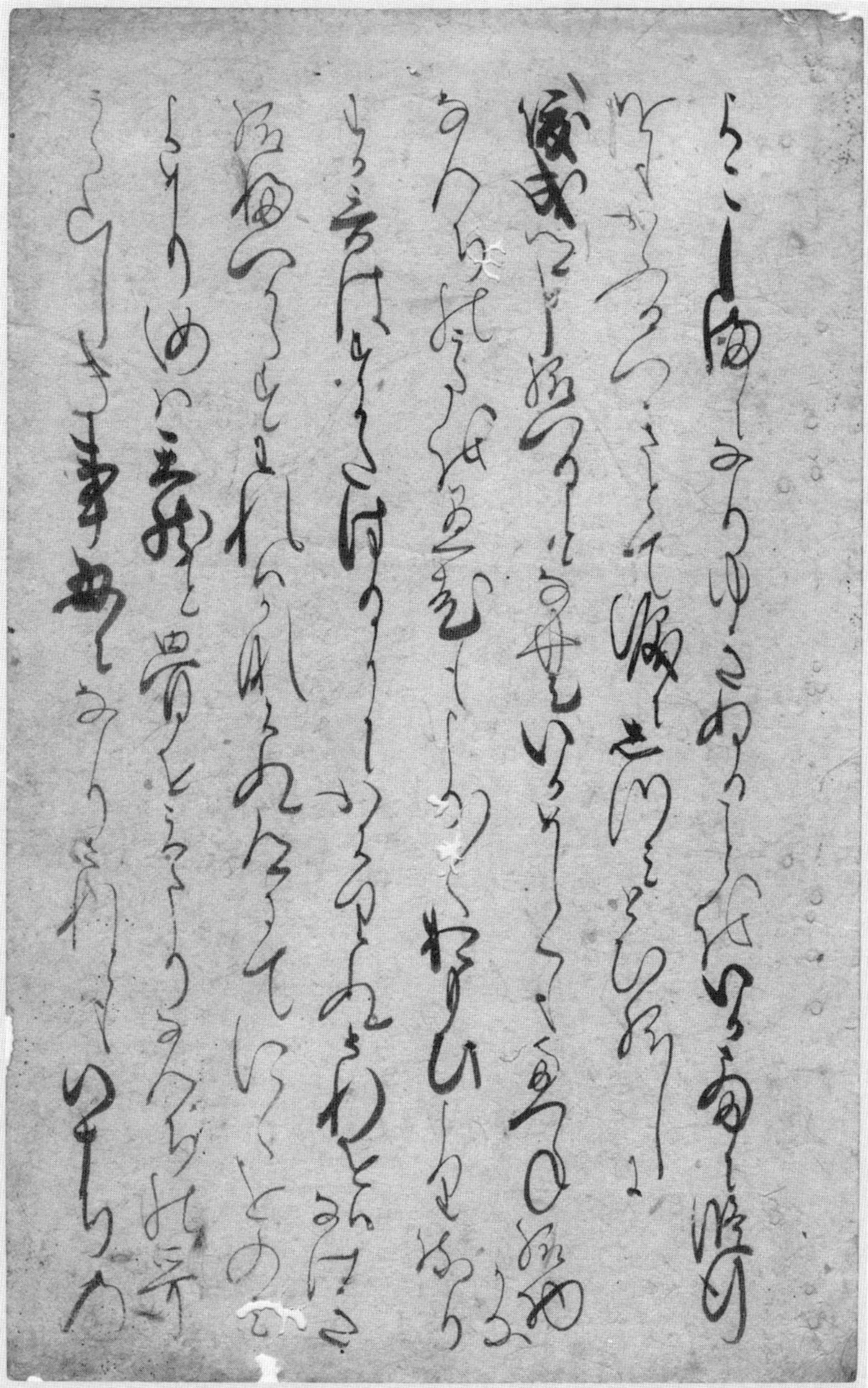

95｜冷泉持為　ささめごと切

96 冷泉持為　ささめごと切

たゝまほろしのほとのよしあしのことはりのみそ
ふしきのうへの不思議なるそれも天然法尓あなむつかしや
の心つくしやなに事もさもあらはありなむ
　古人句少々
幽玄躰句　そてをかさすは名のみかさにて
　　春日野ゝうへなる山のはるかすみ　順覚
　　　ともにすまんといひしおく山
　　なき跡にひとりそむすふ柴のいほ　救済

縦二五・九センチ×横一六・七センチ。前項（95）伝冷泉持為筆切のツレ。四・五行目の行頭に朱点があり、やはり料紙右側に綴じ目が複数残されている。他にも徳川美術館蔵玉海にツレの断簡がみられる。

（日比野）

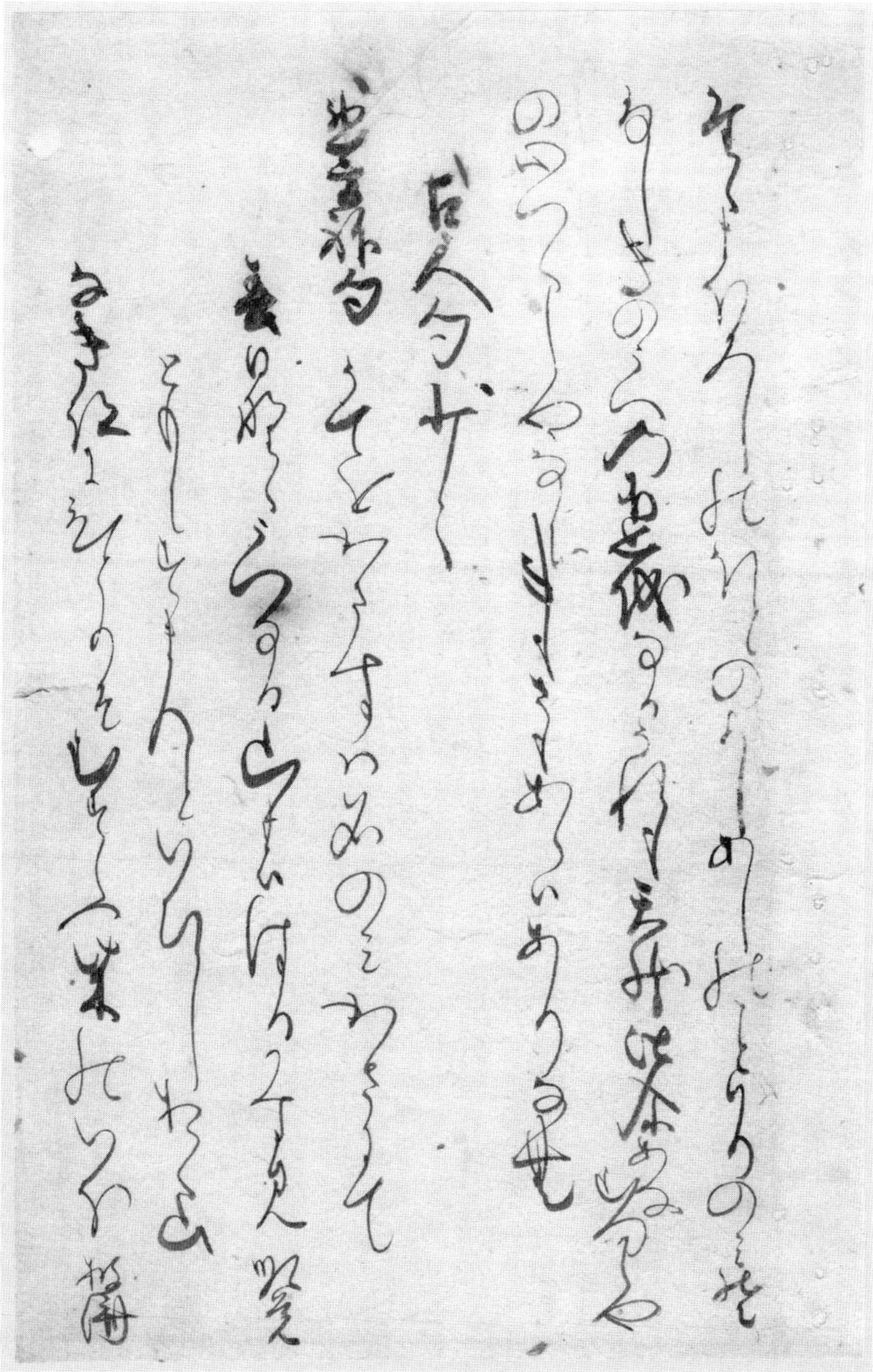

96　冷泉持為　ささめごと切

97 広幢　ささめごと切

わかうたにはすかたはるかにかはりぬそれをなけき
給へからす我はかなはぬ道にてにくをのみよめり汝
は天性と骨を得たり汝のうたうらやましき事
毎々なりされとも八十ちのいまよりまなはゝわろ
かるへき故に思ふはかりなりとなん物には
骨第一なりいかにも此まゝよみつのり給はゝ世
一の人たるへしとて涙をなかし給へりとなり

縦二四・八センチ×横一三・〇センチで、もとは四半形の冊子本。縦に比して横の巾が狭く、一、二行の裁断が予想される。書写年代は、室町中期頃とみてよかろう。こうしてみると、ささめごとは、室町期の書写断簡だけでも少なくとも三種を数えることが出来るのであり、成立間もない頃からの広い享受が垣間見られよう。

（日比野）

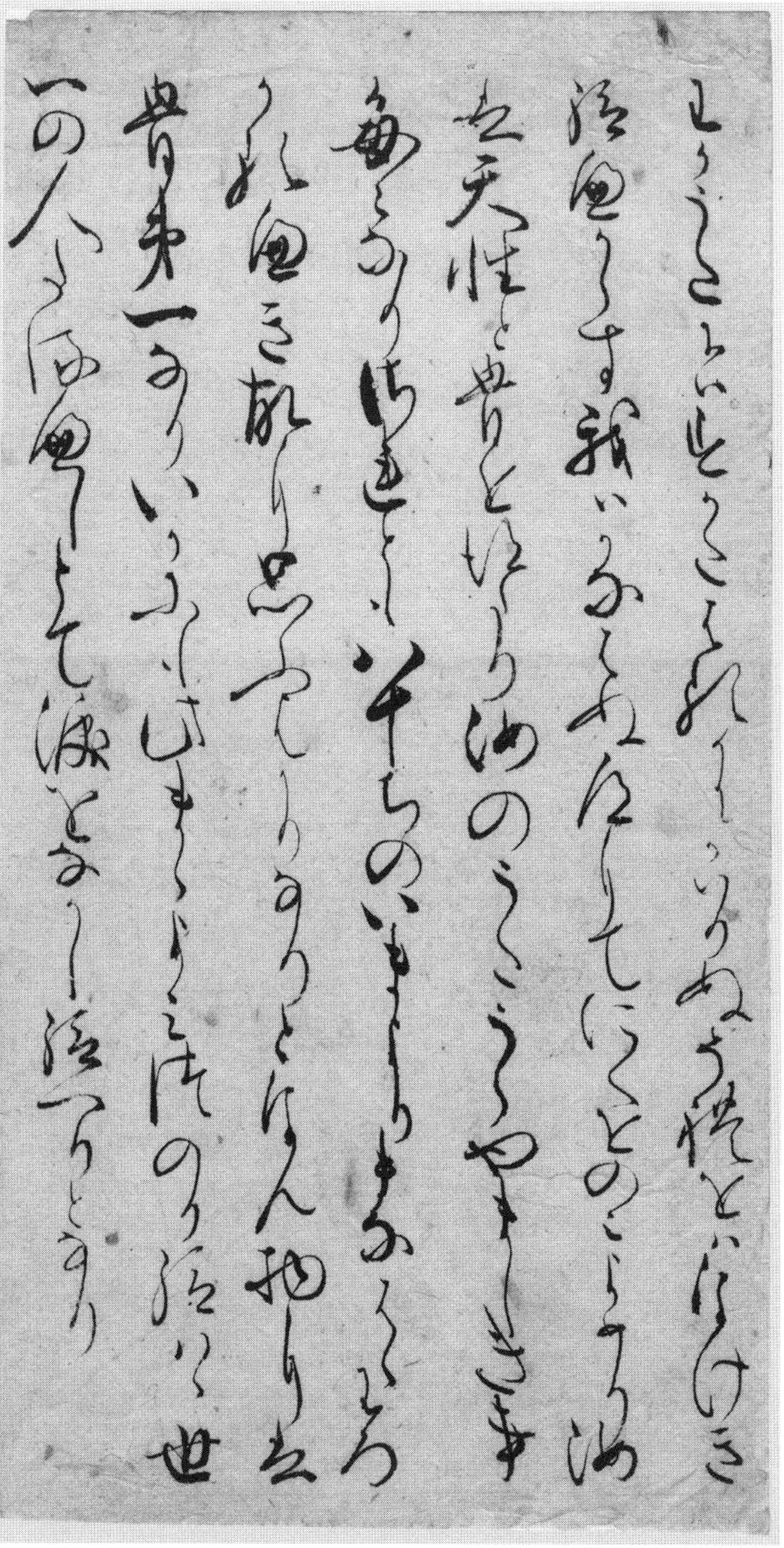

97　広幢　ささめごと切

98 円雅　老のすさみ切

そのかす〱ののほりか《しるきう》た人
たましきのあられはしりはあけはてゝ　同
是は踏哥心也踏哥は正月十四日十六日也十四日は
男踏哥十六日は女踏哥也是は男踏哥の心也
踏哥のおこりはむかし春の夜月おもしろき
比京城の遊子うたをうたひ興を尽して
こゝかしこをありきあそひけるなり其後に
禁中院宮にて殿上人哥舞を奏し侍也
あられはしりは踏哥を云也哥頭と云はうたひのこ
ゑを発する人を云也その外うたふ人数おほきゆへ
に其の心をとりて付侍るなり

縦二五・七センチ×横一九・二センチ。初めと終わりの一行がそれぞれ継ぎ足されており、本来は横幅一六センチ程であろう。一行目「のほりか」の右に「しるきう」の傍書がある。もとは一面九行の四半形の冊子本。伝称筆者は円雅で、井蛙抄・万葉集佳詞・三十六人歌合など多くの歌書を書写している。

宗祇の老のすさみは、救済と頓阿の付句について取り上げ、「竹林の七賢」になぞらえた連歌の先達七人、宗砌、賢盛、心敬、行助、専順、智蘊、能阿らの句について解説をする連歌論書である。作句の技術指導ではなく、望ましい句の姿を具体的に提示している。

（田﨑）

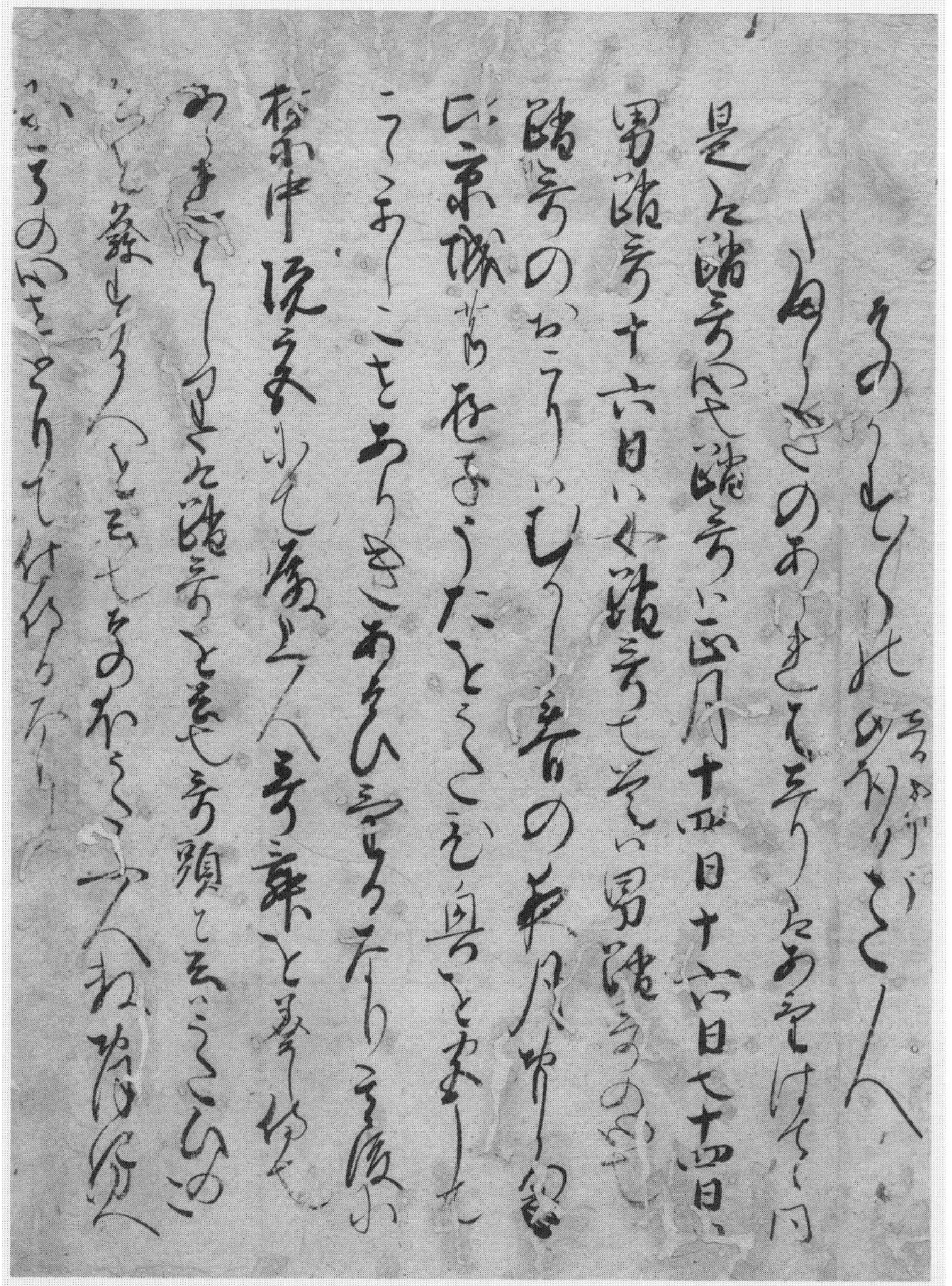

98　円雅　老のすさみ切

99 徳大寺公維　老のすさみ切

夜ふけて此雨あられになりて竹の葉にあら〳〵と音するを聞て夕の雨と思へはあられか竹を打けるよとおとろきていつの間によも深けるにやなとおもふ心取合て面白や

杣木とる山はあまたに分入て

みねに炭やくしからきのさと　行助

此里は杣をも炭をもよみたる所也あまたにいる山かつのことわさみるやう也一句のさまところの眺望にて見所侍也

縦一八・八×横一五・二センチ。もとは一面九行書の四半形の冊子本。公維は青蓮院流の一派である尊鎮流の書を能くした。伝公維筆が、実践女子大学文芸資料研究所蔵源氏小鑑や、東京国立博物館蔵毫戦などにみられるが、いずれも手が異なる。ツレの断簡が、徳川美術館所蔵藁叢に一葉みられ、書写年代は室町後期と推定される。

（田﨑）

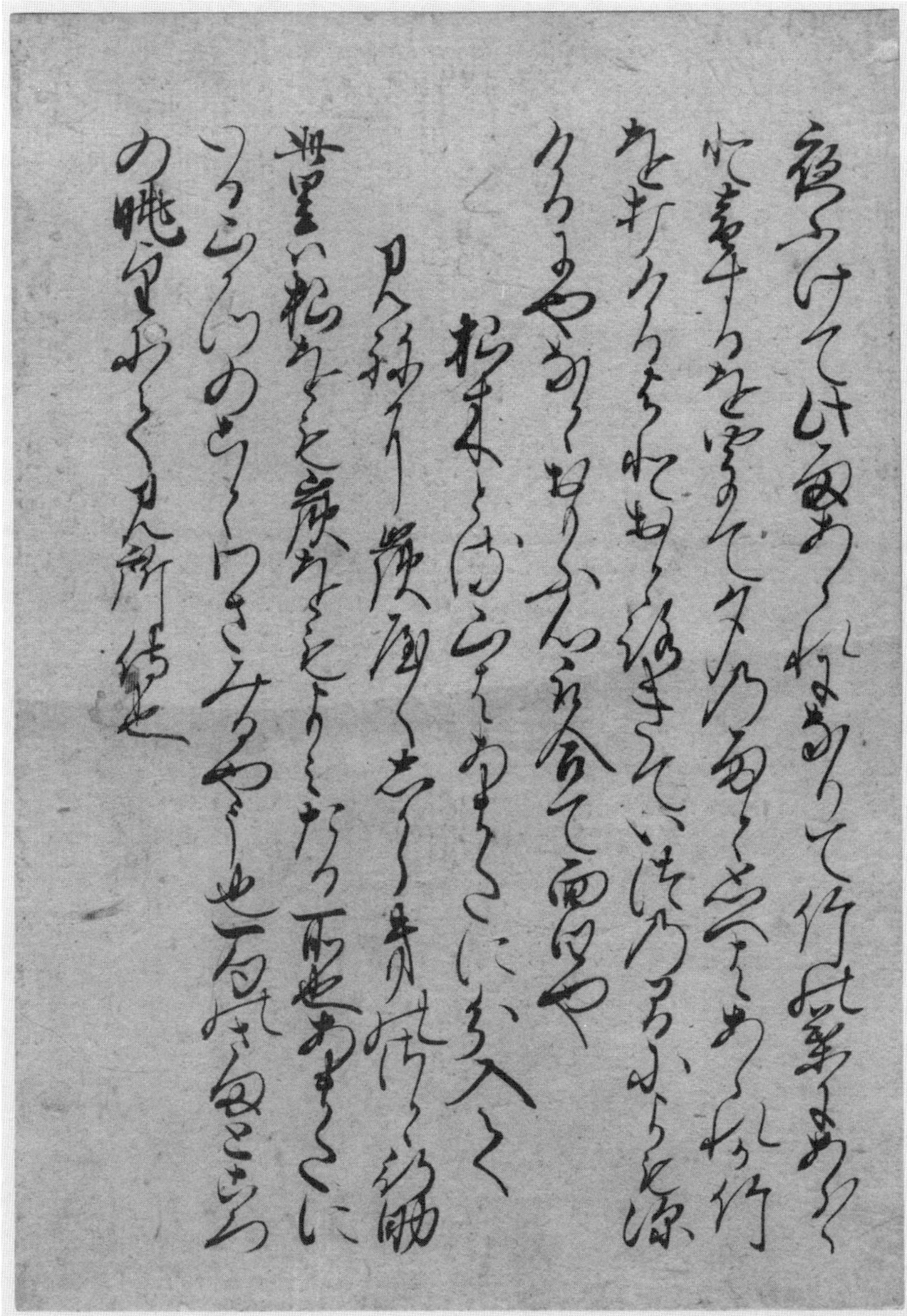

99｜徳大寺公維　老のすさみ切

100 筆者未詳　老のすさみ切

にして大事に侍るを詞にはこまやかにとりあはす
しておふやうにいひなかして心よく付侍り縦は
深山幽谷《ユウコク》なとの巌そはたちて水冷しき所に
秋の月すみわたりたる比哀にうちなきたる
猿の声をきゝて月をとらんとするにやと思ふ
心うかひ侍はまことに月の影はあるやとうたかふ
こゝろ侍也前に付のみならす一句更凡慮およひ
かたくや侍らん

こゝろのやみにさのみまよふな
月の名のかつらの河のうかひ舟

此句はたれも心得たることに侍り定家卿哥に

縦二五・七センチ×横一八・二センチ。もとは一面十一行の大型の四半形の冊子本。ツレの断簡の出現により、伝称筆者の特定が期待される。

老のすさみの古筆切として、前掲の（98）伝円雅筆切と（99）伝公維筆切のほかに、伝宗長筆切と伝義俊筆切などが報告されている。

（田﨑）

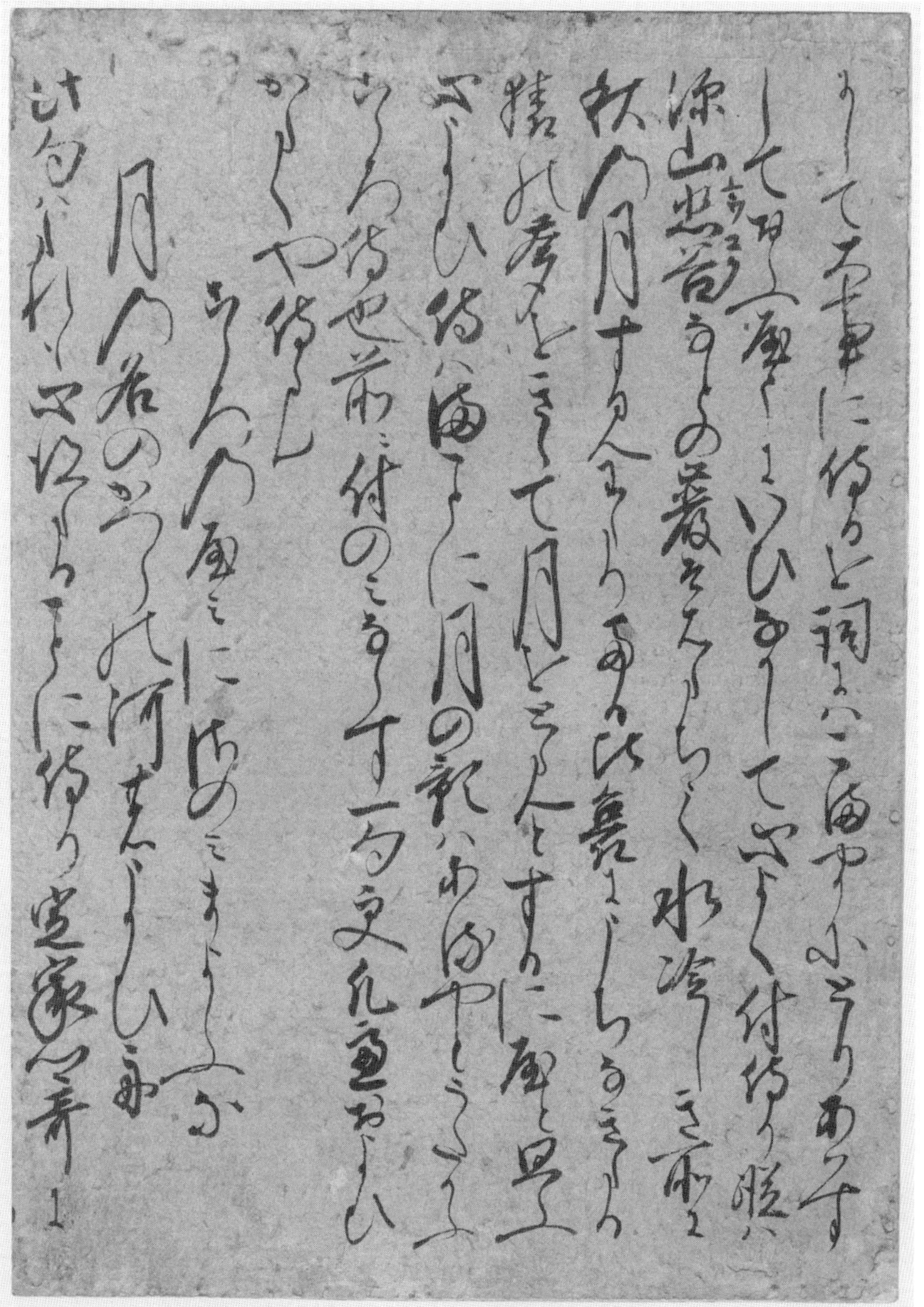

100　筆者未詳　老のすさみ切

101 姉小路基綱　薄花桜切

詞之分別之事
紅の梅　飛梅　冬梅なと、つ、けたる
よろしからす　花の雲　花の雪宜からす
花のしら雲　花の白雪なるへし　花の風
花の雨よろしからす　春田　夏田
の文字入候はねはあしく候　松の藤　白藤
白つゝし　白萩　八重菊　冬菊
遅紅葉　已上宜からす　朧夜　朧月
わろし　おほろ月夜なるへし　夕月同前

薄花桜は、猪苗代兼載が細川成之のために記した連歌論書で明応元年（一四九二）成立。「詞之分別之事」として、好ましくない連歌用語約一四〇項目を列挙する。

掲出断簡は、縦二一・七センチ×横一六・二センチ。もとは大型の枡形本であろうか。書写年代は室町中期頃かと推察される。断簡は、表題を含めた冒頭部分。群書類従本（続群書類従所収の翻刻）と比較すると、一行目「詞之分別之事」の「之」の有無の別があり、三行目「よろしからす」と「宜からす」、五行目「よろしからす」の後に「群書類従本」では「候」を付す。また、五行目「春田」は、「群書類従本」では「春夕」とするが、横に「田イ」とあり、異本注記と一致する。このような、わずかな異同が認められる。

（小椋）

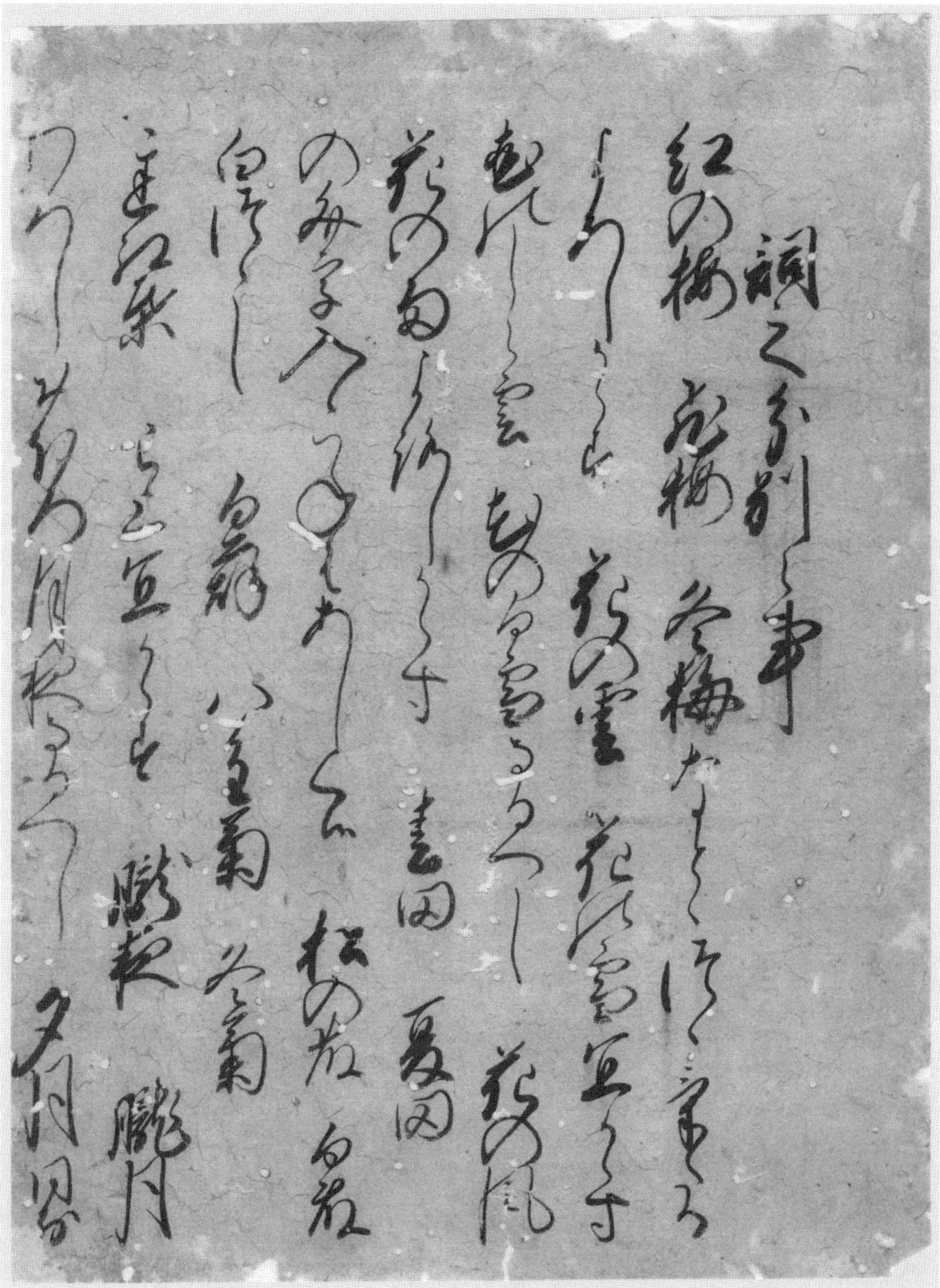

 101 姉小路基綱　薄花桜切

102 二条為氏　肖柏口伝之抜書切

なみはかりこそたちわかれけれ
一はやくちあひのやと申事
すみよしや　あふさかやなとはみなはやと
申物にて候　ゆきや　花や此心は口あひの
やと申候五もしの中にをき候を申候なり
田鶴そなく此よのそらやふけぬらん
これはうたかひのやにて候ひら句のすはり候はぬ
事つねに侍るにや
草はみなかれ野のまつの風ふきて
此ていにて候かれ野のと候所かれ野にときり

肖柏口伝之抜書は、成立年未詳の連歌論書。掲出断簡は、縦二四・九センチ×横一六・四センチで、もとは四半形の冊子本。書写年代は、室町後期頃か。次項（103）の一葉は、これの続きである。

肖柏口伝之抜書は、部分的に肖柏伝書等と近似するが、当該箇所は肖柏口伝之抜書に近い。本作品は、本奥書、奥書の記述から「宗養本」系統と「玄仍本」系統に大別できる。比較すると、六行目の句の異なりから「宗養本」系統に近いようだが、句以外は玄仍本に近い箇所もあり、判然としない。

一行目「たちわかれけれ」は、管見に入った両系統（八種）ともに「たちわたりけれ」で、諸本の「かれイ」の注記と一致。さらに、「草はみな」の引用句の三句「風ふきて」も、両系統ともに「霜ふりて」であるが、諸本の注記と一致する。但し、こちらは、肖柏伝書の句と一致。系統の問題と合わせて、同類の章段で句の異同がある伝書の特徴が顕著に現れており、注目すべき一葉である。

（小椋）

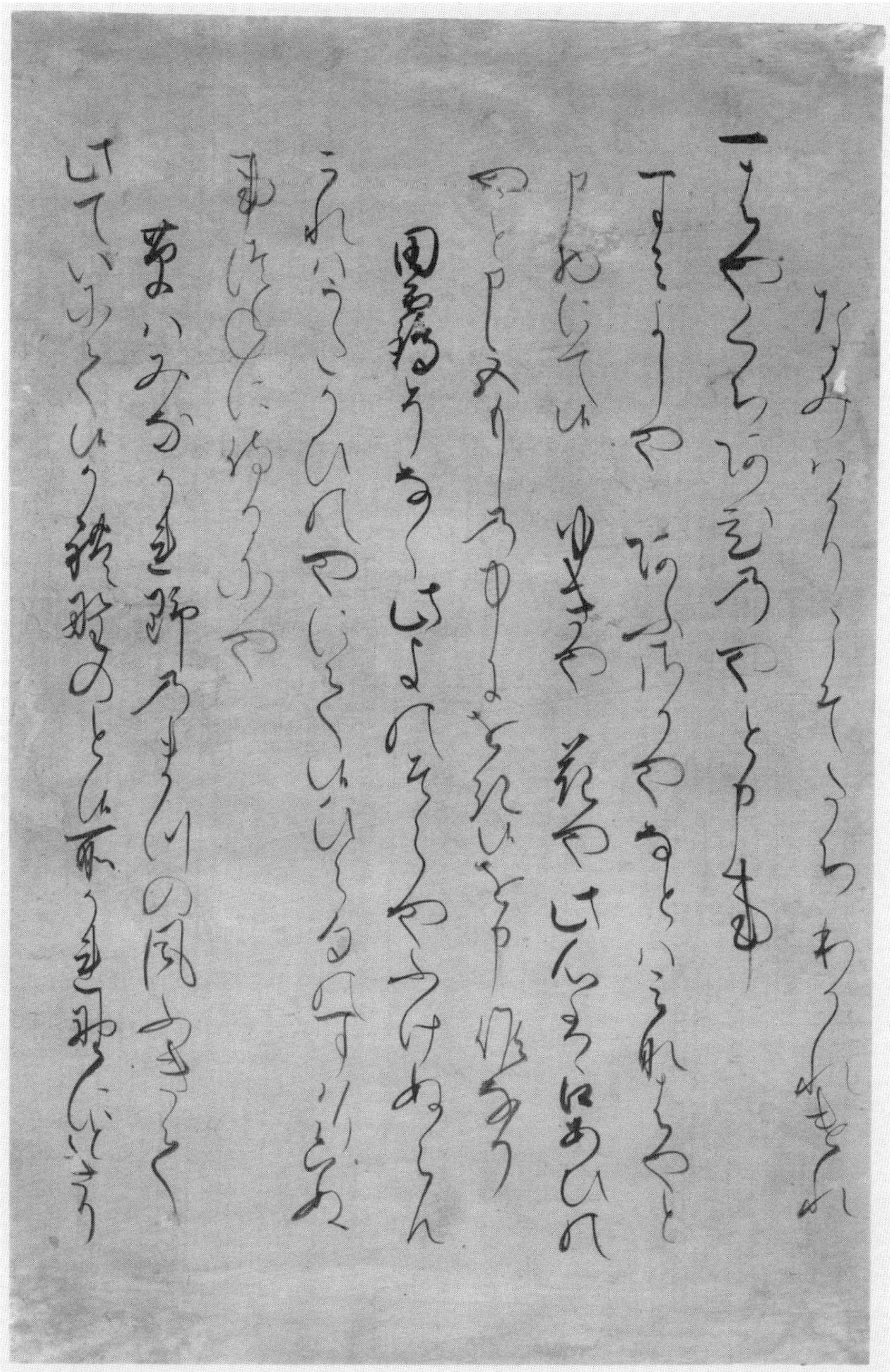

102　二条為氏　肖柏口伝之抜書切

103 二条為氏　肖柏口伝之抜書切

候へは然へく候なりこれほとの一字にて相違候なり
一一句の中にやもし候はは哉ととまらす候まへ
のことく口あひのやと申て
雪や　花やなとの理くるしからす候
一うたにけりと申心はつゝととめ候も候
おもひつゝぬれはや人の見えつらん
夢としりせはさめさらましを
一うたにきやと申ことはけりといふ心に
ならぬも候
年たけて又こゆへきとおもひきや

前項（102）に続く一葉で、縦二五・二センチ×横一六・七センチ。前項の掲出箇所と同じく、どちらの系統とも言いがたい。やや宗養本系統に近いか。両系統間で、それほど大きな異同はないが、五行目末「候」と、九行目「ならぬも候」は、「玄仍本」系統では「御入候」となることが多く、「宗養本」系統と一致する。但し、玄仍本系統でありながら、「宗養本」に近い箇所のある榻鴫暁筆所収の一本は「候」、「ならぬも候」としている。このような箇所が複数見られる。それに対して、一行目、「これほとの一字にて」は、「宗養本」系統の多くは、「一字にてこれほとの」と語順を逆にする。しかし、宗養本系統でも「妙法院蔵本」等とは一致する。このほか、両系統いずれとも異なる、わずかな異同もあり、興味深い一葉である。

（小椋）

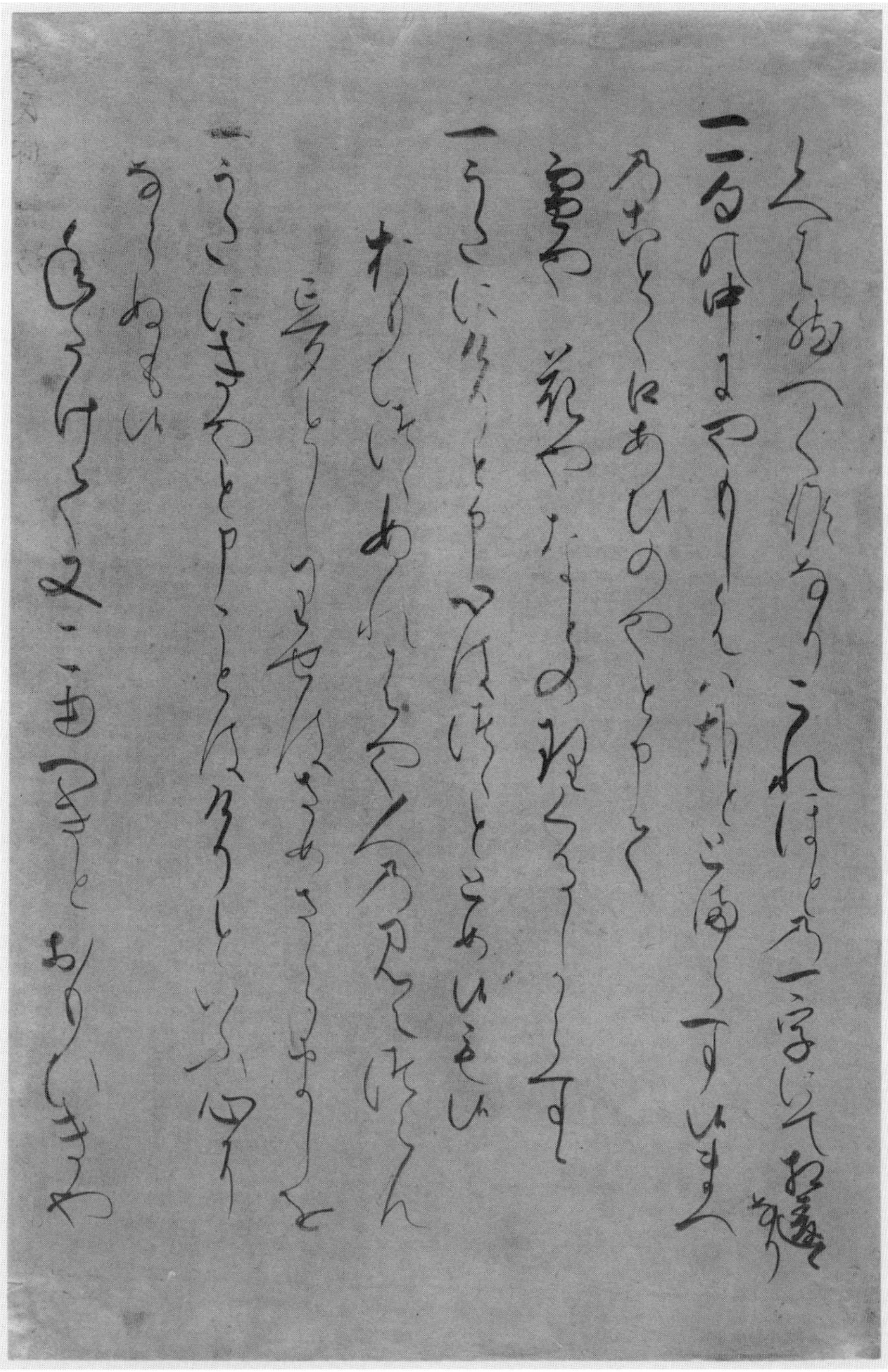

103 二条為氏　肖柏口伝之抜書切

104 後柏原院　若草記切

ましさせる月もなき人のたちゐしけき
は見くるしくあたりの人までこゝろをし
つむへき様なしある人の云一座の半に
人のくるもわろしはしめよりあるかいに
たるもさはりとなる様なりとしかはあ
れと世につかへていとまなき人の老
屈の人いたつくともからなとはとかなかる
へし一座のうちにいねふりしあるは

縦二〇・四×横一二・一センチで、もとは一面八行の四半形の冊子本。猪苗代兼載の若草記（若草山とも）を書写内容としている。裏書に「後柏原院」とあるが、ツレの断簡が一葉、徳川美術館蔵手鑑藁叢にみられ、そこでは筆者を宗祇と極めている。若草記は伝本も少なくないようで、広く流布したようであるが、古筆切としても、他に伝飛鳥井雅藤筆切と伝綾小路俊量筆切が報告されている。

（日比野）

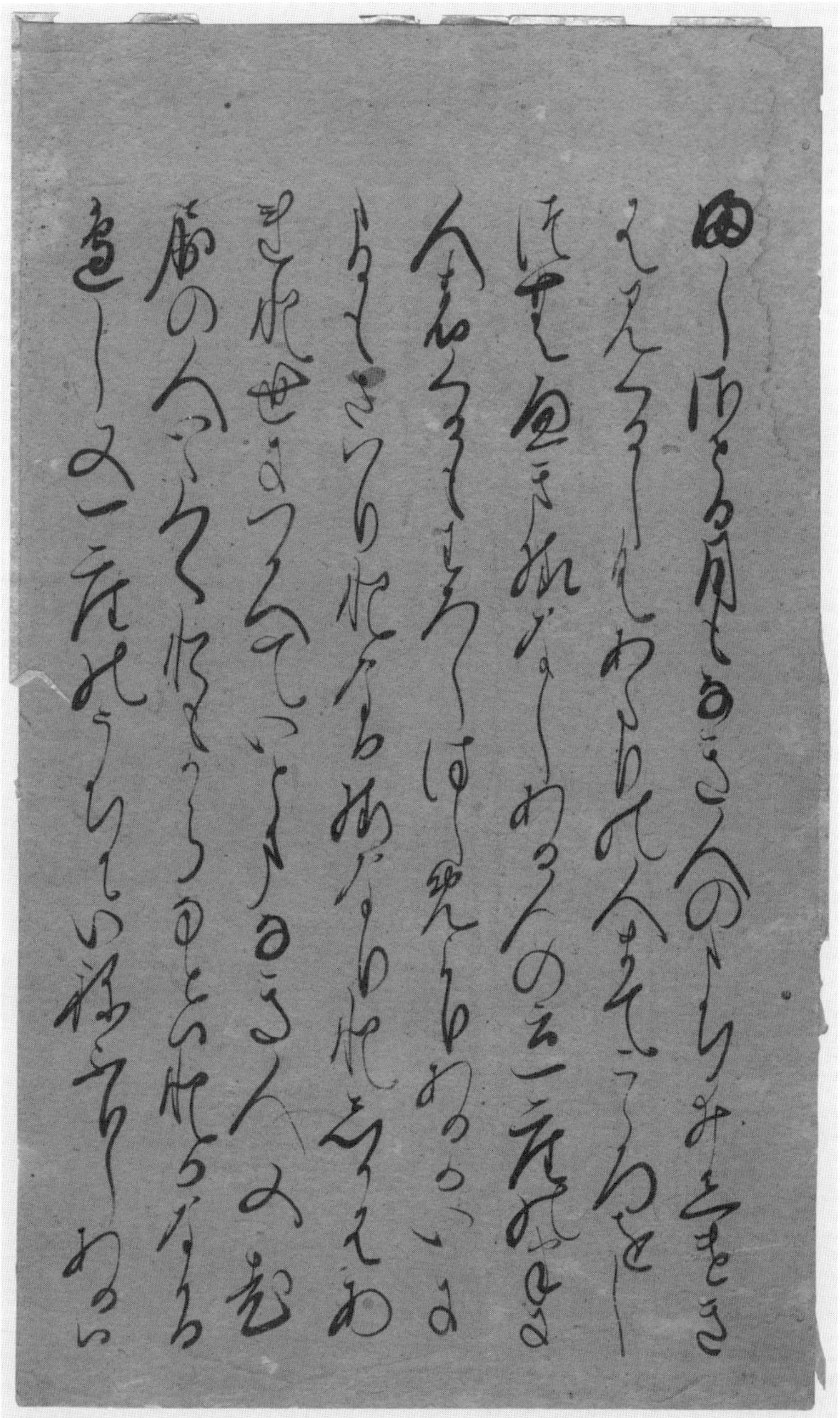

104　後柏原院　若草記切

105 連歌師某　雨夜記切

に取なせる句あり
はなれかたしやふる郷のあき
荻に風いつよりちきりそめつらん
はなれかたきはましはりの中
折わひぬはふ木あまたの藤の花
もとのなみたにかへる奥山
鹿そ鳴つまとふのへや明ぬらん

雨夜記は永正十六年（一五一九）最終的な著者を宗長として成ったかとされる連歌書。掲出は縦一六・〇センチ×横一〇・〇センチ。左端に次行の文字が切れ残っており、裁断があったことは判る。もとの形態は明確ではないが、六半形の冊子本であったか。書写年代は室町後期頃であろうか。極め札が付属しているが、大きく欠損しており、辛うじて「連歌師」の文字と、断簡の書き出しの「に取なせ」が読める程度。ツレも管見に入っておらず、やむを得ず筆者を連歌師某として掲出した。

（日比野）

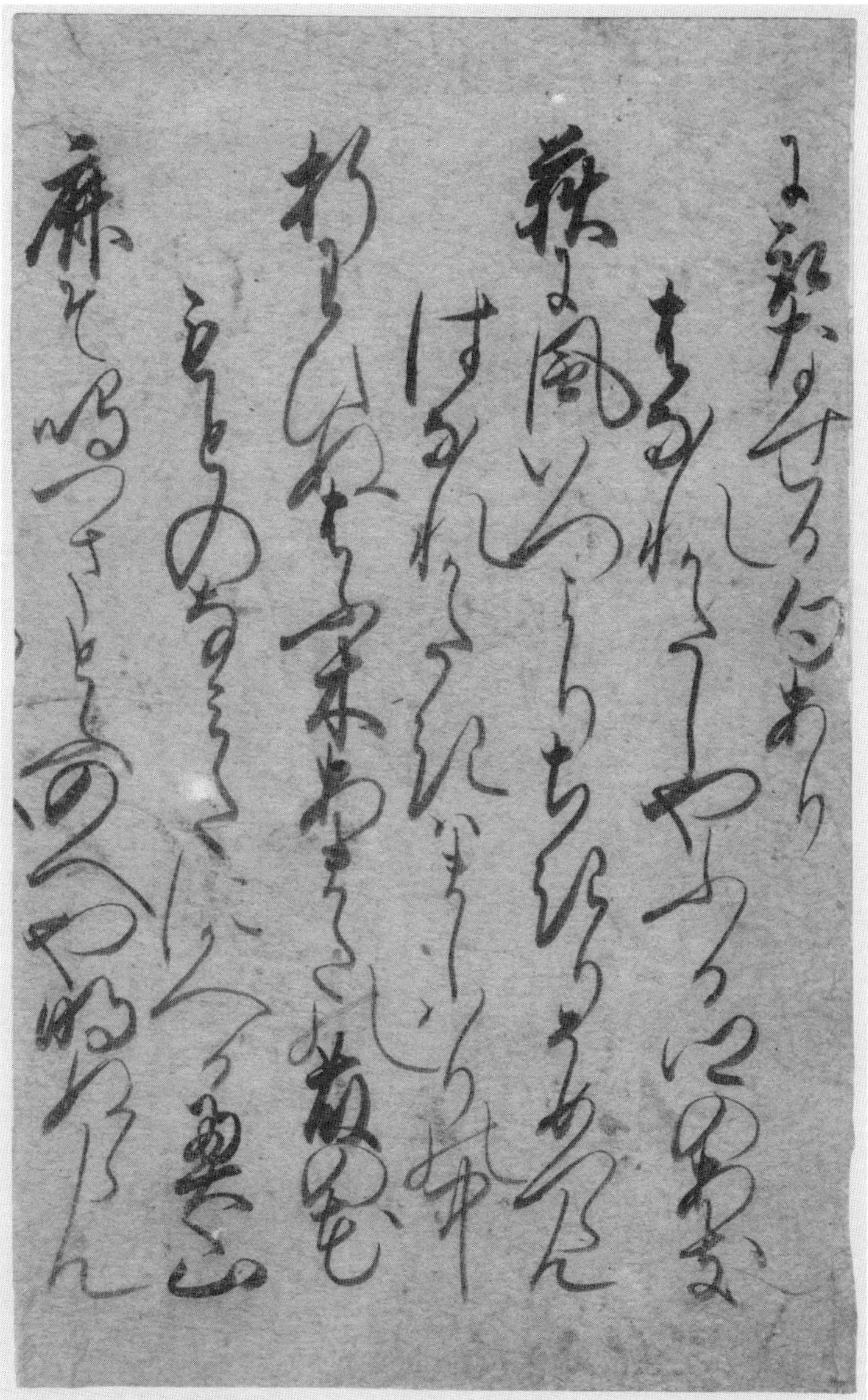

105 連歌師某　雨夜記切

106 邦輔親王　詞林三知抄切

歇　やすむる　心にも身にもいふ也
無遣　やるかたなし　せんかたなき事也
山彦　やまひこ　物の山谷にてひゝく事也
山彦のこたふる山のほとゝきすほかに鳴音をこたへやはする
和哥　やまと哥　山の字にきらはす

縦二二・九センチ×横八・九センチ。書写年代は室町後期頃と思われる。『連歌資料集　3』（昭和五十二年　ゆまに書房）所収の詞林三知抄では掲出語彙が分散し、順序が異なってはいるものの、「和歌」「無遣方」（断簡では「方」が誤脱、「無遣」とある）「歇」は同一の読み・語義を伴って見出すことができる。伝本によっては「山彦」も、やはり同一の読み・語義で掲出されている。よって、内容的には詞林三知抄と一致するといってよかろう。ただし、掲出順序と項目の多少などは、伝本間の異同として処理できるものなのか、あるいは極めて関連深い別書であるのか、増補・抄出などの関係を考慮すべきかなど、諸伝本の整理の後に再検討すべきであろう。

（日比野）

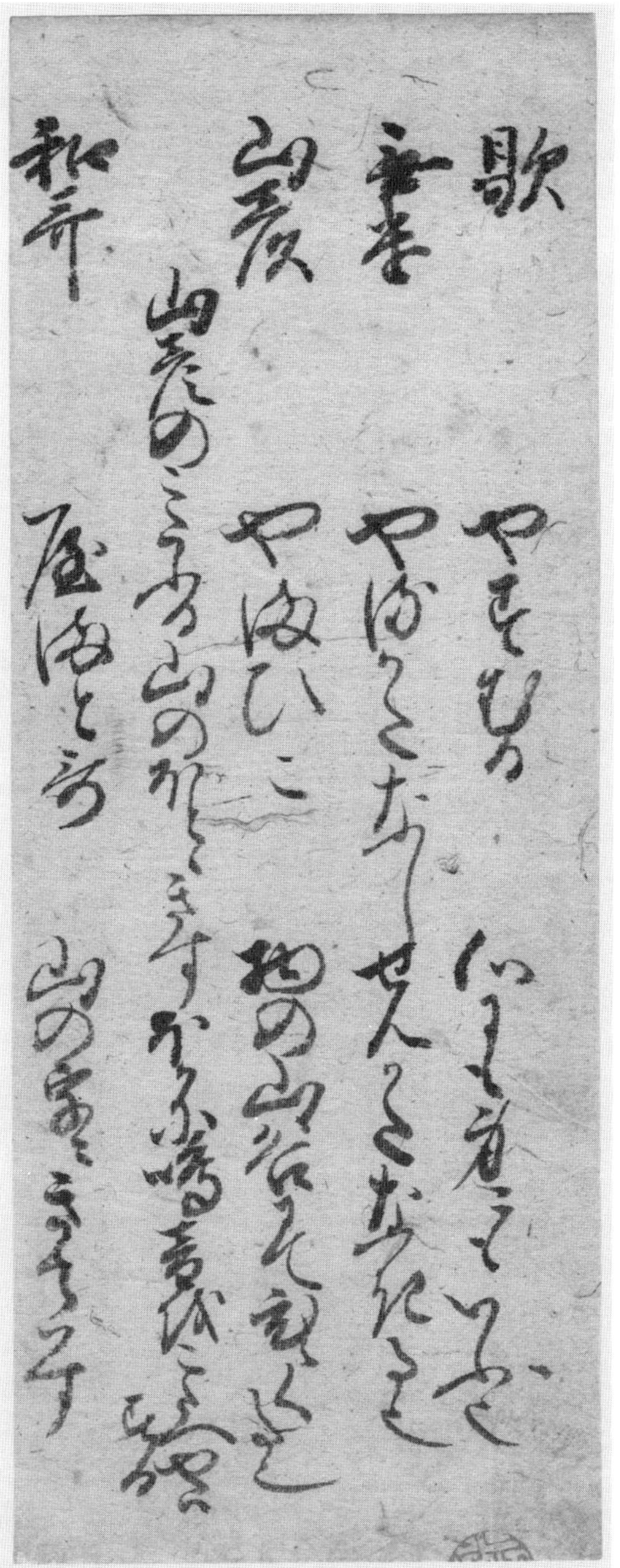

 106 邦輔親王　詞林三知抄切

107 道興　未詳連歌書切

ゆきふり竹にす丶めくれ一候へく候
ぬれ〳〵も猶かりゆかんはしたかのうはけの霜をうちはらひつ丶
やまに松すきに雪ふりてたかうつほゆみやいぬ
かりきぬのそて
ゆくとしのをしくもあるかなますか丶みみるかけさへにくれぬとおもへは
池みつにをしか丶みくれ一候へく候
やかたおのましろのたかをひきすへてうたのとたちをかりくらしつ丶
かれ野に雪ふりてたかゆみやうつほいぬむまたん
しやくとりきし候へく候
冬さむみこほらぬ水はなけれともよしのゝたきはたゆるまもなし
やまにまつすき雪ふりてたきおとし候て

縦二三・八センチ×横一八・二センチで、もとは冊子本。道興の真筆と比べると大変よく似た癖が見受けられ、その真筆と認めてもよいように思われる。書写年代も室町中期頃とみてよかろう。ただ、書写内容については判然としない。和歌が金葉集・古今集・千載集・拾遺集から引用され、寄合の説明のような記述がなされているため、連歌書として掲出した。本の大きさからも、筆跡からも、なかなかに立派な書籍だったようで、伊達や疎かなものとは思われない。文字の解読にも不明瞭な点が残る。今後の解明が俟たれる。

（日比野）

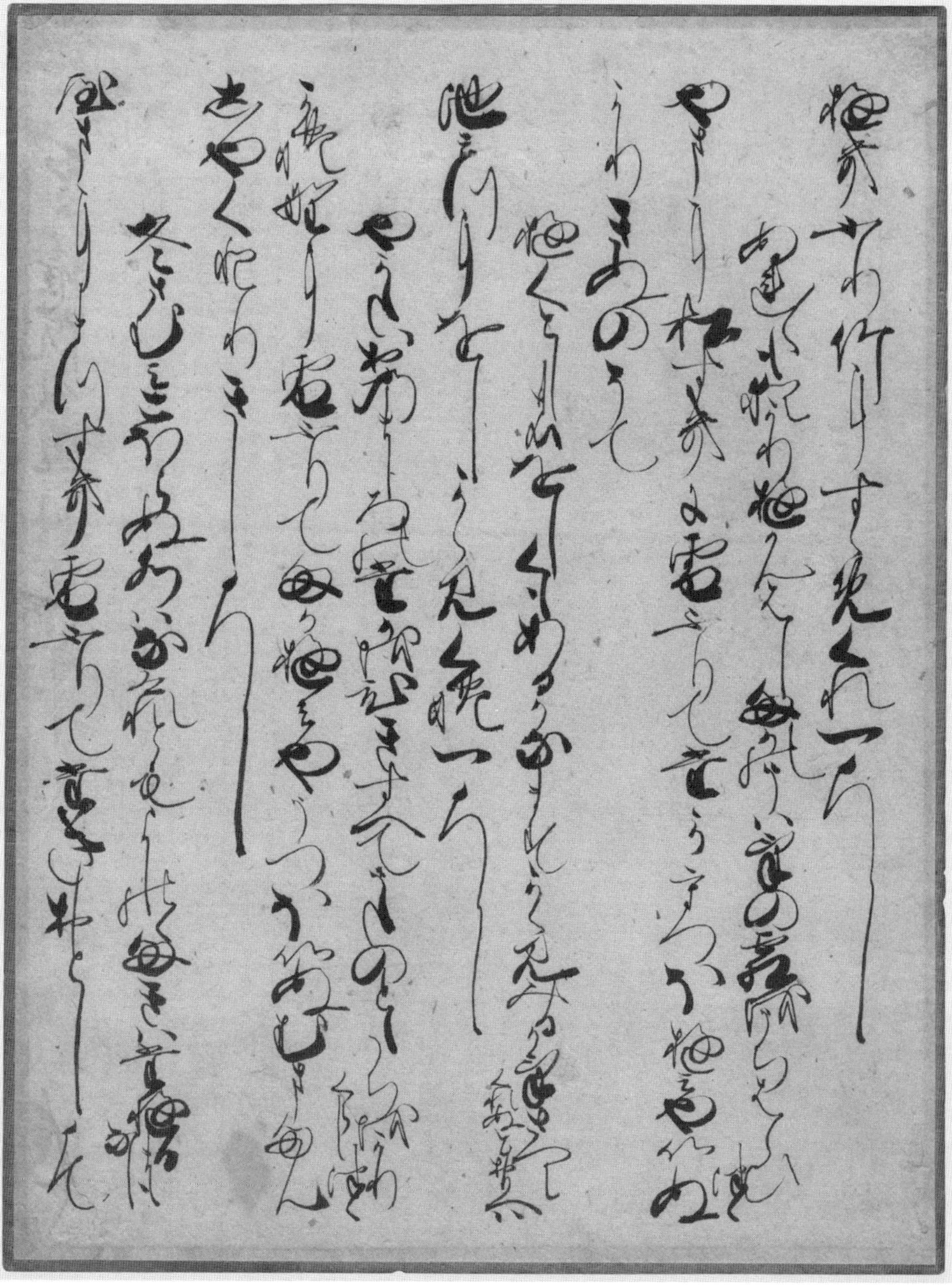

107 道興　未詳連歌書切

連歌断簡瞥見
――あとがきに代えて――

国文学研究における古筆切の資料としての利用は、一通り定着した感があるが、まだまだ一部の特徴的な断簡に限られているのが現状であろう。確かに古筆切は有益な資料たり得るが、全ての古筆切が有効利用されているわけではない。殊に時代が下るものやありふれたものには、眼が向けられていない。

古筆切を利用した研究は、その実、従来見過ごされてきた資料を加味した再検討である。たまたま眼に入った一葉が、必ずしも有益な成果をもたらすものではない。古筆切はあくまで伝本の一つであり、その作品の伝本・本文研究あってこそ活かされるのであり、複数葉の収集、複数種の比較によってこそ、その特色と意義が明白になるのである。従来の研究の再検討など、将来の研究に資する為には、学会共有の資料として公開され、各分野の専門家によって有効利用されることこそが望ましい。そのためにも、地道に整備を続ける必要がある。

一葉一葉を対象として検討・紹介されることも確かにありがたいことではあるが、特定のジャンルや作品、あるいは何らかのコンセプトを基にした、ある程度のまとまった分量の紹介が、見逃しなども少なく至便であろうし、特定のまとまりの中でこそ指摘し得る特質もあろう。

本書では、連歌関係の断簡をまとめて掲出したが、連歌研究は、物語研究・和歌研究に比べて活発であるとは言い難く、作品本文の影印・翻刻・一覧・索引などさえ十分とは思われない。そのため、連歌の断簡ともなれば、まだまだ研究対象とするには至っていないというのが実情であろう。

さらに、連歌資料の書写年代となると、室町期以降が普通であり、古筆切としては時代も下り、平安時代の仮名を主とする書道的・古美術的観点からは、魅力に乏しいという面もある。

因みに古筆切のガイドブックともいうべき古筆名葉集の類で、版本として流布している文政十一年（一八二八）版の古筆名葉集では、明らかに連歌の断簡として記載されているものは、「宗祇法師」の項の「大坂切　小四半　連歌切半紙ノヤウ也」と、「能阿弥」の項の「連歌切　雲紙」という二種のみである。その後、安政五年（一八五六）版の増補新撰古筆名葉集ではさらに減少し、唯一、「宗祇法師」の項に「大坂切　小四半連歌ノ切此類キレ多シ」を記載するのみとなる。

しかしながら、写本系の名葉集には、連歌に関する断簡も幾らか見受けられる。以下、摘出しておこう。なお、古筆家秘書・古筆切目安は伊井春樹氏他編『新版古筆名葉集』（昭和六十三年　和泉書院）に拠り、類葉集は個人蔵写本に拠り、武田則夫氏「翻刻「古筆切名物」」（「ＭＵＳＥＵＭ」236　昭和四十五年十一月　東京国立博物館）を参照した。

	古筆家秘書	古筆切目安	類葉集
雅藤		半切　連歌雲紙	連歌巻物切　半切　雲紙
雅冬		又半切　連歌諱アルモアリ	
公国	連歌　四半　一行書作ナシ		小四半　連歌
公敦	六半　十行　作ナシ　連歌	六半連歌切　宗祇　牡丹花　兼載等　点加筆モ有	六半　連歌之切　宗祇　牡丹花　兼載　点加筆モアリ

後土御門院	連歌切　五寸五分　作者ナシ 同懐紙 同 連歌切　五寸八分同	連歌切　半切紙也	連歌巻物切　半切紙　長五寸五分 同　懐紙ノ切
持通	連歌　九寸六分　雲紙	又雲紙半切　連歌也	連歌切　雲紙半切
持之		（連歌百韻切）※2	
信量		四半切　連歌ノ書也　歌入モアリ	四半切　連歌切
宗祇	（大坂切　小四半　連歌切　紙半紙ノヤウ也）※1		四半　只紙　連歌之書大坂切ト云
素眼	（四半　連歌ノ切　手鑑）※1		
忠長	連歌　四寸二分　作ナシ		
能阿弥	（連歌切　雲紙）※1	連歌半切　懐紙	連歌切　雲紙半切　長八寸又六分
覚誉			四半　連歌書※3
宗長			杉原四半　連歌懐紙

範久			連歌懐紙
兼邦			四半　連歌書
堅盛			連歌懐紙　雲紙有名　下絵
章棟			小四半　連歌付句
正能			六半　連歌書九行 鳥子紙　連歌
宗梅			六半　連歌付句
基左			連歌切
義俊			連歌切　四半　長八寸七分
円空			四半　八行連歌

※1・2　古筆家秘書・古筆切目安の（　）内は朱書入。
※3　類葉集の「覚誉」の項は「法親王門蹟」部と「雑」部に重出。

全体の割合からすればわずかに過ぎないが、連歌の古筆切も一部では注目されていたことが認められる。これらのうち、本書においては、伝池田正能筆竹林抄切（三葉）を紹介した。名葉集記載切として価値は高い。また、該当する断簡が記載されているわけではないが、立項されている筆者としては、後土御門院・宗祇・素眼・宗長・杉原賢(堅)盛・宗梅・円空を伝称筆者とする断簡を掲出し得た。時代は下るとはいえ、古筆切の筆者として認められた人物であったということができよう。

国文学研究の資料としては、室町以降活発化した連歌というジャンルにおいては、室町書写の古筆切だからといって軽視すべきではない。平安時代成立作品の平安期書写断簡、鎌倉時代成立の鎌倉期書写断簡などが重要視されるのと同様に、室町期成立作品の室町期書写断簡は、その作品の成立と同時期の書写、あるいは成立からさほど隔たらぬ頃の書写などであり、ともすれば原本やそれに類する断簡として、文学研究資料としては極めて重要である。実際、本書紹介の断簡のなかにも、原懐紙やそれに近いもの、現存最古写本の断簡、伝本稀な作品の断簡などが含まれている。

また、その残存数から、例えば竹林抄や老葉のような広い流布状況が知られる断簡が存する反面、未詳連歌の断簡が少なからず存するのも、この分野に限らず、享受史的に看過すべからざる現象といえよう。まとまった伝本としてこそ残らなかったものの、連歌がいかに広く行われていたかを如実に物語っている。他にも、新に作者名が判明した句や、新出句が知られた連歌師もいる。連歌研究における古筆切の資料的価値が低からぬことは十分に認められよう。

さらに、書誌学・文献学の教材としても効力を発揮する点を上げておきたい。今後確実に衰退が予測されるであろう国文学の書誌学的・文献学的研究において、写真や複製ではない「本物」の教材が入手・活用できるという点は、掛け替えのない見本・手本となるであろう。

敢えて付け加えるならば、連歌の断簡は、市場に現れても比較的安価で入手し易いというのも魅力の一つであるといえよう。それでいながら、古筆切としては、先の名葉集に記載されていた如くの注目度を持ち、しかも、国文学的資料としての価値は高い。室町期はもとより、江戸期とはいえ、一巻・一冊の写本としての価格が数万、数十万は下らないことが多いが、一葉の断簡ならば、室町期にまで遡る断簡であっても、数千円から入手可能な場合さえある。

何より、五百年も前に書かれた「現物」が容易に入手可能な国は、我が国をおいて他、ない。美術・文芸に価値を見出し、それを守り伝えてきた日本の「文化力」は、高く評価するに値する。

かように、連歌関係の古筆切の持つ価値は低くはない。それだけに今後に資することが大いに期待されるわけである。各氏の興味や必要性に基づく積極的な利用を切に望む次第である。

連歌としても古筆切としてもまだまだ試案の段階であり、誤謬や失考も少なくない。ご教示・ご批正を賜りたい。

さて、長年、愛知淑徳大学で研究と教育に従事された　岩下紀之先生が定年退職なされた。

先生のご講義の末席を汚し、ご教導・ご学恩を忝なくしながらも、研究室をお訪ねすればいつでもお目に掛かれるという気楽さから、ご定年など全く念頭になく、その時になって「何かさせていただきたい」との思いを募らせる始末であった。先生のご研究とも関わり、私ども教え子ができること……と無い知恵を絞り出して辿り着いたのが、連歌関連の断簡を資料として提示することであった。

あれは、昭和から平成に変わって何年も経たぬ頃。先生の研究室にお訪ねすると、当時はまだ珍しかったパソコンが、コシュコシュとくぐもった音を立てていた。先生は連歌断簡（らしきもの）のコピーを示されながら、「どの句がどの句集と一致しているか、この機械が探してくれているんだよ」とおっしゃった。

今にして思うに、先生は連歌断簡の研究、ＰＣ・ＤＢを用いた資料調査のパイオニアでいらっしゃったわけである。

そうしたご成果は、御高著

『連歌史の諸相』（平成九年　汲古書院）

『連歌史の諸問題』（平成二十四年　汲古書院）

『連歌の研究・その他』（平成三十年　私家版）

に示されている。

稿者が古筆切を資料とした和歌・歌学の研究を志すようになって、年月だけはそれなりに経過した。数葉のセットで購ったり、手ぶらで帰るのが口惜しくて何か一葉でも、などと繰り返すうち、連歌関連の断簡なども幾らか集まっていた。恥ずかしながら、歌集・歌学書かと思ったら句集・連歌論書だったこともある。が、これらが幸いした。

先生の益々のご活躍を祈念するとともに、これまでに賜ったご学恩に感謝申し上げ、今後ともご教導下さるようお願い申し上げる。

なお、令和二年のコロナ禍と、それに伴う不慣れな遠隔授業及びその準備などのために校正作業が滞り、刊行が大幅に遅れることとなった。敢えて記してお詫び申し上げる。

日比野　浩信

索引

凡例

一、作品名索引・筆者名索引及び初句索引とする。
一、該当する図版の番号を示した。
一、作品名索引は通例的な名称と読み方に従った。
一、筆者名索引は名の音読みとした。ただし、天皇は通例の読みに従った。
一、作品名索引は小椋、筆者名索引は田﨑、初句索引は岩下がそれぞれ作成した。

【作品名索引】

あ行

か行

さ行

た行

は行

ま行

ら行

【筆者名索引】

【初句索引】

一、本書掲載の断簡に見られる句の初句索引とする。
一、表記は原文をかかげ、歴史的仮名遣いの順に配列し、その図版番号で示した。
一、同一の句の場合、第二句を示すことで区別した。
一、漢詩句の場合、その一文字目を音読みで示した。

あ

か

な

は

岩下紀之（いわした　のりゆき）
早稲田大学大学院文学研究科単位取得退学。愛知淑徳大学名誉教授。
著書に『連歌史の諸相』『連歌史の諸問題』（汲古書院）、『連歌の研究・その他』（私家版）。

日比野浩信（ひびの　ひろのぶ）
愛知淑徳大学大学院博士後期課程単位取得退学。愛知淑徳大学・愛知大学・京都女子大学非常勤講師。博士（文学）。
著書に『二条為氏と為世』（笠間書院）、『歌びと達の競演』（共著、青簡舎）、『はじめての古筆切』（和泉書院）など。

小椋愛子（おぐら　あいこ）
愛知淑徳大学大学院博士後期課程単位取得退学。愛知淑徳大学非常勤講師。博士（文学）。
論文に「大神式賢考―『榻鴫暁筆』巻十八・第七「皮笛」を巡って―」（磯水絵編『論集 文学と音楽史―詩歌管絃の世界―』（和泉書院）所収）、「『榻鴫暁筆』における漢籍の受容について―出典明記のあるものを中心に―」（『愛知淑徳大学国語国文』第三十五号）、「『肖柏口伝之抜書』の諸本について―『榻鴫暁筆』の所収の一本をめぐって―」（『愛知淑徳大学国語国文』第三十九号）など。

田﨑未知（たざき　みち）
愛知淑徳大学大学院博士後期課程単位取得。専攻、狂言変遷考。豊田市コンサートホール・能楽堂運営委員。大学講師（非常勤）を経て、現在は能・狂言の会で講師、能楽堂でイヤホンガイドを勤める。
著書に『能・狂言を学ぶ人のために』（共著、世界思想社）、『能・狂言における伝承のすがた』（共著、風媒社）ほか。

●和泉書院影印叢刊 95 （第四期）

連歌断簡資料集

2021 年 3 月 10 日初版第 1 刷発行（検印省略）

監修者／岩下紀之
編著者／日比野浩信・小椋愛子・田﨑未知
発行者／廣橋研三
発行所／有限会社和泉書院〒543-0037 大阪市天王寺区上之宮町 7-6 ☎ 06-6771-1467 振替 00970-8-15043
印刷・製本／遊文舎

ISBN978-4-7576-0961-7 C3392

藤井 隆 著 **日本古典書誌学総説**
上製カバー装・二〇八頁・二〇〇〇円
978-4-87088-472-4

日本古典籍を取扱う上で必要となる書誌学の基本的事柄を、長年の調査経験に基づき丁寧に説く（九十余図入）。国文国史の研究者、学生、書店、収書家から一般にも便利な座右の書であり、大学や司書課程のテキストにも良い。

神戸平安文学会 編 **仮名手引**
七八頁・五〇〇円
978-4-900137-26-4

古典文学の写本・版本を読解するための手引書として、大学・短大などの講読・演習に便利。古筆切・写本・版本から集字し、煩雑にならず効果的に活用できるように配慮した。字例とその本文用例を上下段に対照して見やすく編集した仮名手引最新の書。

三村晃功・寺川眞知夫・廣田哲通・本間洋一 編 **日本古典文学を読む**
二二八頁・一八〇〇円
978-4-7576-0145-1

本書は、上代から中世に至る日本古典文学作品に関わる八十八の重要事項を選定して、その作品を具体的に読解・鑑賞することを通して各作品の本質に迫り、多彩をきわめる日本古典文学の世界への道しるべ、入門書となることを目的に編纂されたものである。

小田 勝 著 **読解のための古典文法教室**
カバー装・二六二頁・綴込三六頁・二二〇〇円
978-4-7576-0857-3

二八五の例題とその解説とで学ぶ古典文法の演習テキスト。全30講。現代語と対照した古典文法のしくみと、古典文を正確に読解するための解釈文法とを同時に学ぶことができる。大学生向け。例題全文の現代語訳を巻末に付す。

小田 勝 著 **実例詳解 古典文法総覧**
上製函入・七五二頁・八〇〇〇円
978-4-7576-0731-6

英文法書と同様の形式で記述した、最大規模の古典文法書。一般的な文法用語を用い、通言語的に古典文法の詳細を知ることができる。三三二作品から実例を掲示し、文法研究はもちろん古文解釈辞典としても使える。

神野志隆光・芳賀紀雄・田中 登・竹下 豊・佐藤恒雄・稲田利徳・上野洋三・山崎芙紗子・太田 登・島津忠夫 編 **和歌文学選** 歌人とその作品
カバー装・二八八頁・一九〇〇円
978-4-87088-109-9

万葉から現代までの和歌を作者別に編成。『和歌史—万葉から現代短歌まで』と姉妹編を形成し、その作品編に当るが、また本書のみでテキストとしても使用できるよう工夫した。はじめに総説、各時代のはじめに解説・歌人伝、巻末に参考文献・歌人系統図・年表を付す。

藤井 隆・田中 登 著 **国文学古筆切入門**
四六上製カバー装・二四二頁・二二〇〇円
978-4-87088-139-6

国文学研究を志す人々のために、古筆切の持つ資料的意義を、具体例を挙げながら平易に説いた古筆切入門書。写真版で収めた著者所蔵の百点に及ぶ古筆切は、各分野の専門家に新資料提供の意義をも併せ持つ。古写本読解のための入門としても最適。

藤井 隆・田中 登 著 **続々国文学古筆切入門**
四六上製カバー装・二六〇頁・二〇〇〇円
978-4-87088-540-0

先に刊行した『国文学古筆切入門』正・続編に次ぐ第三弾。これまでと同一方針の下に著者所蔵の古筆切一〇〇点を写真版で収め、解説を付す。巻末には正・続編をも含めた筆者索引・切名索引・書目索引を掲載。

日比野浩信 著 **はじめての古筆切**
カバー装・カラー一四四頁・一八〇〇円
978-4-7576-0905-1

古筆切を取り扱う前提や着目点を、豊富なカラー図版をもとにわかりやすく解説した実践古筆学入門。古筆切学習以外にも、変体仮名解読・文献学演習・調査実習など幅広い利用が可能。古典・美術史を学ぶ方・書家必見。

鈴木徳男・日比野浩信 編 **久邇宮家旧蔵本 俊頼無名抄**（影印）
横本・二八八頁・四五〇〇円
978-4-7576-0811-5

『俊頼髄脳』は定家本系と顕昭本系に分類され読解されてきた。近年、嘉禎三年に書写された定家本そのものが出現したが、顕昭本の本文的価値を認識し対校しながら読み進める必要がある。あらためて顕昭本系の有力な伝本である久邇宮家旧蔵・志香須賀文庫本の影印を刊行する意義は大きい。

（定価は表示価格＋税）

日比野浩信 編

志香須賀文庫蔵 顕秘抄（影印）

978-4-87088-907-1

二〇八頁・二八〇〇円

『顕秘抄』は六条家の歌人顕昭の歌学の集大成『袖中抄』の初稿本と目され、先行する歌学書を批判しつつ諸文献を証左とした学術的な歌語注釈書。現存伝本は三本が確認されるのみ。本書は、室町初期の古鈔本で日本歌学大系の底本となった志香須賀文庫蔵本の影印。

西村富美子 編

恩頼堂文庫旧蔵 和漢朗詠集 寛永十八年版付索引（影印）

978-4-87088-219-5

在庫僅少・二三八頁・二二〇〇円

本書は「寛永十八暦三月吉日　二條通鶴屋町　田原仁左衛門」の刊記をもつ、上・下二冊本の全文の影印。本文中の朱点・送り仮名・振り仮名等は、後水尾法皇口授による道寛の書入れ。巻末に漢詩文・和歌・作者・作品名索引を付す。

片桐洋一 編

竹取翁物語 古活字十行本（影印）

978-4-87088-182-2

一三八頁・一二〇〇円

本文は流布本の源流となった古活字十行本を縮約影印。作品読解のための知識やアドバイスを簡潔に注した頭注を付け、作品の理解に役立つ関連資料を付した。また、解説では、作品の文学史的位置づけを中心に「竹取物語」を総合的に論じた。

片桐洋一 編

伊勢物語 慶長十三年刊嵯峨本第一種（影印）

978-4-900137-32-5

二七二頁・一八〇〇円

角倉素庵と本阿弥光悦によって製作されたという嵯峨本伊勢物語を内閣文庫本によって影印。四十九図の挿絵はその後の版本の源となっている。汲めどもつきぬ雅味ゆたかな画趣とともに『伊勢物語』を味わっていただきたい。補注・和歌索引他付。

片桐洋一 編

異本 源氏こかゞみ（影印）

978-4-87088-291-1

三四六頁・二八〇〇円

編者架蔵本の公開。流布本系にくらべて仏教的な本説を引くこと多く、またその表現も講釈の場との密着を思わせるものがあって、中世における源氏物語享受の一面を暗示する重要な資料。

島津忠夫
高橋喜一
北川忠彦 編

中世文学選（活字）

978-4-900137-48-6

二二八頁・一八〇〇円

極めて複雑多様な相を示す中世文学の諸作品を、詩歌・散文（軍記、説話、随筆…）・芸能の三篇に分けて編んだ。中世文学の通観をベースにしつつも、作品相互の関連や作品の中の人の要素を重視。頭注・年表付。講読・文学史のテキストに出色のものである。

島津忠夫
上條彰次 編

百人一首古注抄（百人一首影印 古注活字）

978-4-900137-41-7

二三二頁・一八〇〇円

数多い百人一首古注群の中から、経厚抄および新抄の句意の部分を、中世・近世の代表として全首にあげ、宗祇抄から百首要解に至る古注（所収古注計28本）を独自的な説、初出の見解、注釈史の流れを窺わせる説などの視点からひろく抄出した。古注待望のテキスト。

平林文雄 編

九州大学附属図書館細川文庫蔵 建礼門院右京大夫集（影印）

978-4-87088-188-4

二二二頁・一七〇〇円

源平の動乱期に、平家の御曹子平資盛に恋した建礼門院右京大夫の、平家の都落ちによる恋人との生別、続く壇の浦での敗戦による永遠の別れ。その恋しき人の面影を求めて生涯を思い出に生きた殉愛の回想記録である建礼門院右京大夫集の現存する最善本、九州大学附属図書館細川文庫蔵の影印と作者伝本の解説。文献目録を付す。

野中和孝 編著

井蛙抄 雑談篇 本文と校異（影印・活字）

978-4-87088-805-0

一六二頁・二〇〇〇円

頓阿著『井蛙抄』巻六雑談篇を新出の長崎県立図書館蔵本（伊勢宮文庫旧蔵本）によって影印・翻刻した。又解説では、主要写本の校合を行い、その伝本の経緯を詳細に検討、分類を行った。

稲田利徳 編

校注 徒然草（活字）

978-4-87088-267-6

二二〇頁・一二〇〇円

本書は烏丸光広本（慶長十八年刊古活字版）を底本に据え、正徹本・常縁本を用いて校訂したもの。仮名づかいは歴史的仮名づかいに統一し、振り仮名や句読点を付して読解の便をはかり、人名・地名などの固有名詞、出典、難語句などにつき頭注を施した。短期大学・大学の講読、演習用教材に適し、また一般教養人の通読にも資する。

表章・伊藤正義 編

風姿花伝 影印三種

978-4-900137-28-8　二二四頁・一八〇〇円

世阿弥の代表的著作たる風姿花伝について、最も基本的な伝本としての金春本風姿華伝（宝山寺蔵）・世阿弥自筆本花修・宗節本別紙口伝（以上観世宗家蔵）を合わせた全篇の影印。花伝研究の根本資料。解題付。

上野洋三 編

影印 **奥の細道** 付 参考図集

978-4-900137-24-0　在庫僅少・一七四頁・一二〇〇円

武島羽衣旧蔵の元禄期井筒屋版の善本を底本とする。頭注欄は各章段の独立と連続を全体的な流れの中で捉えるよう工夫し、付録として本書を文学的に鑑賞するための同時代参考図百五十余点を添える。新しい試み。

上野洋三 編

新注絵入 **奥の細道** 曽良本（本文大活字）

978-4-87088-295-9　カバー装・一二八頁・一二〇〇円

天理図書館綿屋文庫蔵の「曽良本」（重文）を底本とする。同書は最近の研究によると芭蕉自身による書き込み訂正をもつ。すなわち『奥の細道』読解のための、第一級の本文を有する。そういった観点にたって、改めて「曽良本」の忠実な翻刻を行ない、他本との主要な校合を付して参考に供する。さし絵多数を挿入。

島居清・乾裕幸・櫻井武次郎 編

影印 **芭蕉連句粋**

978-4-900137-83-7　在庫僅少・一〇六頁・一〇〇〇円

芭蕉連句のテキストとしては、影印本が意外に少ない。そこでひろく芭蕉連句の中、特に七部集を中心にして、すぐれた作品をえらび、厳正にそれらの初版本の影印を集めて一本とし、語釈のみならず附合の注を付して、大学の演習用テキストに好適のものを編した。

上野洋三 編

現代語訳付 **笈の小文・更科紀行・嵯峨日記**（本文大活字）

978-4-7576-0457-5　在庫僅少・カバー装・一〇一頁・一五〇〇円

各部に章題を付し、各章のポイントを確かめる形で、本文の作成を行い、本文の章段、頭註、口語訳に工夫をして、講義のテキストとして使用し易いように努めた。やがて執筆される『奥の細道』への訓練が、どのように行われたかを知る意味でも深い理解と鑑賞が期待される。

富山奏 編

校本 **三冊子**（活字）

978-4-900137-94-3　上製カバー装・二七二頁・二五〇〇円

芭蕉翁記念館本が紹介され、同系統の梅主本と重要性も認識されるに至った現在、石馬本や板本だけに頼っていては『三冊子』の研究は不可能となった。そうした必要に応えて、四伝本の全文を、頭・傍注・墨消・補訂に至るまで完全に対校した。

三木慰子 編

泊船集（影印）

978-4-87088-729-9　在庫僅少・三三〇頁・三〇〇〇円

芭蕉没後四年目の元禄十一年、芭蕉の直弟・風国により、最初に刊行された芭蕉句集である『泊船集』。本書はそのはじめての影印化である。芭蕉研究資料として、大学の演習用教材として最適。利用の便を考えて、発句別・俳人別の二索引を付した。

矢羽勝幸 編

おらが春（影印）

978-4-87088-186-0　重版出来・二一二頁・一八〇〇円

嘉永五年、同郷人白井一之の手により忠実に透写、出版された版本のうち初刷り本と思われる飯島花月旧蔵本（上田市立図書館花月文庫）を底本とし、附録を含めたすべてを影印、詳細な頭注を加えたもの。解題とともに五種に渉る版本を紹介。

帝塚山学院大学日本文学研究室 編

梅塵本 **一茶八番日記** 帝塚山学院大学図書館蔵（影印）

978-4-87088-422-9　在庫僅少・二四〇頁・二八〇〇円

本書は小林一茶の『八番日記』として位置付けられる二写本のうち、「山岸梅塵」筆写と伝えられる一本を影印したもの。一茶の句日記のあり方にひとつの問題を投げるとされたこの日記写本は、この影印によってようやくその姿をとどめることになる。

簗瀬一雄・田中仁 編

歌学提要・桂園記聞（影印）

978-4-87088-322-2　在庫僅少・二一六頁・二〇〇〇円

香川景樹の歌論を弟子の内山真弓が編集刊行した歌学提要は実によく出来た名著で、多くの愛読者を持った。これを影印複製し、提要が成稿する過程を示す新資料の桂園記聞を翻刻し、これに新未との校異を加えた。詳注を付した。

（定価は表示価格＋税）